Un beso inesperado

PATRICIA BONET

Un beso inesperado

Grijalbo

Papel certificado por el Forest Stewardship Council®

Primera edición: enero de 2023

Printed in Spain – Impreso en España

ISBN: 978-84-253-6449-5
Depósito legal: B-20.316-2022

Compuesto en Fotoletra, S. A.

Impreso en Black Print CPI Ibérica
Sant Andreu de la Barca (Barcelona)

GR 6 4 4 9 5

Para mi pequeño hombrecito.
Gracias por enseñarme lo que es querer sin barreras.
Espero que algún día llegues a estar tan orgulloso de mí
como yo lo estoy de ti .

La vida nos ha enseñado que está formada por momentos, unos buenos y otros no tanto, pero todos importantes. Aunque lo que más nos ha enseñado es que tenemos que vivirlos como si fueran los últimos y que, aunque está bien ser organizada, las cosas imprevistas son las mejores porque llegan cuando menos te las esperas y están llenas de sorpresas.

PATRICIA BONET

Nota de la autora

Mi objetivo con esta nueva serie es que os riais, os olvidéis del mundo real durante un rato y que la terminéis con un buen sabor de boca y una sonrisa en la cara.

Variety Lake es un lugar ficticio, y cualquier similitud con la realidad es mera coincidencia. En realidad, es el lugar donde me gustaría vivir. Me encantaría recorrer todos los pueblos de Estados Unidos y, cuando los veo en las series o hablan de alguno en un libro, me imagino paseando por sus calles y tomando café y comiendo tarta en sus cafeterías.

Los que me siguen saben que siempre incluyo en mis novelas a algún personaje con el nombre de alguien que es especial para mí o que significa algo. En esta ocasión, no es nadie de mi entorno, pero aun así hay dos nombres que son importantes porque me acompañaron en mi adolescencia. Ahora, de mayor, he vuelto a ellos porque los echaba de menos. Se trata de Meiko y Yuu, de *Marmalade Boy*. Amo esa serie, punto.

Meadow, Buffy, Zoe y Aiko han supuesto un soplo de aire fresco en mi vida, y solo espero que os hagan sonreír y disfrutar tanto o más que a mí.

Prólogo

Meadow solo recordaba haber estado tan asustada el día en que recibieron la llamada de teléfono diciéndoles que sus padres habían tenido un accidente de coche y que fueran corriendo al hospital.

Bueno, la verdad es que no recordaba mucho de aquella noche. Solo a su hermano Erik cargando con ella, arrastrándola de un sitio a otro mientras se encargaba de todo, de ella incluida. Estaba tan en shock que ni siquiera podía andar.

En ese momento se sentía más o menos igual, solo que no podía dejar que su hermano volviese a ocuparse de todo. Era su problema y ella sola tenía que resolverlo. La cuestión era que no sabía cómo.

Se sentó en el borde de la bañera y volvió a mirar el palito que sujetaba entre los dedos temblorosos. Positivo. Había dado positivo.

Estaba embarazada y no sabía qué hacer. Solo tenía dieciocho años, acababa de empezar la universidad. Lo único que había tenido siempre claro en la vida es que quería estudiar Economía para ayudar a su hermano en la granja familiar que sus padres les habían dejado. A ella le gustaban los animales, aunque no tanto como a él, y le encantaban los números. Nunca había sido mucho de letras. Así que ambos habían decidido trabajar allí; él desde dentro, ocupándose del ganado, y ella desde el despacho. Igual que habían hecho sus padres cuando vivían y…

Meadow sabía que no era momento de ponerse a pensar en eso. Tenía otro problema más importante entre manos al que prestar atención.

Se puso de pie y se miró al espejo. Estaba ojerosa. Tenía las mejillas y la nariz llenas de pecas, y su piel tan blanca las acentuaba aún más, algo que nunca le había gustado pero que los demás encontraban adorable. Su pelo, que llevaba por debajo de las orejas, había vivido tiempos mejores. Ni siquiera recordaba haberse peinado esa mañana. En lo único en lo que había podido pensar era en llegar al pueblo vecino sin que nadie la viese y entrar en la farmacia para comprar un test de embarazo.

La respuesta le había llegado en forma de amigas. Las mismas que en ese momento la esperaban fuera, sentadas en la cama de Buffy.

Bajó la vista hasta su mano, concretamente al test, y lo apretó con fuerza contra su corazón. Estaba muy asustada. Había cometido una imprudencia y el resultado era un embarazo no deseado. Eso estaba claro, pero también el hecho de que ya se había enamorado de él. O de ella. De lo que fuese que estuviera creciendo en su interior.

Apoyó una mano en el vientre y sonrió. Y lo hizo de verdad, con ganas, porque, pese al miedo, estaba feliz.

—Te cuidaré, ¿me oyes? Pase lo que pase, estemos solos o no, tú siempre serás mi prioridad y nunca haré nada que pueda hacerte daño.

Era una locura, era imposible que pudiera sentir ya las patadas del bebé. ¿Qué tendría, el tamaño de un guisante?

Quizá era incluso más pequeño. No tenía ni idea, pero a Meadow le pareció sentirlo, y esa fue la señal que le hizo saber que lo que estaba a punto de suceder era lo mejor que le podía pasar en la vida.

Abrió la puerta del baño y tres pares de ojos se volvieron hacia ella, cautelosos y reservados, esperando descubrir si debían sonreír o romper a llorar.

Meadow cogió aire y levantó el test.

—Positivo. Estoy embarazada.

Aiko se llevó las manos a la boca. Zoe se mordió el labio y abrió mucho los ojos. Buffy se puso de pie y miró a la pelirroja con la mejor de sus sonrisas.

—¿Y estamos felices? —preguntó.

Meadow no tardó ni medio segundo en asentir.

—Estamos muy felices.

Buffy fue la primera en tirarse a los brazos de su amiga, seguida al instante de las otras dos. Chillaron, se rieron y también lloraron. Le tocaron el vientre e hicieron planes.

Meadow sabía que tenía que hablar con Matthew; un bebé no se hacía solo, pero prefirió esperar al día siguiente. Esa noche era suya. Suya y de sus amigas, esas tres locas tan distintas entre ellas, pero tan necesarias las unas para las otras. Las cuatro se complementaban a la perfección, y Meadow no podía imaginar su vida sin ellas. Al fin y al cabo, eran las Green Ladies.

Por la noche, cuando se acostó, volvió a llevarse la mano al vientre, un gesto que repetiría muchas veces. La vida de Meadow Anne Smith estaba a punto de cambiar.

Aunque no sería la única vez que lo haría. Porque las mejores cosas son las imprevistas.

1

Fuera estaba lloviendo a cántaros y hacía tanto viento que las ramas de los árboles golpeaban contra las ventanas del comedor, amortiguando los gritos que salían de allí. Se podía decir que estaban viviendo una auténtica tormenta de verano.

Meadow solo podía dar gracias por que Ethan estuviera con su hermano y no fuera testigo de aquello. Era lo último que quería para su hijo.

Se acercó a la chimenea y se apoyó en la repisa. Le dolía demasiado la cabeza, solo pensaba en quedarse sola, servirse una copa de vino y bebérsela mientras escuchaba música metida en la bañera. Pero estaba claro que él no iba a dejar que lo hiciera.

Una mano le rodeó el codo, pero ella dio un tirón, soltándose de su agarre.

—Por última vez, como vuelvas a tocarme, te juro por Dios que te corto los cinco dedos.

—Meadow, princesa...

—Ni princesa ni leches. He dicho que me sueltes y que te largues.

Aunque le estaba dando la espalda y no podía verle la

cara, sabía perfectamente cómo la estaba mirando; con esos ojos llenos de súplica y esa sonrisa que tantas veces había hecho que le flaquearan las piernas, pero que ahora solo le provocaba escalofríos, y de los malos.

—Meadow…

Ella se giró enfadada. Le hervía tanto la sangre que no sabía cómo no había explotado todavía. Lo miró a los ojos y lo apuntó con el dedo, desafiante.

—Matthew, es la última vez que te lo digo. Márchate.

—¿Y a dónde quieres que vaya?

A Meadow estuvo a punto de entrarle la risa.

—¿Lo dices en serio?

—Vamos, princesa, esta también es mi casa.

—No. Esta es mi casa, y tú ya no eres bienvenido en ella. Y deja de llamarme «princesa».

Matthew no se movía; permanecía allí, quieto, mirándola fijamente a los ojos sin ni siquiera pestañear. Parecía una estatua. Meadow siempre se había caracterizado por su paciencia infinita; paciencia para ordeñar las vacas, para estar horas y horas cepillando a los caballos en el establo hasta que relucían, para pasarse días con la cara pegada a la pantalla del ordenador comprobando tíquets y cuadrando cuentas; paciencia para sentarse a hacer los deberes con su hijo o para escuchar a las demás madres de la asociación de padres y madres del colegio de Variety Lake, hablando sobre cómo organizar las subastas o cualquier otra cosa que se les ocurriera.

Pero esa paciencia había desparecido con la llegada de Destiny, la ayudante de Matthew en la clínica; la chica con quien, por lo visto, se estaba acostando en su cama de matrimonio, en la casa que sus padres le habían dejado a ella en herencia y en la que ambos vivían junto a su hijo Ethan.

Pensar en Ethan le dolía, estaba muy unido a su padre y no sabía cómo iba a explicarle que se había marchado de casa para siempre. Pero ya se le ocurriría algo llegado el momento. Ahora, en lo único que debía centrarse era en conseguir que Matthew se largara de una vez de su casa.

Se pasó una mano por la cara, cerró los ojos y respiró hondo, con grandes y largas exhalaciones, tal y como le había enseñado a hacer Buffy en las clases de pilates a las que las chicas la habían obligado a apuntarse hacía unos meses. Cuando ya llevaba diez respiraciones, abrió de nuevo los ojos. Matthew seguía en la misma posición.

Bendita paciencia.

—Voy a subir. Cuando baje, espero que ya no estés aquí. No te olvides de cerrar la puerta al salir.

Meadow dio la espalda al padre de su hijo y se dirigió a las escaleras. Aún no había subido el primer escalón cuando su voz la paralizó.

—¿Y qué pasa con Ethan? —Meadow lo miró por encima del hombro—. No puedes separarme de él.

Meadow se echó a reír a carcajadas, solo que estaban carentes de humor. Se dio la vuelta y se cruzó de brazos.

—Que seas un marido horrible no quiere decir que también seas un padre nefasto. Jamás te separaría de tu hijo. Nunca le haría eso a Ethan.

—¿Y qué vas a decirle cuando vuelva mañana de casa de tu hermano y no me vea aquí?

—Ya se me ocurrirá algo.

Matthew dio un par de pasos hacia delante, pero se detuvo en seco cuando vio la mirada de Meadow. Se pasó una mano por el pelo, que llevaba más largo de lo normal, despeinándoselo. Bajó los brazos, derrotado, y volvió a mirar a Meadow con ojos suplicantes.

—No rompas esto. No destruyas nuestra familia.

—Yo no he roto nada. Te recuerdo que eres tú el que se está follando a otra. A lo mejor, con tanto cabalgamiento, estás perdiendo la memoria.

Meadow pudo ver en los ojos de Matthew que sus palabras le habían dolido, pero poco le importó. Más le había dolido a ella volver a casa y encontrarse a su marido con aquella chica en su cama.

Apartó esa imagen de la cabeza y se centró en lo que deseaba en esos momentos: subir, llenar la bañera con agua caliente y cubrirla de espuma y sales de colores.

—Lo de Destiny ha sido…

—¿Un error? —Meadow completó la frase. Él hizo una mueca con la boca y negó con la cabeza—. ¿Y cuánto hace que dura ese error? Y ni se te ocurra decirme que era la primera vez que te la tirabas, porque te puedo asegurar que vuestros gritos se escuchaban ya antes de abrir la puerta y he podido oír eso de: «Cariño, haz lo que sabes que me gusta». Así que compórtate como el medio hombre que se supone que eres y dime cuánto tiempo llevas follándote a tu ayudante.

Matthew no sabía dónde meterse. Le sudaban las axilas y las palmas de las manos, y aunque no llevaba corbata, sentía como si algo le estuviese oprimiendo la garganta, dejándolo sin respiración. No quería contestar a su mujer. Lo que quería era acercarse a ella, abrazarla y jurarle que esa había sido la única vez.

Pero sabía que, tarde o temprano, Meadow terminaría sabiendo la verdad, como siempre hacía, así que tragó saliva y habló:

—Seis meses.

Meadow empezó a echar cuentas. Seis meses.

Matthew llevaba seis meses tirándose a Destiny.

Pero Destiny llevaba trabajando en la clínica solo cuatro.

Ella lo miró entrecerrando los ojos y él supo lo que estaba pensando. Mierda, tendría que haber dicho dos meses, pero ya había metido la pata y, si quería el perdón de su mujer, lo mejor sería confesarlo todo.

—La conocí en la despedida de soltero de Erik.

—¿Qué?

Matthew soltó el aire mientras asentía con la cabeza.

—Era la *stripper*.

Meadow se llevó la mano a la boca para sofocar el grito que luchaba por salir de su garganta. ¿Matthew se había tirado a la *stripper* de la despedida de su hermano? ¿Lo sabía Erik y no le había dicho nada?

Todo empezó a darle vueltas y sintió que se mareaba. Apoyó una mano en la pared, pero no fue suficiente y tuvo que sentarse en el escalón. Erik… ¿Cómo había podido? Las preguntas se sucedían una tras otra. Preguntas para las que no tenía respuesta, y eso la ponía muy nerviosa porque siempre tenía una respuesta para todo, y si no, la buscaba. Pero ahora pensar en Erik le dolía demasiado.

Mientras se sostenía la cabeza con las manos y cerraba los ojos, se dio cuenta de que lo de Matthew le dolía, pero lo que le había hecho Erik le oprimía tanto el pecho que no sabía si sería capaz de volver a respirar con normalidad. Junto con Ethan, era lo único que tenía. Su hermano y ella habían sido siempre uña y carne, y jamás habían tenido secretos el uno con el otro.

Se llevó una mano al pecho y dio gracias por estar sentada, pues las piernas habían comenzado a fallarle y sentía que podía caer redonda al suelo en cualquier momento. Escuchó los pasos de Matthew acercándose a ella y levantó la cabeza de golpe.

—Ni se te ocurra —ladró.

Él se detuvo en seco. Quería consolarla. Meadow era todo su mundo. Desde el instituto, cuando se había enamorado de la pelirroja de mirada alegre y ojos verdes que danzaba mientras andaba, y lo seguía siendo en ese momento, aunque aquellos ojos lo mirasen como si no fuera nada más que una mísera cucaracha a la que se moría por aplastar.

—Erik no lo sabe —se apresuró a decir. Meadow lo miró sin comprender y vio cómo su nuez subía y bajaba cuando tragaba—. Él nos pidió por favor que no hubiera *strippers* en su despedida, pero ya sabes cómo son estos y…, bueno, contratamos a una. Cuando el espectáculo terminó, Destiny entró en una de las habitaciones para cambiarse. Yo fui al baño. Coincidimos en el pasillo, nos pusimos a hablar, nos reímos y, sin saber cómo, ella empezó a besarme y…

Matthew siguió hablando, relatándole cómo se había dejado seducir por la chica y cómo había sido arrastrado al cuarto de baño, donde había tenido lugar el feliz encuentro. Pero Meadow solo podía centrarse en la paz que había sentido en su pecho al saber que Erik no la había traicionado. Aun así, quería descolgar el teléfono y preguntárselo. O hacerlo mirándolo directamente a los ojos. Erik no sabía mentir, por eso nunca había sido bueno jugando al póquer.

Se levantó más segura que hacía unos segundos y enderezó los hombros.

—La contraté un par de meses después porque… —continuó diciendo Matthew, pero ella ya había desconectado por completo. No le importaba lo más mínimo. Alzó la cabeza y lo silenció con la mirada. Él calló.

—Me importa entre nada y una mierda por qué la contrataste, Matthew. Te puedo asegurar que ya he escuchado más que suficiente. Te mandaré un mensaje para decirte cuándo puedes venir a buscar a Ethan. Hasta entonces, ahí está la puerta. Cierra al salir.

Subió las escaleras sin mirarlo, sin dejarlo hablar, y se encerró en su habitación. Miró la cama deshecha y le entraron ganas de vomitar. Cogió las sábanas, hizo una bola con ellas y las lanzó por la ventana. Sonrió cuando las vio caer al suelo y empaparse en cuestión de segundos con la lluvia que seguía cayendo. Miró al cielo y asintió, dándole las gracias. Después, cerró la ventana y fue hasta el cuarto de baño. Puso el tapón a la bañera, reguló el agua caliente y echó un chorro de jabón. Bajó la intensidad de la luz hasta dejarla tenue y buscó el móvil. Lo conectó a los altavoces y le dio al play a la lista de jazz. Mientras la bañera se llenaba, bajó a la cocina. Suspiró satisfecha al comprobar que Matthew se había ido. Sacó la botella de vino de la alacena y cogió una copa. Antes de volver a subir, fue hasta la puerta principal, cerró con llave y echó la cadena. Por si acaso.

Cuando entró de nuevo en el cuarto de baño, la bañera ya estaba casi lista. Sacó las sales con olor a sandía del armario y las esparció por el agua. Se desnudó y entró despacio. Sumergió el cuerpo entero dejando escapar el aire y luego se sentó.

Ni se acordaba de la última vez que se había dado un baño.

Alargó el brazo hasta alcanzar la copa y la llenó de vino. Lo olió y después se lo llevó a la boca, saboreándolo.

Fue en esos momentos, mientras su cuerpo se cubría de espuma y la música la ayudaba a calmarse, cuando fue consciente por primera vez de lo que había pasado. No quería romper a llorar, pero era inevitable. Llevaba con Matthew desde los dieciocho años y tenían un hijo de ocho que era toda su vida.

No llorar habría sido hasta inhumano.

Así que dejó salir las lágrimas y que estas le empaparan las mejillas, y soportó los pinchazos en el pecho. Pero se prometió que solo sería esa noche. Matthew Cooper no se merecía más.

Su nueva vida empezaría justo al día siguiente, y pensaba vivirla al máximo.

2

Sentado en aquel taburete, Duncan se había dado cuenta de dos cosas. La primera, que odiaba a su primo Timmy con todas sus fuerzas a pesar de que fuera casi más un hermano que un primo. La segunda, que odiaba los pueblos y echaba de menos la gran ciudad. Aún no sabía cómo se había dejado engañar para terminar viviendo en aquel lugar dejado de la mano de Dios.

Mentira. Claro que lo sabía: por culpa de Timmy. De ahí su primer motivo para odiarle.

Timmy apareció de nuevo en su campo de visión y le ofreció otro botellín de cerveza. Duncan lo cogió sin querer mirarlo a los ojos.

—No te enfades.

—Me enfado si me da la gana.

—Siempre has sido el más cascarrabias de la familia, ¿lo sabías?

—Y tú el más tocapelotas.

—Cierto. Díselo a mi chico, le encanta que se las toque. —Duncan dio un trago a su cerveza y no pudo evitar sonreír. Por eso odiaba a Timmy tanto como lo quería. Siempre conseguía sacarle una sonrisa, aunque estuviese de mal humor.

—¿No es más fácil sonreír que ir todo el día con el ceño fruncido? Ya estás muy cerca de los cuarenta, y un tío con arrugas no es nada atractivo. Además, no sé de qué te quejas. Te has venido a vivir a Variety Lake, no al culo del mundo.

—Me he ido de Chicago.

—Porque has querido.

—Porque tú me has obligado.

Timmy echó la cabeza hacia atrás y se puso a reír a carcajadas. Aunque estaba trabajando, era el dueño, y podía hacer lo que quisiera. Además, todavía era pronto y había muy poca gente en el local, de modo que sacó otra cerveza de la nevera y le quitó la chapa. Después, apoyó los codos sobre la barra y chocó su botellín con el de su primo antes de dar el primer sorbo.

—Te gustará, ya lo verás.

—¿Tú crees? —preguntó Duncan con escepticismo.

Adoraba Chicago. Era el lugar donde había nacido y vivido toda su vida. Hasta entonces.

Hacía justo un año y medio, en la fiesta de aniversario de sus tíos, los padres de Timmy, se habían desafiado en un partido de baloncesto. Duncan lo había retado a que prescindiera de su amado Chevrolet Camaro durante un año y se lo cediese a él si ganaba; Timmy le había propuesto abandonar Chicago e irse a vivir a Variety Lake con él durante trescientos sesenta y cinco días. Duncan había aceptado. Había sido jugador profesional en el instituto y el baloncesto era una de sus pasiones. ¿Qué podía salir mal?

Todo. Cuando Timmy encestó por última vez y ganó, Duncan decidió que era el momento de empezar a odiar a su primo. ¿Cómo iba a dejar Chicago? No es que fuera un urbanita empedernido, ni mucho menos, pero adoraba la ciudad. Tenía un trabajo estable y una vida cómoda que le gustaba. Hubiera preferido raparse el pelo.

Pero una promesa era una promesa. Pidió trabajo donde su primo, muerto de risa, le había recomendado, y rezó para que el teléfono nunca sonase, pero lo hizo. Hacía un mes, para ser exactos. Empezaría a trabajar a finales de agosto. Por lo visto, su solicitud de empleo les había caído del cielo.

Así que, sin comerlo ni beberlo, se había visto subiéndose a su coche y yéndose a vivir con su primo y la pareja de este. De eso hacía cuatro días. No podía decir mucho del pueblo porque todavía no había podido verlo con detenimiento, pero era pintoresco. Con sus casas bajitas de colores uniformes, sus calles adoquinadas y la torre de la iglesia coronando el lugar. No parecía muy grande, pero tenía todo lo que cualquier pueblo de Estados Unidos podía desear, lago incluido.

Dio el último trago y se giró hacia la puerta cuando esta se abrió. Un grupo de unas quince personas entraron en tropel seguidas de un par de grupos más.

—Parece que la cosa se empieza a animar —dijo Cam, la pareja de Timmy, apareciendo de la nada. Dio un beso a su chico en los labios y sonrió a Duncan—. ¿Sabes lo que podrías hacer para dejar de tener esa cara tan mustia? Pasarte a este lado de la barra y ayudarnos a servir.

En ese momento el que se rio a carcajadas fue Duncan.

—Ni lo sueñes.

—¿Temes romperte una uña?

—Tus pullas no van a poder conmigo esta vez, primo. Es mi primer viernes en el pueblo y pienso pasarlo aquí, sentado, bebiéndome toda la cerveza que tienes en esa nevera y en ese barril.

—No tienes cuerpo para aguantarla toda.

—Tú dame un par de horas y verás.

Timmy chasqueó la lengua, negó con la cabeza y se fue a atender a un par de chicas que se habían acercado a pedir. Duncan lo observó mientras trabajaba y sonrió para sus adentros.

Aunque lo odiaba, estaba orgulloso de él. Había encontrado su lugar en el mundo y parecía feliz. Nunca hubiera pensado que su primo terminaría sus días sirviendo copas tras una barra, y mucho menos después de estudiar Derecho como su padre. Pero a veces la vida nos sorprende.

La música sonaba por los altavoces y el local comenzó a llenarse. La pista de baile estaba hasta los topes y su primo, Cam y el resto de los camareros no daban abasto.

Duncan se pidió otra cerveza mientras estudiaba a la gente que entraba. Había personas de todos los colores, formas y tamaños, por así decirlo, y le gustó que muchas eran de su edad. A pesar de que la música estaba muy alta y de que las voces llenaban el local, una risa lejana logró captar su atención. Aguzó el oído y volvió a escucharla. La buscó entre la multitud y no tardó en encontrarla.

Una joven pelirroja estaba de pie rodeada de otras cuatro chicas. Llevaba una corona en la cabeza y una banda de color rosa chicle le cruzaba el pecho. Aunque se cubría la boca con la mano, la risa se le escapaba por entre los dedos y los ojos le brillaban, divertidos. Una de sus amigas, que llevaba el pelo corto por debajo de las orejas y de color azul, se subió a una de las sillas y levantó la copa que llevaba en la mano.

—¡¡Por Meadow y sus veintisiete años!! —gritó con todas sus fuerzas. Las otras chicas, y alguno más que estaba a su alrededor, la imitaron.

La pelirroja, que debía de ser Meadow, se tapó la cara

con las manos, abochornada. Cuando las apartó, tenía las mejillas del mismo tono que su pelo, rojo brillante. Se mordió el labio y negó con la cabeza.

Duncan, que no había dejado de mirarla durante no sabía cuánto tiempo, se dijo que era preciosa. Pero no era una belleza al uso, sino una poco convencional. Era una de esas mujeres que son guapas sin proponérselo. Por lo poco que podía apreciar, no iba maquillada. Lucía un aspecto natural y de lo más casual, sobre todo si la comparabas con la rubia que tenía al lado, que llevaba un vestido rojo ceñido; o con la chica de los ojos almendrados que tenía a su izquierda, que iba con unos pantalones negros de vestir y una camisa blanca. La chica en la que él se había fijado llevaba un vestido azul con lunares amarillos y una rebeca color salmón. En los pies, unas zapatillas de deporte. Nada más. Pero tenía algo que la hacía destacar. Duncan no sabía lo que era, pero le atraía, y algo le impedía apartar los ojos de ella.

Hasta que alguien lo golpeó en la espalda.

Se volvió para enfrentarse al que lo había hecho, pero su furia se apagó al ver a Cam, que lo miraba serio y agobiado.

—¿Qué pasa? —preguntó alarmado.

—Te dejo seguir durmiendo en mi sofá si te pasas a este lado y me despejas la parte izquierda.

Duncan se lo quedó mirando; sabía que seguiría ocupando el sofá lo ayudase o no, pero no era tan cabrón. Suspiró, dejó el botellín y se puso de pie. Anduvo hasta el final de la barra y pasó por el hueco que había debajo. Cam se acercó a él y le palmeó la espalda.

—Surtidores de cervezas, neveras y copas. Licores detrás de ti y hielo en el congelador. La lista de precios la tienes pegada en la barra y siempre se cobra nada más servir, por si acaso. —Miró alrededor y entonces pareció caer en algo.

Se volvió para mirarlo y lo apuntó con el dedo—. Ni se te ocurra invitar a todas las mujeres del local. ¿Alguna pregunta?

—¿Cuánto piensas pagarme?

Cam le enseñó el dedo corazón y se marchó entre risas. Duncan se remangó la camisa hasta los codos y empezó a servir. Antes de coger la primera copa, buscó a la pelirroja con la mirada y sonrió cuando la vio dirigirse al centro de la pista seguida por las otras chicas y comenzar a mover las caderas de una forma tan sexy que Duncan dudaba que él fuera el único chico del local en reparar en ella.

3

Ahora tienes que mover el trasero haciendo *twerking* —le dijo Buffy a Meadow sin dejar de sonreír, moviendo las cejas. Esta la miró todo lo seria que pudo.

—Estás de coña.

—No. Mira. Zoe, sígueme.

La amiga rubia se situó al lado de Buffy y así, una junto a la otra, separaron las piernas y comenzaron a agacharse hasta acabar en cuclillas. Después, movieron el culo muy rápido, provocando las carcajadas de Aiko, Marie y la propia Meadow. Luego se pusieron de pie y se inclinaron hacia delante haciendo una reverencia mientras las otras tres aplaudían.

—Ahora tú. —Buffy se acercó a su mejor amiga, le dio un cachete en el trasero y la cogió por las caderas—. Mueve ese pedazo de culo que Dios te ha dado.

—¡Buffy, no! —gritó Meadow entre risas, pero ya era demasiado tarde. Su amiga tenía más fuerza que ella y ya la estaba empujando hacia abajo. Separó las piernas a tiempo de no caerse y movió el trasero tal y como sus amigas habían hecho segundos antes.

Zoe, Marie y Aiko chillaron, aplaudieron y saltaron, llamando la atención de más de uno, que no dudó en unirse a la fiesta. Meadow estaba muerta de vergüenza, pero, no sabía si por culpa del alcohol, no le importaba. O no tanto como debería. Meneó el culo y se estiró de un salto, con los brazos hacia arriba y dando vueltas sin dejar de reír.

Era su cumpleaños. Cumplía veintisiete años y se había prometido, antes de salir de casa arrastrada por las locas de sus amigas, que se iba a divertir como no lo había hecho en mucho tiempo. Dejaría tras la puerta sus problemas con Ethan, que no llevaba nada bien la separación de sus padres y se lo ponía cada día un poquito más difícil, y, sobre todo, con Matthew. Habían pasado cinco meses desde aquel día, desde que lo había encontrado con Destiny en la cama y lo había echado de casa. Cinco meses en los que Matthew no había dejado de presentarse allí, complicándoselo cada vez más con Ethan y...

Meadow cerró los ojos durante unos segundos y sacudió la cabeza. No iba a pensar en eso. Se había propuesto pasárselo bien y eso era lo que iba a hacer.

Se volvió hacia sus amigas y sonrió.

—Vale, ¿qué viene ahora?

Aiko desplegó el papel y observó la lista.

A sus amigas les había parecido divertido hacer un listado de veintisiete cosas que hacer para celebrar su cumpleaños. A Meadow le dio miedo cuando se lo propusieron, pues las conocía muy bien, sobre todo a la loca del pelo azul, y sabía que en esa lista podía haber cualquier cosa. Pero cuando le dijeron que la primera era salir con zapatillas de deporte, pensó que no parecía tan terrible.

La quince había sido hacer *twerking*. A ver la dieciséis...

—Tienes que tomarte un chupito de tequila —dijo Aiko, y Meadow asintió satisfecha. No era tan difícil.

Entonces Buffy le arrebató la lista a Aiko de las manos.

—Pero tienes que beberlo del cuello del camarero.

—¡¿Qué?! ¡¡Eso no es verdad!! —Meadow le quitó la hoja a Buffy y miró horrorizada el número dieciséis. Después, el diecisiete. Alzó la vista y se encontró con cuatro pares de ojos—. ¡Os habéis pasado! No pienso lamerle el cuello a nadie.

—Has accedido a cumplir todo lo de la lista —le dijo su cuñada. Meadow miró a Marie con dardos en los ojos.

—Eso fue antes de saber que erais tan malas.

—No somos malas, pequeña Meadow, queremos que te diviertas.

—¿Y para eso tengo que lamerle el cuello a un tío? —le preguntó Meadow a Aiko, que parecía ser la única de las cuatro que la miraba con algo parecido al pudor.

Meadow las conocía demasiado bien, al fin y al cabo, las cuatro eran amigas desde la escuela infantil, y Marie se les unió cuando empezó a salir con su hermano. Sabía que no la dejarían en paz hasta que cumpliera, al pie de la letra, todo lo que había en aquella maldita lista. Así que, suspirando, se volvió y miró hacia la barra del bar. Le costó un poco al principio, un montón de gente le dificultaba la visión, pero al final los vio. Cam y Timmy atendían a un grupo de chicos, Aisha ligaba con una chica mientras bebían chupitos y Spike, el nuevo, sudaba la gota gorda mientras le ponía una copa a un hombre trajeado.

Vale. Los conocía a todos. Tampoco pintaba tan mal la cosa.

Enderezó los hombros y se dirigió hacia la pareja, que eran los dueños del local. A Cam lo conocía desde que ella llevaba pañales y él le tiraba bolas de barro cuando ni siquiera levantaban dos palmos del suelo. Timmy no llevaba más de tres o cuatro años en el pueblo, pero se había integrado tan bien que parecía que llevara toda la vida en Variety Lake. Meadow estaba a punto de llegar a su destino cuando una mano la agarró del brazo y tiró de ella hacia la derecha.

—¡¡Eh!! —Se giró dispuesta a reprender a quien fuera que la estuviese arrastrando, pero las palabras murieron en sus labios cuando vio que se trataba de Zoe, que iba seguida de las demás—. ¿Qué haces?

—Ni de coña vas a lamer el cuello a Cam o a Timmy.

—¿Por qué? En la lista pone «camarero».

—Pero nosotros lo elegimos, guapa.

—¿Y tiene que ser Spike? —No pudo evitar arrugar la nariz en una mueca de asco—. No tengo nada en contra del chico, de verdad. De hecho, creo que, si se cortara el flequillo y se pusiera ropa de su talla, podría resultar hasta atractivo. Pero suda muchísimo. No quiero que me dé una arcada y hacer sentir mal al pobre.

—No te va a dar ninguna arcada, tranquila. —Zoe le guiñó un ojo. A Meadow aquel guiño no le gustó nada.

Su amiga se detuvo en seco y la sujetó por los hombros, de espaldas a la barra. Las otras tres se colocaron también enfrente y la miraron sonriendo con las manos en las mejillas y ojos soñadores.

—Me estáis dando miedo.

—Quiero cambiarme por ti, ¿puedo? —le preguntó Buffy.

Meadow intentó mirar qué había a su espalda, pero Zoe no se lo permitió. La tenía bien sujeta.

—Recuerda, pequeña Meadow. Lames el cuello, pones la sal, vuelves a lamer, trago de tequila y chupas el limón. ¿Entendido?

No le dio tiempo a contestar. Zoe le dio la vuelta y a Meadow estuvo a punto de salírsele el corazón por la boca.

Tras la barra no estaba Aisha, ni tampoco Spike. Estaba él. Un tío que no tenía ni idea de dónde había salido, pero por el que daba las gracias a quien fuera que lo hubiera puesto allí. Tenía el pelo corto y despuntado, y llevaba una camisa azul remangada hasta los codos que se le ceñía al pecho marcándole los pectorales. Estaba llenando una copa en uno de los surtidores y sonreía a la chica que se la había pedido. Le guiñó un ojo mientras le entregaba el pedido y ella le dio el dinero junto con un papelito. Él lo desplegó, lo leyó y se lo guardó en el bolsillo trasero del pantalón.

No había que ser Einstein para saber que se trataba del número de teléfono.

—A por él —le susurró alguien al oído, no podría decir quién.

Tardó dos segundos en ser consciente de la situación y en girarse, horrorizada, hacia sus amigas.

—¡¡Ni de coña pienso chupar el cuello de ese tío!!

Solo de pensarlo le sudaban las manos y le flaqueaban las piernas. Se volvió a girar, lo miró de nuevo y entonces él alzó la vista. Sus ojos se encontraron con los de ella, y a Meadow le pareció que el mundo dejaba de funcionar.

El chico dejó de servir copas y se quedó mirándola durante lo que a Meadow le parecieron horas. No le hacía falta verse en un espejo para saber que tenía las mejillas al rojo vivo. Era una de las cosas que odiaba de ser pelirroja y tener una piel tan blanca, que enseguida se ponía colorada y se le notaba mucho. Eso, y las miles de pecas que adornaban su cuerpo. Tragó saliva al tiempo que él estiraba los labios y le regalaba una sonrisa típica del mejor seductor del planeta. Pensó que debería haberle molestado, pero le encantó. Tenía una sonrisa preciosa. Y unos ojos preciosos.

Y unos brazos preciosos. Y un pecho precioso. Y un... Era mejor que parase.

Unas manos se posaron en su espalda y la empujaron hacia delante. Meadow intentó protestar, pero cuando quiso darse cuenta, estaba frente a frente con él. Sus amigas le hicieron sitio con los codos y la acercaron a la barra.

El chico no había dejado de mirarla ni un segundo.

Lo sabía porque ella tampoco había dejado de mirarlo.

—¿Qué tal, señoritas? ¿Os pongo algo? —preguntó sin dejar de observarla.

A Meadow le sorprendió su tono de voz; era profundo y ronco, aunque lo suficientemente suave como para querer que siguiera hablando.

—Es su cumpleaños —dijo una de sus amigas.

—Ya lo veo. La corona me ha dado la pista y la banda con el número veintisiete ha terminado de confirmármelo. —dijo al tiempo que se inclinaba hacia delante y apoyaba los codos en la barra. A Meadow le costaba tragar saliva—. Felicidades, pelirroja.

Vale. Ahora sí que podía decir que estaba a punto de sufrir un infarto. Siempre había odiado que la llamaran «pelirroja», por mucho que ese fuese su color de pelo, pero al oírselo a él solo había sentido la necesidad de pedirle que se lo repitiera, pero a solas, susurrándoselo al oído en una habitación.

—Tiene una lista de cosas por hacer —dijo Zoe sacándola de su ensoñación.

El camarero se irguió y cruzó los brazos a la altura del pecho.

—¿Y qué cosas hay en esa lista?

—Salir de casa con zapatillas de deporte —comenzó a enumerar Marie—, tocarle la barriga a una embarazada, hacerse un selfi con un grupo de chicas saltando, besarle la cabeza a un hombre calvo, hacer *twerking*...

—Y ahora viene la que más nos gusta —la cortó Buffy disfrutando como una niña pequeña. Miró a Meadow y le guiñó un ojo con picardía—. Tiene que tomarse un chupito de tequila.

—Esa es fácil. Aquí tengo mucho.

Buffy se aupó hasta colocarse sobre la barra y lo llamó con el dedo índice. Él se acercó intrigado e intentando no reírse. No podía apartar los ojos de la pelirroja; por la forma en la que ella lo miraba, estaba claro que lo estaba pasando mal.

—Tiene que hacerlo del cuello de un camarero. —Buffy lo susurró como si le estuviese contando un secreto, aunque lo habían escuchado todas.

Él se apartó y miró a la cumpleañera con los ojos muy abiertos. Meadow se quería morir. Aunque primero quería cargarse a sus amigas. A todas ellas. De una forma lenta y dolorosa.

—¿Y quién es el afortunado? —dijo «afortunado» de tal manera que Meadow tuvo que cerrar las piernas.

—Eres camarero, ¿no? —preguntó Zoe. Duncan miró hacia los lados, después a su espalda, se volvió hacia ella y se encogió de hombros.

—Estoy al otro lado de la barra. ¿Qué otra cosa iba a ser?

A Meadow le temblaban tanto las piernas que no sabía si sería capaz de dar un paso al frente, mucho menos de beber tequila del cuello de aquel tío.

—Vamos, pequeña Meadow, tú puedes.

Buffy le dio a su amiga una palmada en el culo, haciéndole pegar un brinco para que, por fin, reaccionase. Seguía mirando los ojos del camarero. Eran de color gris, jamás había visto unos igual, y eran hipnotizadores. La observaban de tal manera que, además de ponerla nerviosa —más de lo que ya estaba—, le provocaban un hormigueo en todo el cuerpo.

El camarero se dio la vuelta y se puso a buscar entre las botellas que había en el estante. Lo vio coger el tequila, un vaso de chupito, sal y un limón. Cortó este último y se volvió a girar hacia ella. Meadow oía las risitas de sus amigas a su espalda; las ganas de darse la vuelta y mandarlas al infierno eran infinitas.

Pero las ganas de lamer aquel cuello también.

El camarero se acercó a la barra, a escasos centímetros de ella, y lo dispuso todo en medio de los dos. Levantó la sal frente a su cara y le guiñó un ojo mientras ladeaba el cuello, exponiéndolo.

—Todo tuyo, pelirroja.

Otra vez ese «pelirroja».

Otra vez ese cosquilleo entre las piernas.

«A la mierda —pensó Meadow—. Ahora o nunca».

Apoyó las manos en la barra y, de un salto y asegurándose de que no se le veía nada, pasó las piernas por encima y aterrizó al otro lado, junto al camarero. Él la miró sorprendido al principio, pero luego le brindó una sonrisa, más propia de un anuncio, que le hizo contener un gemido.

Jamás le había pasado nada parecido con nadie. Se sentía como una quinceañera con las hormonas revolucionadas. Ella no era atrevida. Vivía según unas normas y le gustaba tenerlo todo más o menos controlado. Pero ya había dado el paso y no podía echarse atrás.

Le quitó la sal de las manos, se acercó a él y pasó la lengua por su cuello con delicadeza, recreándose un poquito más de lo moralmente aceptable. Después puso sal y volvió a lamer, reprimiéndose para no darle un mordisquito. Se bebió el vaso de tequila de un trago y chupó la rodaja de limón.

Todo sin dejar de mirarlo.

Todo sin dejar de sentir mil cosquilleos en todo el cuerpo.

Todo sin dejar de pensar que necesitaba volver a lamer ese cuello.

El chico tampoco dejó de mirarla, y Meadow pudo apreciar cómo aquellos ojos grises pasaban a ser de un color negro intenso cuando ella terminó de chupar el limón. Se pasó la punta de la lengua por los labios. Se fijó en que el chico seguía todos y cada uno de sus movimientos. También en cómo tensaba los hombros y fruncía la boca.

De repente, se sentía poderosa y sexy. Además de excitada.

—¡¡Lo has conseguido, pequeña Meadow!! —gritó Marie, su cuñada, sacándola del letargo en el que se había quedado atrapada.

Meadow parpadeó, dio un paso atrás y volvió a saltar la barra. Tenía que poner distancia o acabaría tirándose a los brazos de aquel desconocido porque, por mucho que acabase de lamerle el cuello y de chupar su piel, el camarero era un desconocido y ella no hacía esas cosas.

La música y el ruido del local volvieron a sus oídos. Sus amigas la abrazaron y gritaron, emocionadas de que lo hubiese hecho. Meadow no se giró. No podía.

—¿Volvemos a la pista? Creo que me irá bien bailar un poco. —En realidad, lo que necesitaba era marcharse a su casa, pero sabía que no se lo iban a permitir. Y tampoco quería que supiesen lo afectada que estaba.

—¿No te despides? —le preguntó Aiko moviendo la cabeza de forma casi imperceptible hacia un lado.

No quería, pero no podía ser maleducada. Así que respiró hondo, fingió una sonrisa de indiferencia y se dio la vuelta. Los ojos del camarero seguían siendo negros y la miraban con intensidad.

—Ha sido un placer. ¡Y gracias!

Le dio la espalda y empezó a andar hacia la pista. Ni siquiera se molestó en comprobar si sus amigas la seguían. Tenía que alejarse. Cuanto más, mejor.

El pelo, que esa noche había decidido llevar suelto, se le pegaba a la piel y le picaba. Tenía un calor de mil demonios y la chaqueta color salmón le sobraba. La verdad es que le sobraba todo, pero no era plan de quedarse en bragas y sujetador. Se hizo una coleta con la goma que siempre llevaba en la muñeca y se quitó la chaqueta para anudársela a la cintura.

—Yo también tengo calor, y eso que yo no he lamido un cuello... —Meadow se giró hacia Buffy, que se aguantaba la risa y la miraba de forma socarrona.

Quiso hacerla callar, decirle que ella tenía calor por la cantidad de gente que había en el local, pero era inútil mentirle. A todas las quería con locura y eran casi como sus hermanas, pero la relación con Buffy era especial. Eran uña y carne, parecían siamesas. Se comunicaban con la mirada y era imposible que hubiera secretos entre ellas.

—Me tiemblan hasta los dedos de los pies —terminó confesando porque, lo dicho, mentir no serviría de nada.

Buffy se echó a reír a carcajadas y se acercó para abrazarla.

—¿Por qué te has ido? —le preguntó una vez que se hubo separado.

—¿Cómo que por qué me he ido? ¿Tú me has visto? —Se señaló la cara haciendo círculos—. No me veo, pero debo de estar más roja que un tomate maduro. Y además ya te lo he dicho, me tiembla todo. No podía dejar que él me viese así.

—Yo creo que le ha gustado. Aprovéchate.

—¿Que me aproveche? Dios, estás loca.

Meadow se tapó la cara con las manos. Aquella conversación estaba degenerando y era mejor dejarla. Buffy le bajó las manos y la miró lo más seria que pudo.

—Vive, peque. Darle una alegría al cuerpo no es malo.

—¿Qué alegría ni qué narices? ¿Tú te oyes?

—Alto y claro. ¿Y tú? —Meadow negó con la cabeza—. ¿De qué tienes miedo?

—¡No sé ni su nombre!

—Pues vas y se lo preguntas.

—Para ti es fácil decirlo, no le acabas de lamer el cuello.

—¿Ese es el problema? Pues voy, se lo lamo y luego le pregunto cómo se llama.

A veces, discutir con Buffy era como discutir con una pared.

Las otras tres amigas se unieron a ellas cargadas cada una con una o dos copas. Marie le pasó una a Buffy y Aiko a Meadow.

—Es un cóctel de maracuyá con ron —le dijo—. Lo ha preparado tu camarero especialmente para ti.

—No es mi camarero —siseó entre dientes. Aun así, cogió el cóctel y le dio un trago largo. Estaba delicioso. Como su cuello. «Joder», se reprendió. No podía pensar en eso—. Bailemos, ¿vale?

Sus amigas asintieron y las cinco se dejaron llevar por la música. Se encontraron con gente del pueblo que se acercó a felicitarla y a bailar con ellas. Tampoco era difícil: Variety Lake no era muy grande y todos se conocían.

Meadow lo intentó con todas sus fuerzas, pero no pudo evitar volverse en más de una ocasión para buscarlo. Lo hacía de forma disimulada para que él no la pillase, aunque era una tarea ardua, pues siempre se encontraba con los ojos del camarero puestos en ella.

4

Duncan no tenía ni idea de qué había sido eso. No era la primera vez que se encontraba con una chica bonita. Tampoco la primera que hablaba con una. Sin ir más lejos, llevaba en el bolsillo del pantalón por lo menos cuatro números de teléfono, y todos eran de chicas preciosas. Y, aunque sonara fanfarrón, tampoco era la primera vez que una chica bebía tequila de su cuello.

¡Él había bebido tequila del ombligo de una!

Entonces ¿por qué se sentía así? ¿Por qué cuando notó los labios de aquella chica sobre su cuello, el corazón comenzó a latirle más rápido de lo normal? ¿Por qué le había hormigueado la piel? ¿Por qué había tenido esa sensación de abandono cuando ella se apartó, saltó la barra y se marchó al centro de la pista seguida de la chica del pelo de color azul?

No tenía ni idea, pero algo le decía que aquello no era normal, y no le gustaba sentirse así. ¿Excitado? Sí, mucho. Demasiado. ¿Vulnerable? Ni un poquito.

Pero era algo que no podía evitar. Como tampoco pudo evitar seguirla con la mirada durante el resto de la noche, viéndola dar vueltas y mover las caderas o los labios al ritmo de la música. Se había recogido el pelo y se había quitado la chaqueta, dejando el cuello despejado. Cada vez que lo veía, a Duncan solo le daban ganas de coger la botella de tequila, ir hasta donde estaba ella y decirle que ahora le tocaba a él lamer y chupar su cuello.

—Tierra llamando a capullo supremo. Tierra llamando a capullo supremo. —La voz de su primo, casi pegada a su oreja, lo hizo parpadear y apartar la vista de la pelirroja.

—¿Qué? —gruñó. Su primo aguantó la risa y levantó las manos con las palmas hacia arriba.

—¿Alguien se ha bebido doble ración de mala hostia?

Duncan se pasó una mano por la cara, frustrado, y resopló. Ni siquiera sabía por qué estaba tan gruñón.

—Perdona, es que...

—No me des explicaciones. Ya he visto que has estado bastante ocupado toda la noche.

Timmy movió las cejas de forma sugerente. Duncan volvió a resoplar, apartándose el flequillo de los ojos. Giró la cabeza hacia el centro de la pista, buscándola, pero no la vio por ninguna parte, aunque sí a sus amigas.

¿Se habría ido ya?

—¿Me estás escuchando? —le preguntó su primo. Duncan se giró hacia él y lo miró entornando los ojos.

—¿Me estás hablando?

—Desde hace un buen rato. —Carcajeó. Se cruzó de brazos y lo miró de forma burlona—. Veo que ese lametazo te ha afectado más de lo que creía.

—¿Lo has visto?

—Chaval, este es mi local, yo lo veo todo.

Duncan quería preguntarle si conocía a la chica. Estaba seguro de que sí. Él solo sabía que era Meadow, porque así era como la habían llamado sus amigas. Cuando estaba a

44

punto de hacerlo, un grupo de chicos entró en el local y no tardó en ocupar la barra y captar la atención del camarero.

—Tómate un respiro. Lávate la cara, fúmate un cigarro... Lo que quieras —le dijo Timmy antes de irse, palmeándolo en la espalda.

Duncan le hizo caso. Abandonó la barra y, casi a empujones, atravesó un pasillo oscuro hasta llegar a los baños. Echó un vistazo a la cola del de mujeres y sonrió para sus adentros. No sabía por qué, pero siempre había cola. En la puerta del de los hombres no había nadie. Abrió la puerta decidido y por poco no se le estampó en la cara al hacerlo, y es que no se encontró con un hombre dentro, sino con una mujer. Una chica preciosa con la piel blanca bañada de pecas y el pelo largo, rizado y pelirrojo, recogido en una coleta en lo alto de la cabeza. Lo miraba a través del espejo con ojos sorprendidos.

Duncan dio un paso atrás, levantó la cabeza y comprobó que no se había equivocado de baño. Estaba en el de hombres.

Las comisuras de su boca se estiraron hacia arriba y una sonrisa se le formó en los labios. Las mejillas de la chica comenzaron a teñirse de rojo. Tanto, que las pecas se fundieron hasta desaparecer.

—Creo que te has equivocado —le dijo con su voz ronca mientras entraba y cerraba la puerta a su espalda.

Vio cómo el pecho de Meadow subía y bajaba de forma agitada y que las pupilas se le dilataban. No pudo evitar que su parte más primitiva diese una voltereta lateral al ser consciente de que no era el único en ese baño que estaba excitado.

—Cuan... Cuando he llegado, el baño de chicas estaba ocupado y había mucha cola —contestó Meadow a modo de excusa.

A Duncan le daba igual. Solo le importaba que ella estuviera allí, frente a él, y que no se hubiera marchado.

—No te he visto en la pista con tus amigas. Creía que te habías ido.

—¿Me estabas mirando?

—Sabes que sí... —susurró mientras se acercaba a ella despacio, pues no quería asustarla. De hecho, esperaba que la chica se diese la vuelta y saliese corriendo, pero, para asombro de Duncan, no lo hizo. Se quedó quieta, de espaldas a él, sin dejar de mirarlo a través del espejo.

Duncan se puso detrás de ella, lo más cerca que pudo, pero sin llegar a invadir su espacio personal. No quería agobiarla ni que se sintiese incómoda.

—Te he visto antes riendo con tus amigas, subida a una silla. Y luego, cuando has venido a donde yo estaba. Y después, mientras meneabas las caderas captando la atención de todos los hombres del pub. —La miró a los ojos, asegurándose de que no perdía detalle de lo que le decía—. Sobre todo la mía.

Meadow se agarraba con ambas manos al lavabo y apretaba tan fuerte que los nudillos se le pusieron blancos. Duncan los vio y sonrió satisfecho.

—Esto no está bien —susurró la chica, pero lo suficientemente alto como para que Duncan lo oyese.

Él apartó la vista de sus manos y volvió a centrarla en sus ojos.

—¿El qué?

—Esto. Nosotros.

Duncan respiró hondo y metió las manos en los bolsillos.

Los dedos le hormigueaban por las ganas que tenía de tocarla, de rozarla, pero antes se los amputaría que hacer algo inapropiado o que pudiera molestarla. Así que decidió guardarlos.

—¿Quieres que me vaya? —le preguntó serio, sin ningún atisbo de sonrisa. Quería que ella entendiera que se lo preguntaba totalmente en serio. Si le decía que sí, daría media vuelta y desaparecería por la puerta sin ni siquiera hacer preguntas.

Vio cómo Meadow pensaba en lo que acababa de preguntarle y, cuando estaba seguro de que diría que sí, la vio negar con la cabeza.

—No.

La rotundidad con la que habló casi le hizo perder el poco juicio que le quedaba. Casi.

—¿Estás segura?

—Sí.

—¿Y qué quieres que haga, pelirroja?

Esta vez sí. Meadow se dio la vuelta despacio y se quedó frente a frente con él. Los ojos le brillaban y tenía los labios hinchados y rojos.

Duncan se moría por besarlos.

Joder. Se moría por hacerles de todo.

Estaba tan excitado que hasta le dolía. Esperaba que Meadow no desviase la vista hacia su entrepierna. Aunque nunca se había avergonzado por cosas como esa en esos momentos, con aquella chica delante, mirándolo, pensó que no quería que lo viese. La idea de que creyese que era un pervertido sexual no le gustaba nada.

Pero la naturaleza era libre, y la suya parecía serlo más.

—¿Qué quieres que haga, pelirroja? —repitió.

Meadow cogió aire y lo soltó poco a poco.

—Quiero que me ayudes a cumplir el siguiente punto de mi lista.

—¿Y cuál es?

—Besar a un desconocido.

A tomar por saco. Había muerto y acababan de enviarlo al cielo. Dios existía y había escuchado sus plegarias.

—¿Dónde? —preguntó. La voz le salió como un graznido, pero es que estaba ya muy excitado y era difícil ocultarlo.

—Donde quieras.

¿En serio? ¿Aquella chica que parecía de porcelana, tan dulce y tierna que daba miedo tocarla por si se rompía, acababa de decirle que la besase donde quisiera? Lo dicho, Dios existía y él tenía que darle las gracias en algún momento. O había sido muy bueno en otra vida y se le estaba recompensando en esta.

Estaba más duro que una piedra. Necesitaba moverse para recolocarse el paquete, pero se obligó a permanecer quieto.

—Me muero por besarte en los labios.

—Vale.

—Pero también quiero beber tequila de tu cuello. —La vena del cuello de Meadow palpitó y ella abrió mucho los ojos. Parecía sorprendida. Aun así, asintió—. Tienes que salir de aquí conmigo para eso.

—¿Quieres hacerlo en la barra? —preguntó un tanto preocupada.

Duncan negó con la cabeza. Ni de coña iba a besarla delante de todo el mundo. Y ni de coña iba a hacerlo en el cuarto de baño, donde cualquiera podía entrar y pillarlos, haciéndola sentir incómoda. A él le daba igual, pero algo le decía que a Meadow sí le importaría.

—En el almacén. Sé dónde Timmy y Cam guardan las botellas de tequila. —Sacó la mano del bolsillo y estiró el brazo con la palma hacia arriba. Meadow la miró y, sin dudar, apoyó la suya encima.

La piel ya había pasado a un segundo nivel de hormigueo.

Entrelazaron los dedos y él tiró de ella para acercarla a su cuerpo. Se inclinó hacia delante y enterró la nariz en su cuello. Le dio un beso detrás de la oreja y le mordió ligeramente el lóbulo.

—Si quieres que me vaya, lo dices. Si quieres que pare, lo dices. Si quieres marcharte tú, te marchas. ¿De acuerdo? —Meadow asintió, pero no dijo nada. Duncan se apartó y la miró a los ojos—. En cualquier momento, ¿vale?

—Vale.

Sonrió, le apretó la mano y salió raudo y veloz del baño con ella pisándole los talones.

La sangre le bombeaba con fuerza y los oídos le pitaban. No escuchaba nada: ni el ruido de la música, ni los gritos de la gente... nada. Solo su corazón acelerado y el golpeteo de sus pies en el suelo mientras caminaba en dirección al almacén.

Al entrar, cerró la puerta y siguió andando hasta llegar a unas escaleras. Las subió tan rápido que parecía que volaba. Echó un vistazo a Meadow por encima de su hombro y vio que la chica se mordía el labio.

—¿Estás bien? —le preguntó.

Meadow levantó la cabeza y lo miró.

—Sí.

Llegaron al piso de arriba y Duncan abrió una puerta que estaba cerrada. Era el despacho de Cam, que se encargaba del papeleo. Después de asegurarse de que Meadow había entrado, cerró de una patada y, en un rápido movimiento, la inmovilizó contra la puerta. La apoyó en ella, atrapada entre sus brazos. Sus pechos pegados y sus caras tan cerca la una de la otra que era capaz de sentir su aliento colándose entre sus dientes y acariciarle los labios.

—No creo que aquí haya tequila —le dijo Meadow con un asomo de burla en su voz. Duncan se rio y negó con la cabeza. Se había olvidado del maldito tequila.

—Creo que he decidido saltarme esa parte. ¿Te parece bien? —Meadow asintió. Duncan volvió a negar con la cabeza. Le puso un dedo bajo la barbilla y le alzó la cabeza. Quería que lo mirase a los ojos—. Dímelo, Meadow. Dime que quieres que te bese. Yo me muero por hacerlo, pero no pienso dar el paso si no estás segura al cien por cien. Si el objetivo es cumplir con ese punto de la lista, estaré encantado de bajar y darte un beso delante de tus amigas. Uno casto, dulce y recatado. Pero si el objetivo es otro... Si de verdad quieres que te bese... Dímelo con palabras, mirándome a los ojos, sin titubear. Porque si es así, te juro que el beso que pienso darte es de todo menos recatado.

El corazón le latía con fuerza en el pecho cuando ella apoyó una mano justo allí, en el centro, y, haciendo lo que él le había pedido, lo miró a los ojos y habló sin titubear.

—Quiero que me beses. Y no quiero que lo hagas abajo, quiero que lo hagas aquí. Y lo recatado es historia, y nosotros hace mucho tiempo que dejamos el siglo XVIII atrás.

Estaba claro lo que Meadow le estaba pidiendo, y él estaba más que dispuesto a dárselo.

Acercó sus labios a los de ella y los rozó. Despacio al principio, con más intensidad después. Abrió la boca y deslizó las manos por su espalda hasta llegar a su coleta y enredarla entre sus dedos. Meadow no se quedó atrás. Dejó una de las manos donde estaba, en el pecho de él, y puso la otra en su nuca, dejando que sus dedos se escurrieran entre su pelo, volviéndolo loco. Él la apretó contra sus caderas y Meadow gimió dentro de su boca al notar la excitación pegada a su vientre. Ese gemido fue el detonante de lo que vino después.

La lengua de Duncan fue al encuentro de la de ella y, en cuanto se tocaron, el beso pasó a estar marcado por la desesperación y las ganas. Duncan sentía que nunca iba a saciarse de ella, y era algo absurdo. La conocía desde hacía ¿cuánto? ¿Cinco minutos? Se sentía como un completo adolescente dando su primer beso. La diferencia era que el Duncan de catorce años era torpe y baboso y el de treinta y cuatro no tenía nada de eso. Bastaba con oír los gemidos y los jadeos que salían de la garganta de Meadow para corroborarlo.

Volvió a cogerla de la nuca y tiró de ella para ladearle la cabeza y tener un mejor acceso. Meadow abandonó su cuello y empezó a palparle el cuerpo. Duncan no sabía si había sido él o ella, pero, de repente, la pierna de Meadow le rodeaba la cintura y el vestido se le había subido, dejándole el muslo al descubierto. No dudó en llevar allí la mano mientras la besaba y le mordía el cuello, la mejilla, el hombro y cualquier trozo de piel que quedara a la vista.

Meadow le clavó los dedos en la espalda y echó la cabeza hacia atrás.

—Oh, Dios... —susurró.

Duncan serpenteó con la mano hacia arriba, hasta el elástico de su ropa interior. Abandonó sus labios, a los que había vuelto desesperado, y la buscó con la mirada. Meadow tenía los ojos cerrados, pero pareció percibir que él la observaba, porque los abrió y se quedó fija en los suyos.

Él siguió indagando hasta que deslizó un dedo y le rozó los labios menores. Meadow abrió los ojos y boqueó cómo un pez, pero no le pidió que parase. Al contrario. Usó la pierna que tenía en su cintura para acercarlo más a ella. Duncan sonrió al tiempo que la rozaba en toda su hendidura y colaba un dedo en su interior.

—Demasiado bueno para ser cierto —musitó.

Él quería besarla. Solo besarla. No tenía pensado llegar al punto en el que estaban, ni mucho menos, pero, ya que habían empezado, no podía parar.

Volvió a besarla al tiempo que sacaba el dedo y lo introducía de nuevo.

—Sí —susurró Meadow—. Por favor, quiero... Sí... Quiero...

Meadow murmuraba incoherencias mientras él la atormentaba con los dedos, los labios y la lengua.

En apenas unos segundos, Duncan le había subido la falda del vestido hasta la cintura y Meadow le había desabrochado el cinturón y bajado la cremallera de los vaqueros. Ahora era ella quien le acariciaba el bulto por encima del bóxer y le besaba con desesperación. Duncan no había dejado de acariciar su interior ni un solo segundo. De hecho, ya no era un dedo el que tenía dentro, sino dos.

Meadow cogió el elástico de los calzoncillos y tiró de ellos hacia abajo, liberando su dureza. Él la vio mirar hacia abajo y abrir los ojos sorprendida.

Si no hubiesen estado en esa situación, a Duncan le hubiera entrado la risa al ver su expresión.

Pero estaban medio desnudos, jadeando el uno sobre el otro y con las respiraciones aceleradas.

—¿Quieres que pare?

Meadow apartó con rapidez la vista de su entrepierna y lo miró a los ojos sorprendida.

—¿Bromeas?

¡Dios!, tenía las mejillas encendidas, los ojos brillantes y los labios tan hinchados por su culpa, que era un regalo para la vista.

—Menos mal —murmuró Duncan. Le dio un beso en los

labios y le mordió el inferior antes de apartarse—. Necesito agacharme para buscar un condón en la cartera. No te muevas, ¿vale?

—No creo que pueda.

Duncan quería reír y darse golpes en el pecho como un hombre de las cavernas, pero lo que hizo fue asegurarse de que la dejaba bien apoyada en el suelo antes de agacharse y rebuscar en su cartera. Se puso el preservativo tan rápido que tuvo que comprobar dos veces que lo había hecho bien. Mientras, Meadow había dejado caer las braguitas deslizándose por sus piernas hasta olvidarlas en el suelo.

Entonces Duncan la cogió por las nalgas y la levantó. Meadow se agarró a sus hombros y así, con los labios rozándose, los alientos mezclándose y las miradas enredadas, Duncan entró en su interior de un solo golpe.

—Madre mía, qué grande es...

—¿Te duele? —Meadow negó con la cabeza y cerró los ojos. Echó la cabeza hacia atrás y suspiró—. ¿Quieres que salga?

Abrió los ojos y lo miró.

—Quiero que te muevas. Por favor...

Duncan le apretó con más fuerza las nalgas, se aseguró de que estaba bien apoyada en la puerta y empujó. Primero despacio. Dos, tres, hasta cuatro veces. Cuando Meadow gritó, supo que podía empezar a moverse más rápido.

A Duncan lo había invadido el deseo y ya no podía pensar en nada más. No dejaba de besarla en los labios mientras se empapaba de los gritos que salían de su interior. Flexionó las piernas para tener un mejor ángulo y eso pareció gustarle a Meadow.

—Sí... Sí... Por favor...

—Duncan. —Meadow lo miró—. Me llamo Duncan.

Hasta ese momento ni siquiera se había dado cuenta de que ella no sabía su nombre.

Meadow se agarró a sus hombros.

—Duncan...

Escucharla pronunciar su nombre fue una sensación que no pudo describir, pero no podía quedarse quieto en ese momento para intentar analizarla. Ya tenía claro que nada de lo que le pasaba con aquella chica tenía sentido.

No creía en los flechazos. Creía en la atracción física y animal entre dos personas.

No creía en los hormigueos al sentir la piel de una mujer rozándose con la suya. Creía en los orgasmos y en la tensión sexual.

Tampoco creía en la conexión que experimentaban dos personas al mirarse. Creía en la seducción y poco más.

Sin embargo, allí estaba. Con ella. Sintiéndolo todo.

Meadow apoyó la frente en su hombro y le mordió. Duncan sabía que ella se estaba corriendo y él no tardaría en hacerlo. Notó como las piernas se le tensaban bajo sus manos y que su interior lo apretaba, ciñéndolo tanto que temió que le cortase la circulación. Pero ese miedo le duró apenas unos segundos, porque después perdió el poco control que aún tenía y empezó a embestirla con fuerza.

No sabía si la volvería a ver. No sabía qué pasaría al acabar. No tenía ni idea de nada. Solo sabía que quería que, dentro de una semana, ella aún lo sintiese palpitando en su interior.

Duncan se corrió, dejándose llevar y jadeando como un animal salvaje. Empujó un par de veces más, pero esa vez más despacio, con más suavidad y disfrutando de los últimos momentos del orgasmo.

Cuando acabó, apoyó la frente en el pecho de Meadow y no pudo evitar sonreír.

Que lo matasen si no había sido el mejor polvo de su vida.

Se hubiera quedado así para siempre, pero sabía que tarde o temprano tendría que moverse. Así que, con toda la pereza del mundo y muy pocas ganas, salió de su interior. Con cuidado, se aseguró de que Meadow apoyaba los pies en el suelo y se podía sostener por sí sola.

Dio un paso atrás y sonrió. Pero la sonrisa se le esfumó del rostro en cuanto la miró. Meadow fruncía el ceño y, donde antes había una sonrisa, ahora había una fina línea.

—Meadow, yo...

—Tengo que irme —dijo cortándolo.

Se recolocó la falda y comprobó que tenía el vestido en su sitio.

Duncan no sabía qué decir. Seguía con los pantalones bajados y el condón puesto. Alargó la mano para tocarla, pero, antes de que pudiera hacerlo, Meadow se había escurrido de entre sus brazos, había abierto la puerta y corría escaleras abajo como si la estuviese persiguiendo el mismísimo diablo.

5

No sabía con exactitud cuánto llevaba mirando el pasillo por el que había desaparecido Meadow; lo mismo podían ser cinco minutos como cinco horas. Al principio, pensó que ella volvería, que le pediría perdón por marcharse de aquella manera y que hablarían. En ese instante ya era consciente de que eso no iba a suceder y de que era hora de moverse.

Cogió el envoltorio del preservativo y lo se lo guardó (en el bolsillo del vaquero). Solo le faltaba que Cam viese un condón usado en la papelera de su despacho. Primero lo mataría y después le daría un infarto. Justo cuando estaba a punto de dar un paso, algo que había en el suelo captó su atención. Se agachó a cogerlo y se encontró con las bragas de Meadow. Ni siquiera se había dado cuenta de que había salido corriendo sin ellas.

¿Tan poco le había gustado? ¿Tan horrorizada estaba por la situación que había huido como un ladrón de bancos?

Se pasó una mano por el pelo y cerró la puerta al salir. Bajó las escaleras, cruzó el almacén y se fue directo al cuarto de baño. Necesitaba refrescarse con agua fría, aclararse la mente y pensar en lo que había pasado. Tiró el preservativo a la papelera y miró las braguitas de Meadow una última vez antes de tirarlas también a la basura. Si se las quedaba, parecería un loco y un pervertido. Lo que le faltaba...

Jamás había hecho una cosa como aquella. ¿Rollos de una noche? Sí, claro. Pero nunca se había acostado con una chica a la que había conocido apenas cinco minutos antes. Jamás había sentido una atracción como aquella por alguien. Una atracción tan fuerte que lo mantenía en una especie de letargo del que no sabía cómo salir. Aún sentía sus piernas alrededor de la cintura y sus dedos clavados en la piel.

Echó un vistazo a su entrepierna y suspiró. Alguien estaba despertando de nuevo. Tenía que salir de allí, irse a casa y darse una ducha bien fría porque estaba claro que mojarse la nuca no le estaba sirviendo de nada.

Al salir, echó un vistazo al centro de la pista. Estaba llena, decenas de cuerpos bailando al ritmo de *Sex Bomb* de Tom Jones. A Duncan le entró la risa floja, pues le pareció que no había una canción más apropiada para la ocasión, aunque, en esos momentos, todo lo que contuviera la palabra «sexo» constituía un problema para él.

Buscó entre la multitud para ver si la veía. No sabía qué le diría. De hecho, ni siquiera sabía si se acercaría a ella, pero necesitaba comprobar que estaba bien. La idea de que se hubiese marchado porque él le había hecho daño le taladraba la cabeza... Pero no podía ser. Ella le había mordido, le había arañado, le había pedido más mirándolo a los ojos y se había corrido con la cabeza echada hacia atrás y gritando... Si le hubiese hecho daño, él se habría dado cuenta. Tenía que ser otra cosa, pero no sabía qué. Tampoco podía preguntárselo, porque Meadow, la chica del pelo del color del fuego, había desaparecido sin dejar rastro.

Frunció el ceño por última vez mirando la pista de baile. Después, dio media vuelta y se dirigió a la salida. Ni se le pasó por la cabeza despedirse de su primo o de Cam y decirles que se iba a casa. No quería contarles lo de Meadow. No era que a él le importase demasiado que se enterasen, pero algo le decía que a ella sí, y no quería hacerla sentir incómoda. Además, prefería depilarse los pelos de las piernas con pinzas antes que ponerse a servir copas de nuevo. Para él, la noche había llegado a su fin.

Dejó el coche aparcado en la puerta del pub y decidió ir a casa andando. Había bebido unas cuantas cervezas y, aunque de eso hacía ya varias horas, no le gustaba coger el coche después de beber. Además, necesitaba que el aire le diera en la cara y despejarse.

Meadow...

Su nombre le provocaba cosquillas en la lengua y también lo ponía de mal humor. Se metió las manos en los bolsillos del vaquero y negó con la cabeza. Mientras caminaba hacia casa, llegó a la conclusión de que iba a dejar de pensar en la parte negativa de lo que había pasado esa noche y se centraría en la positiva. Había sido el mejor polvo de su vida, eso era así, no lo podía negar; de modo que se quedaría con eso y lo demás lo guardaría bajo llave.

Ya se ocuparía de ello cuando se la encontrase de nuevo. El pueblo no era muy grande, en algún momento pasaría. Él siempre había sido un tío paciente, podía esperar.

Mientras tanto, recordaría su olor, su sabor y la suavidad de su piel. Sobre todo, cuando estuviese en la ducha, pensaría en esos momentos en los que los ojos de la pelirroja lo miraban cargados de deseo.

6

La mantequilla chisporroteaba en la sartén. Meadow le dio vueltas a la masa en el bol, cogió un poco y la vertió sobre el líquido caliente. En apenas unos segundos, la tortita empezó a tomar forma de corazón. Le dio la vuelta y se preparó para echar la segunda.

Sonrió cuando unos pasos apresurados entraron en la cocina.

—Buenos días, campeón. El desayuno está casi listo.

Echó un vistazo por encima del hombro para ver cómo su hijo abría la nevera, cogía la botella de zumo de naranja y le daba un trago. Cuando empezó a hacerlo, no lo soportaba. Ahora ya se había acostumbrado.

Colocó las dos tortitas sobre un plato y les echó sirope de arce por encima. Se dio la vuelta y se lo puso delante a Ethan, que ya se había sentado a la mesa de la cocina.

No pudo evitar quedarse embobada mirándolo. Estaba enamorada de su hijo. Era una verdad universal. Lo había tenido cuando era muy joven, con apenas dieciocho años, y, si bien era cierto que no había sido, para nada, un embarazo deseado, en cuanto las dos rayitas aparecieron en el test supo que no iba a querer a nadie tanto como al pequeño o pequeña que crecía en su interior.

No había sido sencillo. Erik y ella habían perdido a sus padres en un accidente de coche justo dos años antes, así que al principio se sintió muy sola y asustada. Echaba terriblemente de menos a su madre y odiaba no tenerla a su lado en un momento tan importante como aquel. Pero pronto dejó de sentirse así, pues sus amigas se volcaron en ella y también sus familias. Ethan pasó de no tener abuelos maternos a tener cinco. Querían tanto a su hijo que tuvo que organizarse para que todos disfrutasen del pequeño el mismo tiempo. También había tenido el apoyo de Erik, por supuesto. Su hermano se involucró tanto que llegó un momento en el que tuvo que pedirle que echara el freno. Menos mal que pronto apareció Marie, porque ella adoraba a su hermano, pero él la agobiaba. Esa era la verdad.

También había contado con la ayuda de Matthew, aunque no de la forma en la que a ella le hubiese gustado. Y es que no dio señales de vida hasta que nació el niño.

Pero eso era algo que no le gustaba recordar. Luego resultó ser un padre maravilloso que adoraba a su hijo, igual que su hijo lo adoraba a él, y eso era lo importante. Que hubiese acabado siendo un marido pésimo era otro cantar.

Se sentó a la mesa con Ethan y sonrió al verlo fruncir el ceño mirando el plato con las tortitas.

—Mamá, no puedes seguir haciéndome tortitas con forma de corazón. Este año voy a cumplir nueve años. ¿Quieres que mis amigos se rían de mí?

—Pero nadie nos ve. —Ethan levantó la cabeza y la miró como si le hubiesen salido cuernos.

Meadow se tragó la risa. No quería que su hijo se enfadase con ella. Desde que Matthew se había ido, las cosas no habían sido fáciles entre madre e hijo. Ethan la culpaba de alguna manera de la marcha de su padre y, aunque no estaba totalmente segura, sabía que este le comía la cabeza. Además, no ayudaba que siguiese llamándole «cariño» y «princesa» delante del niño, que la abrazase o que le regalase flores, entre otras muchas cosas...

Así que se aguantó la risa y asintió con la cabeza.

—Esta es la última vez. Lo juro. —Levantó una mano con la palma hacia arriba. Ethan puso los ojos en blanco, pero terminó asintiendo y regalándole una pequeña sonrisa—. ¿Estás nervioso por el primer día de cole?

Ethan se metió un trozo enorme de tortita en la boca y negó con la cabeza.

—Tenemos profesora nueva, o eso me ha dicho Yuu.

—¿En serio? ¿Qué ha pasado con la señora Graham?

El pequeño se encogió de hombros mientras se terminaba la primera tortita.

—Creo que se ha jubilado.

—¿Seguro? Yo creo que aún no tenía la edad.

Meadow peló un pomelo y empezó a comérselo mientras le daba sorbos al café que se había preparado.

—No sé. Pero estoy contento. La señora Graham era un auténtico coñazo.

—¡Ethan!

—¿Qué? Es verdad.

Meadow iba a decirle que no podía hablar así de la gente mayor, pero lo cierto es que tenía razón. La señora Graham era un enorme dolor de cabeza para cualquier habitante de Variety Lake.

Ambos siguieron hablando tranquilamente mientras comían, bebían y se reían. Meadow estaba tan contenta que estuvo a punto de pedirle a su hijo que se saltase el primer día de cole y se quedase con ella en casa. Pero el autobús llegó, tocó el claxon y a Ethan le faltó tiempo para salir corriendo. Ella salió detrás con la bolsa de papel, donde le había metido el almuerzo, en la mano. Se la dio cuando las puertas del autobús amarillo ya se cerraban.

Lo vio alejarse calle abajo y suspiró feliz y contenta de que todo hubiese ido tan bien esa mañana.

Dio media vuelta y entró en casa. Tenía mucho trabajo en la granja. Aunque echaba una mano de vez en cuando a Erik y al resto de los chicos con los animales, lo suyo eran los números. No había podido ir a la universidad porque la idea de separarse de Ethan recién nacido le producía ansiedad, así que se había formado a distancia y había conseguido sacarse un título de Contabilidad.

Fue hasta el despacho que se había montado en casa, encendió el ordenador y tomó asiento. Pero no pudo leer ni un mísero e-mail, pues ciertas imágenes comenzaron a danzar por su mente, tal y como le venía sucediendo desde la noche de su cumpleaños, hacía ya quince días. Se llevó una mano a los labios y sonrió. Aunque habían pasado varios días, aún sentía los labios de Duncan sobre los suyos, sus respiraciones acompasadas. Pero lo que más recordaba era tenerlo dentro, así como sus gemidos en el oído.

Se tapó la cara con las manos y negó con la cabeza.

Duncan.

¡Si ni siquiera sabía cómo se llamaba hasta que él se lo dijo! ¡Ya dentro de ella! ¿Cómo había ocurrido? No es que ella fuera reacia a los rollos de una noche, es que nunca había tenido uno y no sabía cómo sentirse al respecto. Solo se había acostado con dos hombres en su vida: Louis, un francés que había llegado de intercambio y con el que había perdido la virginidad sobre una manta junto al lago, y Matthew.

Bueno. Tres. Solo se había acostado con tres hombres en su vida, porque no podía olvidarse de Duncan, el camarero.

Se le escapó la risa y se mordió el labio mientras juntaba las piernas con fuerza. No podía evitar sentir un cosquilleo allí donde había notado sus dedos exploradores cada vez que pensaba en él, que era casi el noventa por ciento del tiempo.

El teléfono comenzó a sonar; era una videollamada entrante. No le hizo falta mirar la pantalla para saber quién era. Se recostó en la silla, situó el móvil en alto frente a su cara y descolgó.

—¡Pequeña Meadow! —gritó Buffy. Se había cambiado el pelo de color y ahora lo llevaba rosa chicle.

—¿Y ese cambio?

—¿Has visto? —Se ahuecó la melena con la mano y giró la cabeza a un lado y a otro—. Estaba cansada del azul.

—¡Si solo llevabas un mes!

—Me gusta cambiar. Ya lo sabes.

Le guiñó un ojo al tiempo que Aiko y Zoe aparecían también en pantalla. La primera llevaba lo que parecía ser harina en la mejilla y el pelo recogido en un moño medio deshecho. La segunda llevaba algo en la cabeza.

—¡Hola, chicas!

—¡Hola! —saludaron las dos a la vez.

Zoe les lanzó un beso mientras Buffy se acercaba la pantalla a la cara para ver mejor a la rubia.

—Zoe, ¿qué llevas puesto? ¿Es una tiara de flores?

Zoe se palpó la cabeza y puso los ojos en blanco cuando dio con la diadema. La miró un segundo antes de dejarla sobre la mesa.

—Llevo buscándola media hora.

—¿En serio?

—Os lo juro. Estoy muy cansada de esta boda, lo digo de verdad. No sé por qué tienen que celebrar veinte años de casados.

Los padres de Zoe lo celebraban todo. Memorables eran las fiestas que daban los Miller cuando a su hija se le caía un diente. Celebraron hasta cuando le bajó el periodo por primera vez con una macrofiesta en la plaza del pueblo a la que no faltó ni un solo habitante, para bochorno absoluto de Zoe, claro.

Así que ya que cumplían veinte años de casados no iban a desaprovechar la ocasión. El problema era que habían decidido tirar la casa por la ventana y habían encargado hasta una estatua de hielo. Y eso era lo más normal de todo.

Zoe, que tenía una floristería, se ocupaba de la decoración y, por supuesto, del ramo de la novia, del suyo y de todas las tiaras de flores que debían llevar las invitadas al enlace.

—No seas tan quejica. —Zoe levantó una mano y le regaló a Buffy una peineta. Buffy, lejos de sentirse ofendida, simuló que la cogía con la mano y se la guardaba en el corazón—. Además, seguro que luego te lo pasas fenomenal. Estoy deseando cogerme un pedo de los grandes en esa boda. De esos que te llevan a hacer cosas impensables. Como cepillarte a un camarero en el despacho del pub la misma noche que lo conoces. ¿Sabéis si a alguien le ha pasado eso?

Zoe y Aiko no pudieron evitar echarse a reír. La primera hasta olvidó el cabreo por la boda de sus padres. Meadow, sin embargo, le lanzó rayos láser con los ojos a su mejor amiga.

—No me mires así. No lo he podido evitar.

—¿Me lo vas a estar recordando todos los días?

—Si me dices que no has pensado en ese camarero ni un solo día desde que te lo tiraste, me callo.

—Tú no te callas ni muerta.

Buffy se quedó pensativa y al final asintió con la cabeza.

—Tienes razón. Pues me rapo el pelo. Si me dices que no has pensado en él, voy esta tarde a la peluquería de la señora Parker y le dejo que me rape el pelo. Sabes que esa mujer disfrutaría.

Meadow fue a abrir la boca, pero Aiko se le adelantó.

—¡Mirándonos directamente a los ojos y sin parpadear!

—¡Aiko! Se supone que tú eres la dulce del grupo.

—Aiko se encogió de hombros y se señaló los ojos.

Meadow iba a decir algo, pero no pudo. Era absurdo. Las tres sabrían que mentía antes de que terminara la primera frase. Echó la cabeza hacia atrás y se tapó la cara con el brazo que tenía libre.

—No me lo he quitado de la cabeza ni un momento —confesó.

Aunque no las estaba mirando, pudo escuchar las risas y los aplausos de sus amigas.

—Lo que no entiendo es por qué saliste corriendo.

Meadow les había contado lo que había pasado al terminar. O, más bien, lo que ella había hecho: dar media vuelta y salir corriendo. Sin bragas. Porque se las había dejado tiradas en el suelo del despacho, frente a un Duncan medio desnudo que la miraba desconcertado. Meadow no sabía por qué lo había hecho. Solo sabía que, en esos momentos, fue lo único que se le ocurrió.

No se arrepentía de haberse acostado con él. De hecho, él le había preguntado varias veces si estaba segura, prometiéndole que daría marcha atrás o se iría en cualquier momento si ella se lo pedía. Pero ella no había querido que se marchara. Todo lo contrario. Había querido que la besara, y hubiera estado dispuesta a dejarle el cuello para que bebiera de él ese tequila que le había prometido. Pero no pensaba acostarse con él. Ni por asomo. Todo había sucedido tan rápido que ni siquiera había podido pensar con claridad. Lo único que sabía era que, en cuanto había sentido los labios de Duncan rozando los suyos y sus lenguas jugando, la lujuria la había invadido y ya no había podido parar.

El detonante final había sido su mano recorriéndole el muslo y colándose por el elástico de su ropa interior.

En serio. Tenía que dejar de pensar en esas cosas o terminaría teniendo problemas. Además, estaba hablando con sus amigas y no podía olvidar que su piel era tan clara que en ella se reflejaban todos los estados de ánimo por los que pasaba.

Se quitó el brazo de la cara y volvió a centrar la vista en la pantalla.

—Yo tampoco lo sé, Buffy, pero es lo único que me salió en esos momentos.

—Y sin las bragas.

—Y sin las bragas —corroboró con apenas un susurro.

No solo eso… Había salido tan deprisa de aquel despacho y de aquel bar que ni siquiera fue consciente de que llevaba el culo al aire hasta que llegó a su casa y se desnudó para darse una ducha. A ese nivel había llegado.

—Meadow, cielo —la llamó Aiko.

A Meadow le encantaba oírla hablar. Jamás chillaba ni levantaba la voz, como hacían Zoe o Buffy, que no sabían hablar en susurros, ni siquiera cuando iban al instituto y estaban en clase. La voz de Aiko parecía una melodía, tan dulce y tranquila. Una podría grabarla y escucharla cuando no pudiera dormir y necesitara tranquilizarse.

Cerró los ojos dos segundos y luego centró la atención en su amiga, que la miraba con una sonrisa comedida.

—¿Qué?

—¿Te arrepientes?

—¡No! —dijo con convicción. Porque, a pesar de todo lo que sentía y de la comida de coco, lo único que tenía claro era que no se arrepentía de haberse acostado con Duncan. Negó con la cabeza y dejó escapar un suspiro—. No es eso.

—¿Te hizo daño?

Meadow miró a la rubia con los ojos como platos.

—Al contrario. Fue atento y cariñoso. Se aseguró en todo momento de que yo estuviese cómoda, ya lo sabéis. Os lo conté todo al salir. Es solo que... No sé. —Se llevó una mano al pecho y comenzó a jugar con el colgante con la inicial de su hijo de forma distraída—. Nunca he hecho algo así. ¡Si hasta sigo casada legalmente!

—Porque Matthew y tú aún no habéis firmado los papeles. Algo que, por cierto, no entiendo.

—Yo tampoco, Aiko. Yo tampoco.

—¿Tienes dudas?

Meadow miró a la florista.

—¿Con Matthew? —Zoe asintió y Meadow negó con la cabeza—. No. Para nada.

Lo dijo segura y sin vacilar. Si algo tenía claro era que deseaba, necesitaba, separarse de Matthew. Lo había querido. Mucho. No podía olvidar de la noche a la mañana quién era ni lo que había significado en su vida, pero, aunque siempre lo querría por ser el padre de Ethan, ya no estaba enamorada de él y no podían seguir juntos. Y no solo por lo de Destiny —aquello solo había sido la gota que había colmado el vaso—, sino porque hacía tiempo que ella y Matthew habían dejado de ser eso… Meadow y Matthew.

—Olvidémonos de Matthew por un momento —dijo Buffy haciendo aspavientos con la mano—. ¿Por qué no volvemos este fin de semana al pub de Cam y buscamos a tu camarero?

Meadow se irguió en la silla, alerta; se le habían puesto los pelos de punta.

—No puedo.

—¿Cómo que no puedes?

—No puedo volver a verlo.

—Esto es Variety. Tarde o temprano, te lo vas a encontrar.

—A lo mejor se ha marchado ya —dijo Meadow mirando a Zoe—. Han pasado quince días y no lo he visto por el pueblo.

—Pues vamos a ver a Cam y a Timmy y les preguntamos.

—¡No! —Meadow negaba con la cabeza de forma vehemente. Una cosa era pensar en él y otra muy distinta volver a verlo en persona. No estaba preparada. Tenía que mentalizarse primero y podía asegurar que no lo había hecho ni un poquito.

—Pero, Meadow, no puedes…

—Que no, que no. —No dejó que Aiko siguiese hablando—. Solo de pensar en verlo se me acelera el pulso. Y no por lo que vosotras pensáis, que también, sino porque… ¿Qué le digo? ¿Cómo me enfrento a él? No estoy preparada. Además, ya os he dicho que no lo he visto por el pueblo, y no es que Variety sea Times Square en hora punta. Si no me lo he encontrado ya es porque se ha ido. Y mejor, ¿sabéis? Para él y para mí. Ahora ya puedo decir que he tenido un rollo de una noche. Puedo tacharlo de mi lista de cosas que hacer antes de cumplir los treinta. —Escuchó un pitido y giró la cabeza hacia la pantalla del ordenador. Le acababa de llegar un e-mail del colegio de Ethan. Suspiró aliviada y dio gracias al cosmos por darle una excusa para terminar la llamada—. Bueno, chicas, os dejo. Tengo que ponerme el traje de mujer trabajadora y de supermamá y hacer algo productivo.

—¡Pero no puedes darle tanto al Satisfyer, que al final se desgasta! ¡Y lo real es mil veces mejor!

Esas fueron las últimas palabras que le regaló la loca del pelo rosa antes de colgar. Meadow sentía las mejillas ardiendo y un calor intenso le oprimía el pecho y le pellizcaba el estómago.

No podía. Todavía no podía enfrentarse a él. Dejó el teléfono bocabajo encima del escritorio y miró el e-mail. Aunque procedía del colegio de Ethan, no conocía al remitente, un tal Taylor. Intentó hacer memoria, pero nadie con ese nombre o apellido le vino a la mente.

Sin darle más vueltas, pues estaba intrigada, lo abrió y leyó lo que ponía.

De: dtaylor@varietylakecollege.es
Para: Padres y madres de alumnos de cuarto de primaria
Asunto: Bienvenida

Hola a todos.
Mi nombre es Taylor y seré el profesor de vuestros hijos e hijas
este curso. Como muchos de vosotros ya sabréis, la señora
Graham ha decidido irse a vivir a otro sitio y por ahora
no tiene pensado volver. Como soy nuevo, creo que sería
conveniente concertar una reunión este viernes para que podáis
ponerme cara, y yo a vosotros, y para contaros
un poco cómo será la dinámica de este curso.
Os espero a todos en el aula de cuarto a las cinco.
Un saludo,

D. Taylor

7

Meadow miró la hora en el reloj de muñeca que llevaba por millonésima vez. No le gustaba demorarse, pero odiaba todavía más que la hicieran llegar tarde.

Era viernes, el día de la reunión con el nuevo profesor de Ethan. En un principio, iba a ir ella sola. Total, lo llevaba haciendo desde que su hijo iba a la guardería. Matthew se limitaba a ir a las fiestas de fin de curso. Era ella la que hablaba con sus profesores y con todo aquel que tuviese algo que ver con la educación de Ethan. También era ella la que soportaba al resto de las madres en las reuniones y en los distintos comités.

Pero, en esa ocasión, Matthew había decidido acompañarla. A saber por qué.

Por no ponerse a discutir con él delante de Ethan la noche anterior, cuando lo llevó a casa, acabó aceptando que fuesen juntos. Matthew la recogería en su casa. Habían quedado a las cuatro y media.

Llevaba quince minutos de retraso.

Cuando Meadow estaba a punto de entrar en casa para coger las llaves de la camioneta familiar, vio un coche que se acercaba a lo lejos.

—¡Perdón, perdón! —le gritó Matthew en cuanto abrió la puerta para salir a buscarla.

—No digas nada y sube al coche.

—Lo siento, princesa. Se me ha complicado la última visita.

Meadow odiaba que le siguiera llamando «princesa», pero Matthew lo hacía día sí, día también.

Subió al coche y cerró dando un portazo. Matthew entró también y la cogió de la mano.

—Se me ha complicado.

—Arranca ya y vámonos. Sabes que odio llegar tarde.

—No te preocupes. Seguro que no somos los únicos. Además, ¿qué son cinco minutos de nada? Así le damos tiempo al nuevo profesor a que se asiente.

—No son cinco minutos, Matthew. Cuando lleguemos, la reunión ya habrá empezado. Abriremos la puerta y todos se nos quedarán mirando. Sabes cómo odio eso.

—Ya deberías tenerlo superado, princesa. Sí, te quedaste embarazada con dieciocho, ¿y qué? Las mujeres de este pueblo son todas unas envidiosas. Te miran porque eres la más guapa de todas.

Una de las mayores cualidades de su ex era su labia. Abría la boca y te encandilaba. Sabía qué decir, cómo decirlo y cuándo.

Eso fue lo que había hecho que se enamorase de él.

Matthew apoyó una mano sobre su rodilla desnuda y la apretó con cariño.

—Ethan está muy emocionado con este profesor. Dice que es el mejor que ha tenido nunca.

Meadow asintió mientras ponía su mano sobre la de Matthew y la apartaba de su pierna. Él giró la cabeza y la miró frunciendo el ceño durante unos segundos, pero al final optó por no decir nada. Puso las manos sobre el volante y siguió conduciendo.

—La verdad es que sí. Lleva toda la semana hablando de él. Por lo visto, antes de cada clase, les enseña algún experimento científico o les prepara un juego de preguntas y respuestas. Se ha sabido ganar muy bien a los niños, y eso que solo lleva con ellos una semana.

Siguieron hablando de lo contento que se veía a Ethan y, por consiguiente, de lo contentos que estaban ellos. Meadow pensó que sería un buen momento para comentarle a su ex lo del divorcio y, sobre todo, para pedirle que dejase de prometerle a Ethan que pronto regresaría a casa y que volverían a ser una familia. Por comentarios y actitudes como esas estaba teniendo problemas con su hijo.

Pero esa era la primera vez, desde no sabía cuándo, que hablaban sin discutir, que parecían dos personas adultas. Y no tenía ganas ni fuerzas de ponerse a chillar como una histérica y acabar entrando alterada en la reunión. Meadow sabía que hablar sobre esos dos temas con Matthew solo le provocaría estrés y dolor de cabeza.

Llegaron al aparcamiento del colegio y dejaron el coche en una de las plazas que encontraron libres. Al salir, Matthew rodeó el vehículo y la ayudó a bajar. Cuando echaron a andar, se situó al lado de Meadow y le puso la mano en la espalda. Meadow respiró hondo y contó hasta diez. El centro estaba lleno de padres y de gente que la conocía, no era el momento ni el lugar para montar una escena. No por ella, que había llegado a un punto en el que le daba igual, sino por Ethan. Pero no terminaría la semana sin dejarle tres cosas claras a Matthew: que quería firmar ya los papeles, que era la última vez que le daba esperanzas a Ethan sobre algo que no iba a pasar jamás y que como volviese a tocarla de forma inapropiada o con demasiadas familiaridades, le cortaría los huevos y se los daría de comer a las vacas.

Y tenía unas cuantas a las que alimentar.

Entraron en el edificio y subieron a la segunda planta. Como Meadow se temía, no había nadie por los pasillos, todos debían de estar ya tras aquella puerta cerrada de color azul. Miró de reojo a Matthew que, por lo menos, tuvo la decencia de no abrir la boca.

Antes de abrir la puerta, se recolocó el vestido, se metió el pelo que llevaba suelto tras las orejas y con la sonrisa de madre comprometida en el rostro llamó con los nudillos.

—Adelante —contestó una voz ronca y varonil desde el otro lado.

Meadow giró el pomo y entró decidida.

—Perdón por el retraso, hemos tenido una complicación. Me llamo...

Meadow no pudo seguir hablando. Cualquier palabra que fuese a salir de sus labios murió en cuanto sus ojos se encontraron con los del hombre que tenía justo enfrente, el que estaba tras la mesa, de pie, con unos papeles en la mano y unas gafas de pasta negra que lo hacían aún más sexy de lo que lo recordaba. Que era mucho decir...

Y es que Duncan, el camarero, la estaba mirando tan fijamente que Meadow pensó que iba a desmayarse de un momento a otro. Porque aquel hombre era Duncan.

Su Duncan.

El mismo Duncan cuyo cuello lamió, cuyos dedos la tocaron allí abajo y cuyo nombre repitió en su oído mientras se corría.

Duncan era Taylor, el nuevo profesor de su hijo de ocho años, y ella estaba a punto de ponerse a chillar.

8

Decir que no había pensado en ella sería mentir. Y Duncan Taylor no mentía. Por lo menos si podía evitarlo. Porque las mentiras piadosas o las mentiras por omisión no contaban.

Desde que se había marchado de aquella manera del pub hacía ya casi tres semanas, Meadow había pasado a ocupar prácticamente el noventa por ciento de sus pensamientos. Todavía la notaba en la punta de la lengua y su olor seguía impregnado en su piel.

Se había sentido tentado más de una vez a hablar con sus compañeros de piso sobre la situación, pero seguía sin estar cómodo. No por él, por ella, algo totalmente absurdo, pues si no la había vuelto a ver, a lo mejor era porque ni siquiera era del pueblo. Aun así, se calló, dejó pasar los días y no le comentó nada a nadie.

Aunque en su cabeza la imagen de Meadow se materializaba de una forma tan constante que empezaba a ser preocupante.

Y es que la pelirroja de tez blanca y ojos azules lo perseguía todas las noches. Intentó más de una vez buscarla entre los rostros de la gente de Variety Lake. A ella o a sus amigas. Pero nada. Se habían convertido en polvo y habían desaparecido.

Hasta ese momento.

Cuando la puerta se abrió y vio entrar a dos personas, estuvo a punto de poner los ojos en blanco. Siempre había alguien que llegaba tarde y él odiaba la impuntualidad. Pero no lo hizo. Qué va. Lo que hizo fue aguantar la respiración. Porque cuando la mujer que acababa de llamar a la puerta entró y levantó la cabeza, a él estuvo a punto de darle algo.

—Perdón por el retraso, hemos tenido una complicación. Me llamo...

Cualquier frase que fuese a decir quedó interrumpida en cuanto lo miró a los ojos. Era ella. La chica en la que no podía dejar de pensar. A la que había buscado sin cesar todos aquellos días. Estaba frente a él y lo miraba con una mezcla de asombro, terror y pánico.

—Hombre, Meadow, qué agradable sorpresa. Creíamos que ya no vendrías. —Una mujer que estaba sentada en primera fila captó la atención de la pelirroja, consiguiendo que apartase por fin los ojos de Duncan.

—Ha sido por mi culpa, Wendy. Ya sabes lo puntual que es Meadow —le contestó a la tal Wendy el hombre que entraba detrás de Meadow.

Duncan no tenía ni idea de quién era, pero había algo en él que no le gustaba. Tal vez fuera por su sonrisa o por cómo apoyó el brazo sobre los hombros de Meadow mientras la empujaba hacia el interior del aula y la conducía al fondo.

Meadow iba tan tiesa que a Duncan le dio miedo que alguien pudiese tocarla y se rompiese.

Se tropezó un par de veces antes de llegar a uno de los

pupitres que estaban libres y su voz, cada vez que salía a la superficie para pedir perdón, sonaba tan bajita y suave que Duncan tuvo que aguzar el oído para oírla.

—Bueno, señor Taylor, ¿continuamos? —preguntó la tal Wendy cuando Meadow y su acompañante se sentaron. Pestañeó tan rápido que parecía que se le hubiera metido algo en el ojo.

Duncan asintió, pues sabía que tenía que continuar, pero no podía apartar su mirada de Meadow.

¿Qué estaba haciendo allí? Era muy joven para tener un niño de ocho años, ¿no? Si es que uno de los chavales era su hijo... O a lo mejor era la hermana. Los padres no habían podido ir y había ido ella en su lugar. Pero si era así, ¿quién narices era el tipo rubio que tenía pegado a su lado como si fuese un puñetero siamés?

Quería preguntárselo, pero no podía acercarse a ella como si nada y entablar una conversación. Primero porque no sería correcto, y segundo porque Meadow no había vuelto a mirarlo a la cara desde que se había sentado. Tenía los ojos fijos en el pupitre, como si este fuese la novena maravilla del mundo.

El tipo rubio volvió a acercarse a ella y le susurró algo al oído. Lo hizo de una forma íntima, lo que le dio a entender a Duncan que, desde luego, no eran hermanos.

Un carraspeo captó su atención. Apartó la vista del fondo de la sala y centró su atención en el resto de los presentes. Lo miraban expectantes, aunque también aburridos, a excepción de la mujer de antes, que seguía batiendo las pestañas.

Bebió un sorbo de la botella de agua que tenía encima de la mesa para aclararse la garganta y se obligó a sonreír. Y a no mirar a Meadow. Si lo hacía, no sería capaz de seguir hablando.

—Como decía, me llamo Duncan Taylor y seré el profesor de vuestros hijos durante este curso.

—Dios mío —escuchó. No necesitaba levantar la vista para saber quién lo había dicho, pero era masoquista.

Meadow estaba recostada en la silla y parecía querer esconderse bajo la mesa. Tenía un brazo cruzado sobre el pecho y el codo del otro apoyado, mientras que con la mano se tapaba la cara a modo de visera.

A pesar de la situación tan surrealista que estaba viviendo, a Duncan le entraron ganas de sonreír. Estaba preciosa, además de muy graciosa. Se notaba que estaba muerta de vergüenza y que prefería estar en cualquier lugar antes que allí.

Bien. Eso significaba que se acordaba de él y que no le era indiferente.

—No hace ni un mes que llegué a Variety y...

—Lake —le cortó Wendy sonriendo. Duncan desvió la vista hacia ella.

—¿Qué?

—Variety Lake. Nadie de aquí dice solo Variety. Son dos palabras. Si piensas vivir en este pueblo, lo normal sería que lo dijeses correctamente, ¿no crees?

Lo que Duncan creía era que ya había encontrado a la madre pejiguera.

—Ah... Pues... Gracias —dijo sonriendo—. Como decía, no hace ni un mes que llegué a Variety Lake y no conozco mucho, por no decir nada, este lugar, a excepción de a mis alumnos. Por eso he querido convocar esta reunión, para que pudieseis ponerme cara y preguntarme lo que quisierais.

—¿Llevas muchos años ejerciendo de profesor?

—¿De dónde eres?

—Mi hijo Anthony te adora.

—Maia dice que eres el mejor profesor que ha tenido hasta ahora.

—Mi hija me ha dicho que no vas a ponerles exámenes. No es que quiera decirte cómo hacer tu trabajo, pero no me parece bien. Los niños no aprenden nada haciendo proyectos. Esa es una excusa que se han inventado los profesores para tener que trabajar menos. Sin ánimo de ofender, claro está.

—¿Queda mucho para que termine esto? Tengo una reunión dentro de quince minutos y me corre un poco de prisa el asunto.

Las preguntas y las críticas se sucedieron una tras otra. Duncan intentó contestarlas todas con la mejor de sus sonrisas, aunque había algunas que... En fin... Como la de una morena de la segunda fila que le preguntó si tenía novia. ¿En serio? ¡Su marido estaba sentado justo al lado!

Todos preguntaron. O casi todos. Meadow no abrió la boca, solo lo miró de reojo cuando escuchó la pregunta de la novia. Pregunta a la que Duncan contestó con una sonrisa y nada más.

Cuando el tipo que tenía la reunión se levantó arrastrando la silla y se marchó sin despedirse, estuvo a punto de pedirle que lo llevara con él. Adoraba su trabajo, siempre había querido dedicarse a la enseñanza, pero odiaba tratar con los padres. Eran peores que cualquier alumno.

Miró de forma disimulada el reloj que colgaba encima de la pizarra y casi se le salieron los ojos del sitio al ver que llevaban dos horas.

—Creo que esto es todo —dijo, apresurado, dándose la vuelta e ignorando un par de brazos levantados.

Luego abrió su maletín y sacó un fajo de papeles. Tenía

pensado entregárselos a la gente que estaba sentada en la primera fila para que fueran pasándolos hacia atrás, pero tenía que acercarse a Meadow. Había estado pensando en cómo pedirle, sin levantar sospechas, que se quedara, pero no había encontrado la manera.

Necesitaba saber quién demonios era el rubio.

Cuando llegó a su lado, dejó el folio sobre la mesa con toda la delicadeza del mundo. Creyó que Meadow no lo miraría, pero se equivocó. Ella levantó la cabeza y buscó sus ojos.

En cuanto el azul impactó con el gris, a Duncan dejó de importarle todo lo demás. Los recordaba bonitos, pero vistos así, a plena luz del día, eran más mágicos todavía. Eran del color del cielo y tenían motitas alrededor. Su cara estaba salpicada de pecas diminutas que, junto con aquel pelo rizado y rojo, la hacían parecer una duendecilla.

Duncan ya las había visto. De hecho, las había besado, pero en ese momento sintió que lo hacía por primera vez. No había ni rastro de la Meadow decidida que le había pedido que la besase donde quisiera. O que se había corrido echando la cabeza hacia atrás mientras gritaba su nombre.

—Hola... —susurró. No lo pudo evitar. La vio tragar saliva y pensó «¡a la mierda!». Era el profesor y podía pedirle perfectamente que se quedase un momento para tratar un asunto—. ¿Crees que podrías...?

—Hola. ¿Qué tal?

Una mano apareció en su campo de visión interrumpiendo su pregunta. Giró la cabeza y se encontró con la mirada del rubio puesta en él. Se obligó a estirar el brazo y estrechársela.

—Encantado.

—Igualmente. Sentimos lo de antes. Soy médico y se me ha complicado la cosa en la consulta.

—No te preocupes. —Por lo menos, ya sabía algo de él. Por lo visto, era el médico del pueblo. Meadow lo miró de reojo y puso los ojos en blanco—. Me llamo Matthew Cooper.

Cooper. Ethan.

—¿Ethan es…?

—Sí. Soy su padre. —Qué manía tenía aquel hombre de cortarle cada vez que abría la boca para hablar. Miró a Meadow y entonces lo supo. Lo supo antes de que el rubio volviese a poner un brazo sobre su hombro y la estrechase contra él. Antes de que dejara un beso sobre su mejilla y abriera la boca—. Y esta es Meadow Cooper, mi mujer. Y la madre de Ethan, claro está.

Duncan nunca se había sentido tan gilipollas como en ese momento.

¿Ethan era el hijo de Meadow? ¿Meadow estaba casada? ¿Se había acostado con él estando casada? ¿Qué cojones había sido, una canita al aire? ¿Un polvo de cumpleaños?

Empezó a ver borroso, pero se obligó a serenarse. No podía montar una escena. De todas formas, ¿por qué le importaba tanto? No tenía sentido.

Pero nada en su vida tenía sentido últimamente, empezando por aquella mierda de apuesta con su primo un año y medio atrás. Si hubiese sido al revés, Timmy jamás se hubiese deshecho de su amado Chevrolet durante un año.

Echó un último vistazo a Meadow antes de dar media vuelta y volver a su sitio.

Mierda. No tendría que haberlo hecho. Ella tenía las mejillas encendidas y eso le daba un aspecto todavía más dulce y sexy.

Necesitaba terminar la reunión cuanto antes. Después, iría al supermercado y abastecería su nevera de cerveza. Bueno, la nevera de su primo.

Se pasó una mano por la cara y suspiró frustrado antes de dejar los papeles que le sobraban sobre la mesa; estaba claro que también tenía que buscarse una casa.

9

Meadow no había corrido tanto en su vida. Ni siquiera en las carreras de relevos en las que participaba todos los años por la fiesta de la primavera y que se celebraban cerca del lago, junto al Bed & Breakfast de Buffy.

Cuando Duncan dio por finalizada la reunión, Meadow pegó un salto y voló. Sí, voló, porque aquello no podía llamarse andar. Ni siquiera se detuvo a hablar con Matthew, que la llamó entre susurros al principio y un poco más fuerte después.

Necesitaba dejar de mirar aquellos ojos grises que la habían observado con algo parecido al dolor cuando su ex había abierto la bocaza y había dicho que era su mujer.

Pero no podía pensar en Matthew en esos momentos.

En cuanto llegó al pasillo, sacó el móvil del bolso y tecleó con urgencia en el chat que tenía con las chicas.

Meadow:
Paso la noche de los margaritas del sábado a ya.
Necesito una reunión urgente

Aiko:
Qué ha pasado? Es grave?

Zoe:
No puedes dejarnos así

Buffy:
Voy sacando el tequila

Aiko:
Hoy era la reunión con el nuevo profesor, no? Le ha pasado algo a Ethan?

Zoe:
Ha sido Matthew, verdad? Qué narices ha hecho ahora?

Meadow:
No es Matthew. Bueno, sí. De ese también tengo que contar. Pero la reunión no es por él. Dios, me quiero morir

Buffy:
Qué dramática te pones cuando quieres, pequeña Meadow

Meadow:
Dramática? Vale. Allá va. Iba a esperar a que estuviéramos las cuatro juntas para decíroslo, pero es que está a punto de darme un infarto

Aiko:
Por favor, suéltalo ya! A la que le va a dar el infarto es a mí!

Meadow:
Duncan, el camarero del sábado, el del tequila, ese que… Bueno, ya sabéis. Pues no es camarero. O no es su único trabajo, al menos, porque es el nuevo profesor de Ethan

Zoe:
. . . .

Aiko:
. . . .

Buffy:

…………..

Meadow:
No pensáis decir ni una palabra?

Buffy:
Es que reírse queda feo, así que estoy esperando a que se me pase el ataque de risa para escribir

Meadow:
Joder, Buffy. Que esto es muy fuerte!

Zoe:
Joder, ella, no. Joder, tú. Y por partida doble

Meadow ya había tenido bastante. No podía pensar, andar, teclear y lidiar con sus amigas a la vez. Ignoró los pitidos de los mensajes entrantes y guardó el móvil en el bolso. Maldijo en voz alta cuando llegó al aparcamiento y se dio cuenta de que no tenía el coche. Tendría que andar hasta el hotel, y eso eran casi cuarenta y cinco minutos. Pero no pensaba pedirle a Matthew que la llevara.

Iba a matarlo con sus propias manos. No sabía cómo, pero lo haría. Ya idearía el plan llegado el momento. Cada cosa a su tiempo.

Cuando estaba a punto de echar a andar, vio a lo lejos a un hombre cogido de la mano de una niña morena que llevaba un tutú morado con volantes y unas bailarinas a juego. Se acercó corriendo a ellos.

—¡Meadow! —gritó el hombre llevándose una mano al pecho por el abordaje—. Me has asustado. Vale que acabo de cumplir los treinta, pero aún soy joven y no quiero morir.

Meadow lo golpeó en el hombro y se acercó para darle un beso en la mejilla.

—¿Qué tal, Tom? ¿Has vendido muchas casas hoy?

Tom se pasó una mano por la cabeza y suspiró un poco cansado.

—No muchas. Pero, bueno, vendrán tiempos mejores. Necesitamos gente nueva en el pueblo. ¿Conoces a alguien?

La imagen de Duncan le cruzó la mente, liberando un millón de mariposas en su estómago. Respiró hondo y negó con la cabeza.

—No, lo siento. ¿Me puedes hacer un favor?

—Mientras no tenga que prestarte dinero, lo que quieras —dijo riendo. Meadow le respondió de la misma manera, aunque vio algo en los ojos del chico que hizo que su corazón se encogiera ligeramente.

¿Tom tenía problemas de dinero? Pensó en que debía hablar con Aiko. Si alguien sabía algo, tenía que ser ella. A fin de cuentas, eran familia.

Lo que sea que ensombreció la mirada marrón de su amigo de la infancia desapareció tan pronto como había aparecido, dando paso a esa otra divertida y alegre a la que todos estaban acostumbrados.

—Necesito que me lleves al Bed & Breakfast. ¿Puedes?

—Claro. ¿Has quedado con las chicas?

—Noche de margaritas.

—¿La habéis cambiado a hoy? Eso es que alguna tiene problemas. Preguntaría, pero con los años he aprendido que es mejor no meterse en lo que sea que le pase a las Green Ladies.

Meadow puso los ojos en blanco.

—Nos disfrazamos de Green Ladies en sexto. Liam y tú tenéis un problema. Superadlo.

—¿Y dejar de recordaros el momento más bochorno-so de vuestra vida? Ni lo sueñes, pequeña Meadow. Ni lo sueñes.

Meadow iba a seguir replicando, pero escuchó jaleo a su espalda y se volvió. Vio a otros padres saliendo del colegio y se dio cuenta de que Duncan no tardaría en hacerlo. Ni Matthew. Y no estaba preparada para lidiar con ninguno de los dos.

—Entonces ¿me acercas?

Tom agachó la cabeza y miró a su hija, que seguía cogi-da de su mano y sonría enseñando los dientes. Meadow vio que le faltaba una pala.

—¿Qué dices, Meiko? ¿Acercamos a Meadow a su no-che de perversión con las chicas o la dejamos aquí tirada?

—¿Estará la tía?

Tom se inclinó más y acercó la boca al oído de la peque-ña para susurrar, aunque asegurándose de que la pelirroja lo escuchaba.

—¿Sabes esas noches en las que la tía queda con Buffy, Zoe y Meadow y se ponen tan divertidas, se ríen sin parar y hacen tonterías? —Meiko asintió con los ojos brillantes—. Pues esta es una de esas noches.

—¡Yo quiero ir! ¡Yo quiero ir! Papá, ¿puedo?

Tom se rio con ganas y le dio un beso a su hija en la frente.

—Cuando seas mayor.

—Soy mayor. Tengo seis años.

—Un poco más mayor. —Tom se incorporó, cogió a Meiko en brazos y miró a su amiga—. Me da miedo que pase tanto tiempo con vosotras.

Echó a andar y Meadow lo siguió. Le guiñó un ojo a la sobrina de Aiko y esta se tapó la boca con la manita para que su padre no la escuchara reír. Lo que la pequeña no vio es que Tom tenía una sonrisa de oreja a oreja en la cara. Si había algo que le gustaba, además de pasar tiempo con su hija, es que su hija pasase tiempo con las Green Ladies, sobre todo con Aiko.

Se subieron los tres al coche y pusieron rumbo al hotel, que estaba a las afueras de Variety Lake, junto al lago que daba nombre al pueblo. Antes de abandonar el aparcamiento del colegio, Meadow pudo ver como Duncan salía por la puerta principal con el maletín en la mano y con las gafas de pasta negra todavía puestas. Iba con la vista fija en el suelo, pero, como si un imán lo atrajera, levantó la cabeza a tiempo de que sus miradas se encontraran.

Los ojos de ambos se engancharon, tal y como había pasado la otra noche en el pub o hacía escasos minutos en el aula. Y, como siempre que ocurría, el resto del mundo dejó de existir. Meadow solo podía mirarlo a él y, por lo que parecía, Duncan solo podía mirarla a ella. Pero esa vez, a diferencia de las demás, fue Duncan quien apartó los ojos. Ella estaba demasiado lejos, pero creyó ver dolor en ellos. El mismo que hacía un momento en la reunión.

10

Meadow pensaba, viendo a Zoe y a Buffy reír, que iba a darles un ataque en cualquier momento. Las dos se reían tanto, y tan a gusto, que las lágrimas habían empezado a correr por sus mejillas y se tenían que sujetar la barriga.

—¡Que me meo, os lo juro! —empezó a gritar Buffy mientras cruzaba las piernas y daba saltitos.

Meadow tenía dos opciones: matarlas o servirse otro margarita. Miró a su tercera amiga, que, aunque se le notaba que se estaba riendo, tenía la decencia de no desternillarse, y le mostró su copa vacía.

—Voy a por otro. ¿Quieres?

Aiko se levantó y asintió con la cabeza.

—Te acompaño.

—¡Yo quiero otro!

—¡Y yo!

—Cuando dejéis de reíros a mi costa.

—No nos reímos de ti. Nos reímos contigo. —Meadow miró a la florista. Esta intentó ponerse seria, pero no pudo. La risa se le escapaba sin remedio—. Tienes que reconocer que es divertido.

—No puedo más, tengo que ir corriendo al baño.

Buffy subió corriendo las escaleras del jardín y desapareció dentro de la casa. Aiko y Meadow ya estaban en la cocina cuando Zoe las alcanzó.

—Paro, te lo juro. Pero admite que tiene su gracia.

Meadow cogió la jarra del margarita y rellenó su copa. Bebió un trago y se pasó la mano por la frente.

—¿Sabéis la vergüenza que he pasado cuando he abierto la puerta y le he visto? Me quería morir.

—Ha tenido que ser un poco chocante.

—¿Un poco chocante, Aiko? —Se dejó caer contra la encimera y suspiró—. No sabía dónde meterme. Si hubiese podido, habría dado media vuelta y habría salido corriendo. Encima, con Matthew allí. Ha sido, cuando menos, embarazoso.

—¿Y por qué habrá dicho eso Matthew? Vale que no habéis firmado los papeles, para lo cual, no quiero ser pesada, no sé a qué esperas, pero no puede presentarte como su mujer. Y menos sujetarte todo el rato por los hombros con esa...

—Posesión. Dilo, Aiko. No tengas miedo. —La cuarta integrante del grupo entró en la cocina y se sirvió otra copa de margarita. Lamió la sal del borde y le dio un trago—. Cada día me sale mejor, que lo sepáis. Pero, volviendo al tema, Matthew no acepta que ya no estáis juntos. Eso es así.

—¿Y qué hago?

—Dejárselo claro.

—Ya lo he hecho.

—Está visto que no.

Zoe no lo dijo con mala intención, pero sí seria. Le molestaba mucho esa actitud que estaba teniendo el dentista con su amiga y sabía que ella lo pasaba mal por Ethan. Pero tenía que ponerle fin. Y cuanto antes, mejor. Se situó a su lado y le apretó el brazo con cariño. Después sonrió como solo la rubia sabía hacerlo.

—¿Y qué vas a hacer con Duncan?

Meadow miró a su amiga horrorizada.

—¿Cómo que qué voy a hacer? ¡Nada!

—Lo vuestro está escrito en las estrellas.

—No digas tonterías.

—Creo que Buffy tiene razón. —Aiko se encogió de hombros cuando Meadow la miró con ojos interrogantes—. Lo que hiciste el día de tu cumpleaños fue... atípico. Sí, esa es la palabra. No me mires así. Todas sabemos que no eres una mujer de rollos de una noche.

—Tampoco es que haya podido. Pasé de Louis a Matthew y de Matthew a... Uy, es verdad, a nadie.

—No te estoy criticando. Te estoy diciendo que, aunque no hubieses estado con Matthew, tú no eres así. No haces las cosas a lo loco ni haces nada si no hay sentimientos de por medio.

—Por favor, Aiko. ¿Qué sentimientos? ¡Que conozco a ese tío de veinte minutos!

—De los cuales, quince estuviste jadeando y gimiendo su nombre. —Buffy ignoró la mirada de su amiga. Se acercó a la coctelera y empezó a meter ingredientes—. Que a mí me parece maravillosamente bien. Y te envidio. Lo que Aiko intenta decirte es que, si lo hiciste, si te liaste con él, fue porque viste algo en él que te hizo confiar. Te hizo ceder y perder el control.

—Y eso está genial, pequeña Meadow. Eres una madre maravillosa, pero también eres mujer. Y perder el control de vez en cuando no está mal. Es liberador, ¿sabes? Y regenera el cutis.

Zoe se lo dijo para aligerar un poco el ambiente, que de

repente se había cargado. Meadow se lo agradecía, pero aún sentía la adrenalina recorriéndole el cuerpo. Ver a Duncan en aquella aula, allí de pie, había sido un *shock* para ella del que todavía no había podido recuperarse.

Meadow agachó la cabeza y se quedó un rato en silencio pensando en lo que sus tres amigas le decían. Sabía que tenían razón. Algo había visto en Duncan que le había hecho confiar en él y permitirle entrar en ella de una manera que nadie había entrado jamás. De forma literal y figurada.

Además, jamás había disfrutado tanto del sexo como con él. Una parte de ella se sentía mal y culpable por ello, así de idiota era. Vale que lo suyo con Matthew había terminado, pero había sido su marido. Era el padre de su hijo. Pero no lo podía evitar. Duncan Taylor había conseguido en esos veinte minutos algo que Matthew Cooper hacía demasiado tiempo que no lograba: que disfrutara del sexo, que quisiese más, que no dejase de pensar en ello, ni siquiera después de tantos días.

Un calor abrasador la recorrió entera. Se llevó una mano a la mejilla y cerró los ojos.

—Pero es el profesor de Ethan —dijo al cabo de un rato con los ojos abiertos.

Buffy ya había preparado una nueva ronda de margaritas y los estaba sirviendo.

—Nadie te está diciendo que tengas que casarte con él —dijo Aiko con una sonrisa sincera.

—Ni siquiera que tengáis una relación. —Buffy se acercó a ella y le dio la copa—. ¿Por qué no empiezas por presentarte?

—Porque me muero de vergüenza.

—¿Y qué vas a hacer? ¿No ir a recoger a Ethan ningún día al colegio durante todo este año? ¿Cambiar de acera cuando lo veas? Porque no es que vivas en Nueva York, guapa. Esto es un pueblo y nos conocemos todos —dijo Zoe.

Meadow se quedó pensando. Zoe, cuando se dio cuenta de que estaba valorando seriamente sus preguntas, la golpeó de forma juguetona en el brazo.

—Meadow...

Meadow levantó la mano con la que no sujetaba la copa y se rio con ganas por primera vez desde que había llegado al Bed & Breakfast.

—Sé que tenéis razón, pero no es fácil.

—Lo bueno nunca lo es —le dijo Buffy, quien, a pesar de ser la más alocada del grupo, también era la que decía verdades como puños.

Siguieron bebiendo y riendo el resto de la noche. Hablaron de la boda de los padres de Zoe, de cómo tenía pensado Buffy que fuese la recepción y el convite o de cómo de grande haría Aiko la tarta nupcial, pues los Miller la querían de cinco pisos como mínimo.

Terminaron más achispadas que serenas, por lo que tuvieron que llamar a Liam para que fuera a recogerlas. El pueblo no tenía servicio de taxis, así que los vecinos se habían organizado entre ellos para que cada vez le tocase a alguien ejercer como tal. Esa noche era el turno del veterinario, que también era el mejor amigo de Tom y de Zoe, además de vecino de esta última desde pequeño y compañero de batallas.

Y aunque Meadow se divirtió, no dejó de pensar en el chico moreno, de pelo corto y despuntado y ojos grises, y de preguntarse si sería capaz de acercarse a él la próxima vez que lo viese. Que ojalá fuese más pronto que tarde.

11

Un sábado al mes era noche de tacos, una tradición que habían empezado los padres de Meadow cuando ella y Erik eran pequeños y que los dos hermanos habían decidido conservar. El fin de semana que tocaba, o bien Erik y Marie iban a casa de Meadow, o bien ella y Ethan iban a la granja familiar, donde vivía el matrimonio mientras cuidaba del ganado. Ese sábado les tocaba a Meadow y a su hijo cocinar, así que se habían desplazado hasta el Walmart del pueblo vecino para hacer una buena compra.

Para eso y para evitar el supermercado del pueblo.

Meadow no podía arriesgarse a encontrarse con nadie conocido. Y con nadie conocido se refería a Duncan. Era cierto que no lo había visto por el pueblo desde su cumpleaños, pero el día anterior se lo había encontrado en el sitio que menos esperaba y, aunque una parte de ella se moría por volver a verlo, la parte sensata le decía que era mejor esperar. Por lo menos, hasta que verlo no hiciera que temblara de pies a cabeza y tartamudeara como si hubiese olvidado cómo se formaba una frase.

Por no hablar del color del que se le ponían las mejillas,

él ya la había visto bastante ruborizada. Primero, en aquel despacho y después, en la reunión...

No podía pensar en eso, en ninguna de las dos situaciones, pues notaba que sus mejillas se estaban encendiendo y no era el lugar ni el momento, y menos con Ethan a su lado. Cogió aire y se obligó a apagar el coche y a prestar atención a su hijo, que le estaba hablando emocionado de la última película anime que había visto en la tele. Se sentía fatal por fingir que lo estaba escuchando cuando en realidad no tenía ni idea de nada de lo que había dicho.

Bajó del coche, le abrió la puerta a Ethan y se dirigieron a coger un carro.

—Bueno, cuéntame, ¿qué helado vamos a coger hoy?

Además de los tradicionales tacos, no podía faltar la tarrina de helado para el postre. Ethan miró a su madre y sonrió como si hubiese dicho las palabras mágicas que tanto estaba esperando.

—Podríamos coger una tarrina de tarta de queso con arándanos. Aunque el de chocolate con trocitos de caramelo también me gusta. O el de vainilla con nueces.

Meadow también miró sonriendo a su hijo. Sabía que podía estar media hora debatiendo consigo mismo sobre qué sabor elegir.

Nada más entrar en la tienda, Ethan sacó un papel que llevaba doblado en el bolsillo del pantalón. Siempre compraban lo mismo, pero a él le gustaba apuntarlo todo e ir tachando conforme iban cogiendo los productos. Se acercó a su madre y le enseñó la lista.

—¿Nos dividimos? Tú vas a por todo esto y yo, a por los helados —dijo sonriendo y de forma inocente.

A Meadow no le hacía mucha gracia que el niño anduviese solo por un supermercado tan grande y con tanto pasillo, pero no podía decirle que no. Estaban teniendo un buen día y no quería estropearlo. Sabía que no estaba bien pensar así, pero que la detuviesen. Ethan no estaba pasando por su mejor época y, aunque tenía claro que no era por su culpa, no podía evitar mimarlo un poco.

Suspiró y le sonrió.

—Pero no te alejes de los helados. —El niño la abrazó por la cintura, emocionado, y salió corriendo antes de que su madre cambiase de opinión—. ¡Y ven a la zona mexicana! ¡No voy a moverme de allí!

Varias personas se volvieron para mirarla, pero no su hijo, aunque levantó el dedo pulgar. Tendría que valer.

Meadow arrastró el carrito hasta el pasillo que le tocaba y miró la lista. Aunque se sabía los ingredientes de memoria, no estaba de más cerciorarse.

Ya había cogido las tortitas de maíz, los jalapeños, los frijoles y las salsas. Iba a ir a por el guacamole cuando alguien dobló la esquina y enfiló su pasillo. Alguien con gafas, con aquel pelo despuntado que le quedaba tan bien y con un andar chulesco y sexy que hacía que a Meadow le latiera el corazón a una velocidad que no era normal y que le temblasen tanto las piernas que tenía miedo de caerse de bruces sobre la montaña de botes de tomate que había justo en medio del pasillo.

—¿Qué hago? ¿Qué hago? —murmuró en voz baja.

Miró hacia un lado y hacia otro, horrorizada. Quería esconderse, pero no sabía dónde. Duncan aún no la había visto, y eso era bueno. Muy bueno. Pero pronto lo haría, pues el pasillo no era infinito y él se acercaba peligrosamente.

¿Por qué narices había tenido que ir al Walmart a comprar? ¿No le bastaba con el supermercado del pueblo? Allí tenían de todo.

«Nadie te está diciendo que tengas que casarte con él».
«Ni siquiera que tengáis una relación. ¿Por qué no empiezas por presentarte?».

Recordó la conversación de la noche anterior con sus amigas. En ese momento, todo era muy bonito y parecía fácil, pero al tenerlo delante, quería desaparecer. No estaba preparada para verlo, ya no digamos para presentarse...

Duncan besándole los labios, el cuello y los párpados. Duncan gimiendo en su oído mientras la agarraba con fuerza del cuello y empujaba dentro de ella. Duncan sonriéndole y asegurándose de que ella estaba bien. Duncan empotrándola contra la puerta a los cinco minutos de conocerse.

Meadow se quería morir.

Un sudor frío le recorrió la espalda. Tenía que escapar. Tenía que ir hasta el pasillo de los helados y sacar a Ethan de allí volando. El camino más directo para llegar era pasando junto a Duncan y doblando por donde él lo había hecho, pero ni muerta iba a pasar por allí.

Así que hizo lo primero que se le ocurrió: estiró el brazo y cogió una caja. No sabía de qué era, pero era perfecta. Se la puso delante de la cara y se escondió tras ella.

«Todo muy maduro. Di que sí, Meadow», se recriminó.

Se aferró al mango del carrito con la mano libre, se deslizó hacia un lado para apartarse del camino del susodicho y comenzó a andar. El problema era que tenía la caja tan pegada a la cara que no veía nada; por no ver, no vio ni la montaña de botes de tomate que segundos antes había esquivado.

Chocó con ella de pleno, como si los botes fueran los bolos y ella, la bola. No dejó ni uno en su sitio. Meadow chilló, todo voló por los aires, el carro se le escapó de las manos, se dio con la caja en la cara y se resbaló, precipitándose al suelo. De intentar pasar desapercibida a ser el centro de atención.

Los botes se habían roto y Meadow no quería saber hasta dónde le llegaba el tomate. Miles de ojos la miraban y varias personas se acercaron a socorrerla. Pero a ella solo le preocupaba una. Una que no tardó en abrirse paso entre las demás.

—¿Meadow? —Su nombre saliendo de aquellos labios era lo que le faltaba para romper a llorar. Le tentaba fingir que no era ella o que no le había escuchado, pero era inútil. Lo tenía justo delante.

Levantó la cabeza casi con miedo. Duncan la miraba entre extrañado y sorprendido.

—Hola. ¿Qué tal? —Sonrió. No sabía cómo, pero sonrió. Apoyó las manos en el suelo mientras sentía como un chorro de tomate se le deslizaba por la espalda—. ¿Qué te trae por aquí?

Era una pregunta estúpida, pero es que se sentía estúpida.

Duncan paseó sus ojos por ella y por el desastre que había a su alrededor.

—¿Sabes que tienes tomate en el pelo?

A Meadow se le borró la sonrisa de golpe y se lo quedó mirando con los ojos entrecerrados. ¿Eso era lo único que se le ocurría decirle?

—Sí. Gracias por la aclaración —dijo con retintín. Estaba enfadada, además de muerta de vergüenza.

—¿Por qué te enfadas? Solo era un comentario.

—Pues para hacer ese comentario, mejor te callas. Tengo tomate en el pelo, en la espalda y en la cara. Te puedo asegurar que me he dado cuenta de sobra de que estoy embadurnada.

—Tranquila. No quería molestarte. No te preocupes, que no volveré a hacer ninguno.

Punto número uno: a Meadow le jodía mucho que le dijeran que se tranquilizase. Punto número dos: quería tirarle a Duncan un bote de tomate a la cabeza. Y punto número tres: estaban discutiendo y ni siquiera sabía bien por qué.

Ah, sí. Porque él estaba siendo un imbécil.

—De todas formas, ¿se puede saber qué hacías?

—¿Perdona?

Duncan la señaló a ella y luego a la salsa.

—Que qué hacías para acabar cubierta de salsa de tomate.

Meadow apretó los puños.

—Pasando el rato. ¿A ti qué te parece? Me he tropezado, Sherlock.

—¿Por qué vuelves a estar enfadada? Solo era una pregunta.

—Pues para hacer preguntas estúpidas, repito, mejor te callas.

Un chorro de tomate se desprendió de su pelo y se le metió a Meadow por el canalillo. Abrió la boca por la impresión, pero la cerró de golpe cuando vio que los ojos de Duncan se habían desviado justo allí.

—¿Puedes dejar de mirarme el pecho? —preguntó en un tono que denotaba enfado. Duncan la miró a la cara y sonrió por primera vez desde que se habían visto.

—Perdona. Es que es hipnotizador ver cómo cae el tomate.

Ahora era él el que hablaba con retintín. Meadow estaba a punto de replicar cuando un chico, que rondaría los diecisiete años, apareció.

—Perdone, señora, ¿necesita que la ayude? —Apartó la

mirada del profesor barra camarero barra hombre que le provocaba taquicardias y la centró en el joven que acababa de llegar.

—Te lo agradecería mucho.

El chico estiró el brazo para levantarla, pero justo cuando ella iba a coger la mano que le tendía, alguien hizo al chico a un lado, apartándolo.

—Ya me ocupo yo, gracias.

El «gracias» no sonó muy amable, la verdad. Meadow quería decirle a Duncan que se metiese su amabilidad por donde le cupiese, pero cuando se quiso dar cuenta él ya se estaba inclinando hacia delante, le había pasado los brazos por la cintura y la estaba levantando del suelo como si no pesase nada.

Como la noche del pub, mientras la empotraba contra la puerta...

«No es momento. ¡No es momento!», le gritó Meadow a su mente.

Se sujetó a sus brazos para estabilizarse y se quedaron cara a cara. A pesar de que Duncan llevaba las gafas puestas, como en la reunión, se veía a la perfección el color gris de los ojos. Los tenía de un tono tan claro que se podía ver reflejada en ellos; no se parecían en nada a los de aquella noche, que eran negros, como los de un felino. Y aquellas gafas le quedaban como un guante. Parecía uno de esos intelectuales que quitan el sentido con solo pestañear en tu dirección.

Y eso era justo lo que le estaba pasando. Y es que, a pesar de que ya estaba de pie y de que parecía que las piernas no iban a ceder, Duncan no la soltaba; al contrario, la agarraba un poco más fuerte, y a Meadow no le molestó. Ya ni se acordaba de que estaba toda manchada de tomate, y mucho menos de que estaba muerta de vergüenza o de que él había sido un cretino hacía apenas un momento.

Tragó saliva y ordenó a las mariposas que corrían libres por su estómago que se estuvieran quietas.

—Creo… Creo que sería mejor que me soltaras.

Duncan se la quedó mirando sin decir nada. Abrió la mano que tenía en su espalda y la tocó con los cinco dedos y la palma. A Meadow le pareció que era enorme, porque la sentía por todas partes.

—¿Por qué? —preguntó él con voz ronca.

Meadow abrió los ojos sorprendida ante su pregunta. ¿Cómo que por qué? Pues… porque sí, ¿no? Iba a empezar a hiperventilar de un momento a otro.

—Porque vas a mancharte de tomate. —«Y porque como me sigas tocando va a darme un infarto», pensó, pero no lo dijo, claro está.

Duncan ladeó la cabeza y le ofreció una sonrisita.

—Eso tendría que decidirlo yo, ¿no crees? Y a mí no me importa mancharme de tomate. Ponme otra excusa. Una que sea creíble.

Ella había pasado de querer tirarle un bote de tomate a la cabeza a… a… ¡Uff! No podía pensar con claridad, y eso la estaba poniendo de los nervios. Sintió como sus mejillas se empezaban a colorear y se mordió el labio inferior.

—No es apropiado.

—¿El qué?

—Que me tengas tan pegada a ti.

—¿Por qué?

—Porque no…

Duncan se inclinó hacia delante, acercando sus labios al lóbulo de su oreja. Meadow cerró los ojos cuando su aliento le hizo cosquillas en el cuello al hablar.

—Te recuerdo, pelirroja, que tú y yo ya hemos estado más pegados que ahora. Mucho, mucho, mucho más pegados... Así que dime la verdad, ¿por qué quieres que te suelte?

12

Duncan llevaba veinticuatro largas horas pensando en Meadow. Qué narices. Llevaba pensando en ella desde la noche del pub, pero habérsela encontrado en aquella reunión, con todo lo que eso representaba, había sido demasiado para él. Y ella se había ido tan rápido... Como aquella primera noche, solo que esa vez, además, se había dejado a un imbécil por el camino.

Cada vez que pensaba en la imagen de ellos dos juntos, en la mano de él en su espalda, en cómo le había susurrado al oído, se ponía de mal humor y no había forma de calmarse. Lo cual era una tontería y no tenía ningún sentido, porque ese tío, ese tal Matthew Cooper, era el esposo de Meadow, el padre de Ethan, y si alguien tenía que estar enfadado, era ese tipo, no él. Porque si alguien tenía derecho a acostarse con Meadow, era el médico; a fin de cuentas, era su marido.

Su marido.

Esa palabra... Esa maldita palabra. Duncan no podía quitársela de la cabeza. Meadow no parecía una mujer infiel. Estaba claro que no la conocía lo suficiente, pero no le daba esa impresión; y, sin embargo, se había acostado con él; sin preguntas, sin dudar...

¿Por qué lo había hecho? ¿Por eso había salido corriendo aquella noche, porque se sentía culpable? Y, lo más importante de todo, ¿por qué a él le afectaba tanto?

Llevaba veinticuatro horas haciéndose miles de preguntas para las que no tenía respuesta; entre eso y que estaba cansado de estar tumbado en aquel sofá que le estaba fastidiando la espalda, había decidido salir de casa y dar una vuelta. Ir a comprar y preparar algo de comida decente. Una lasaña, tal vez. Pensó en ir al supermercado de Variety Lake, pero no quería encontrarse con nadie.

O, mejor dicho, no quería encontrarse con ella. O, sí. Ya no lo sabía. Pero, por si acaso, mejor prevenir que curar. Por eso le había quitado a su primo las llaves de su adorado Chevrolet y se había ido al Walmart del pueblo vecino. Tenía su propio coche, pero necesitaba desesperadamente tocarle las narices un rato a Timmy.

¿Cuántas probabilidades había de encontrarse con ella allí, justo a esa hora? Por lo visto, muchas. Solo había que verlo en esos momentos, rodeando la cintura de Meadow con un brazo y haciendo todo el esfuerzo del mundo por no enterrar la nariz en su pelo y empaparse de su olor.

—Te recuerdo, pelirroja, que tú y yo ya hemos estado más pegados que ahora. Mucho, mucho, mucho más pegados… Así que dime la verdad, ¿por qué quieres que te suelte?

Notó como Meadow se tensaba ante su pregunta. Sabía que estaba siendo un cabrón, pero no le importaba. Estaba entre enfadado con ella por haber jugado con él y excitado porque… porque Meadow lo excitaba de una manera que no era ni medio normal.

Se obligó a apartar los labios de su oreja y a mirarla a la cara. Le encantó lo que vio: las pecas de Meadow resaltaban más que nunca, y sus mejillas eran el complemento perfecto de su color de pelo. Meadow era tan bonita que pensó que tenía que estar prohibida.

«Y lo está», le dijo su conciencia, pero hizo oídos sordos. Vio como tragaba saliva y se le hinchaba el pecho al coger aire.

—No deberías decir esas cosas.

—¿Por qué?

Meadow gruñó por lo bajo y a Duncan le pareció adorable.

—Estaría bien que dejases de preguntar todo el rato por qué.

—Lo haré cuando tú contestes a mis preguntas.

—Las estoy contestando todas.

—Eso no es verdad, y lo sabes tan bien como yo. —Meadow se mordió el labio inferior y Duncan a punto estuvo de soltárselo él mismo con los dedos. O con la boca—. ¿Acaso no es cierto lo que he dicho?

—Sí, pero…

Por primera vez desde que la había ayudado a levantarse del suelo, Meadow apartó los ojos.

—¿Te arrepientes? —le preguntó sin pararse a pensar en si la pregunta era correcta o no. De repente, que Meadow se arrepintiera de haberse acostado con él… le dolía y necesitaba conocer la respuesta. Meadow levantó la cabeza despacio y se lo quedó mirando—. ¿Te arrepientes de lo que pasó esa noche, Meadow? —preguntó de nuevo. Su voz sonó firme y segura, aunque por dentro no se sentía así. Era la primera vez que le pasaba y se sentía extraño, como si aquel cuerpo no fuese el suyo. Le colocó un mechón de pelo tras la oreja y le acarició el lóbulo con el pulgar. Cuando se aseguró de que había captado toda su atención, le hizo una pregunta que le quemaba en la lengua desde que la había visto salir corriendo—. ¿Te hice daño?

Duncan vio como los ojos de Meadow se abrían por la sorpresa.

—¿Qué?

—Que si te hice daño... —Le dolía tanto que eso pudiese ser verdad que habló susurrando. Negó con la cabeza y volvió a acariciarle el lóbulo—. Necesito que me digas si te hice daño. Estaba muy excitado y puede que fuese un poco brusco, pero te juro que no era mi intención. Ni siquiera tenía pensado que pasara lo que pasó. Fue una sucesión de cosas y... —Meadow se las arregló para poner un dedo sobre sus labios y hacerle callar. Él desvió la atención de sus ojos hacia el dedo y vuelta a empezar—. Entonces ¿por qué saliste corriendo de esa forma?

Meadow respiró hondo, apartó la mano y la dejó caer laxa junto a su cuerpo.

—Es complicado.

Eso fue lo único que pudo responder. Una respuesta banal, superficial e insignificante.

Duncan decidió que había llegado el momento de soltarla. Dio un paso atrás y apartó los brazos de su cintura. Meadow perdió el equilibrio unos segundos, pero se recompuso rápido.

Los ruidos de alrededor comenzaron a llegar: la música de fondo, los murmullos de la gente y hasta el sonido que hacían los carritos al rodar por el suelo de mármol. A él le quemaba otra pregunta en la lengua. Sabía que lo más sensato era guardársela, pero Duncan Taylor rara vez recurría a la sensatez para hacer las cosas.

—¿Es complicado porque estás casada y te pareció divertido ponerle los cuernos a tu marido con el primer imbécil que te hiciese un poco de caso?

El dolor fue patente en los ojos de Meadow en cuanto él

terminó de formular la pregunta. Apartó la mirada y la fijó en la pared de al lado. Cuando volvió a mirarlo, el dolor había sido reemplazado por la rabia.

—No tienes ni idea de lo que dices.

—Pues explícamelo.

Meadow no pudo decir nada más. Unos gritos llamaron la atención de los dos. Meadow miró por encima del hombro de Duncan y sonrió, aunque la sonrisa no le llegó a los ojos. Él se dio la vuelta para ver qué pasaba y se encontró a Ethan corriendo en dirección a su madre con varias cosas en los brazos.

—¡He cogido tres! —gritaba. La sonrisa fue desapareciendo para dar paso a un ceño fruncido conforme se acercaba. En cuanto se detuvo al lado de Meadow, la miró de arriba abajo, confundido—. ¿Qué te ha pasado, mamá? ¿Por qué estás manchada de tomate?

—Ha pensado que sería divertido jugar a los bolos con los botes de tomate. Ha hecho pleno —contestó Duncan.

Ethan, que ni siquiera había reparado en él, se volvió y, en cuanto lo reconoció, sonrió complacido.

—¡Señor Taylor! —A Duncan no le gustaba nada que lo llamasen «señor». Le recordaba a su época de estudiante, cuando los profesores lo llamaban por su apellido para enviarlo al despacho del director.

—¿A dónde vas con tantos helados? —Ethan se miró los brazos y sonrió.

—Es noche de tacos y de postre tomamos helado. Como no sabía cuál escoger, he cogido los tres que más me gustan.

—¿A ver qué tienes ahí? —Duncan cogió las tarrinas una a una—. Menta con chocolate, tarta de queso con arándanos y vainilla con nueces. —Asintió y sonrió al niño—. Creo que has hecho muy buena elección.

Ethan se hinchó como un pavo ante el elogio. Volvió a mirar a su madre y su ceño se volvió a unir.

—Mamá, te cae tomate del pelo. ¿Y dónde está el carro?

Meadow estaba en estado de shock. Miraba a su hijo fijamente sin atreverse a hablar y, por supuesto, obviando a Duncan. En ese momento, el gerente de la tienda se acercó y a ella no le quedó más remedio que salir del trance y atenderlo. El gerente le preguntó si quería que llamase a algún médico, por si se había hecho daño, pero Meadow negó con la cabeza. Solo quería irse a casa, ducharse y olvidarse de todo lo que había pasado. Lo que sí hizo fue seguir su consejo de acompañarlo al cuarto de baño del personal para adecentarse un poco. Por lo menos, para quitarse el tomate del pelo y el que le resbalaba por el canalillo.

—Ethan, vamos —le dijo a su hijo al ver que este no se movía, pues estaba hablando con Duncan sobre no sabía qué experimento y parecía no escuchar nada más—. ¡Ethan! —El pequeño se giró sobresaltado—. Perdona, es que te estaba llamando y no me hacías caso.

Duncan también se volvió para observarla, con los brazos cruzados. Le hacía gracia ver como ella intentaba no mirarlo a la cara. Meadow se pasó un mechón de pelo tras la oreja y puso una mueca de asco al pringarse los dedos con el líquido rojo.

—Tengo que limpiarme todo esto. ¿Vamos?

—Yo puedo esperar aquí con él —dijo Duncan sin pensar.

No sabía por qué, pero la idea de que Meadow se marchase no le atraía demasiado. Quedarse al cuidado de Ethan era lo mejor si quería… No sabía lo que quería, porque seguir con la conversación de antes delante del niño no era una opción, pero sí que le serviría para verla un poco más.

Se estaba comportando como un idiota. Lo sabía y no le importaba. Las cosas estaban claras: Meadow tenía un hijo, Meadow estaba casada, Meadow se había acostado con él por pasar el rato.

Aun así, esperaba impaciente su respuesta.

—Es que... —empezó a decir, pero Ethan dio un paso adelante y la miró como si no hubiese roto un plato en su vida.

—Por favor, mamá. Me está contando cómo hacer espuma. —Se giró hacia Duncan y le sonrió—. ¿Podemos ir a comprar el bicarbonato y el vinagre, señor Taylor?

—Por favor, Ethan, llámame Duncan. Si me llamas «señor Taylor», haces que me sienta muy mayor, y yo todavía soy joven...

Los dos se rieron y Duncan estiró el brazo y le removió el pelo. A Meadow las mariposas estaban a punto de salírsele por la boca. Al final, no le quedó más remedio que asentir e irse sola.

Ethan cogió el carro de su madre y empezó a empujarlo mientras buscaba el bicarbonato. Duncan, a su lado, le iba explicando cómo tenía que hacer la espuma. Le asombraba la atención que ponía el pequeño en cada una de sus explicaciones, como si le estuviese contando la cosa más maravillosa del mundo. Mientras andaban y hablaban, no pudo evitar estudiarlo con atención. Ya le había llamado la atención en clase. Era un niño muy espabilado e inteligente, además de perspicaz. No parecía gustarle mucho el deporte, pero le apasionaban la ciencia y la tecnología.

No se parecía en nada a su madre. Puede que un poco en la nariz, que era chata, y en los ojos, pues había heredado el color azul de Meadow, pero en todo lo demás se parecía al rubio idiota de su padre.

Cerró los ojos una milésima de segundo y sacudió la cabeza. No podía pensar eso, aunque lo creyese de verdad.

Cogieron todas las cosas que ambos necesitaban y se dirigieron a la caja para pagar. Justo cuando se pusieron a la cola, apareció Meadow. Se había mojado el pelo, la cara y el cuello. Duncan hizo un verdadero esfuerzo por no seguir comportándose como un cretino y no le miró el canalillo. Aunque tampoco hacía falta, porque se quedó hipnotizado mirando todo lo demás. Meadow se había hecho una cola de caballo y tenía la cara despejada. No llevaba nada de maquillaje, pero como ya se había dado cuenta la noche que la conoció, no le hacía falta. Meadow tenía una belleza natural que te atrapaba y ya no te soltaba. Tuvo que tragar saliva con fuerza, no quería que Ethan se diera cuenta de que estaba babeando por su madre. Porque eso era justamente lo que estaba haciendo: babear por una chica como cuando tenía catorce años y empezó a fijarse en el sexo opuesto.

—¿Lo has cogido todo, campeón?

—Sí. Para el experimento y lo que faltaba de los tacos.

Meadow dio un beso a su hijo en lo alto de la cabeza y miró a Duncan.

—Muchas gracias por todo, señor Taylor. Ya nos veremos por el pueblo.

A Duncan no le gustó nada la frialdad con la que se dirigió a él, ni tampoco que lo llamase «señor Taylor».

Pero no pudo replicar. Cuando se quiso dar cuenta, Meadow y Ethan desaparecían por la puerta cargados con varias bolsas de papel.

13

Meadow miraba el papel que llevaba en la mano entre enfadada y preocupada. Se sentó en una de las sillas de la cocina y se pasó la mano por el pelo. Justo enfrente, de pie, su hijo la miraba cabizbajo. Por lo menos, tenía la decencia de parecer arrepentido.

Meadow levantó la vista durante unos segundos. Suspiró con pesar al ver la cara de Ethan. Tenía el labio partido y todo indicaba que el ojo se le iba a poner morado.

—¿Te duele? —Ethan negó con la cabeza, aunque también frunció el ceño.

Meadow sabía que mentía, pero era demasiado orgulloso como para admitirlo.

—El señor... Duncan me ha curado. Me ha llevado a la enfermería y me ha puesto hielo y una pomada para cortar la hemorragia de la nariz.

Escuchar su nombre la alteró, pero no podía centrarse en eso, no era el momento. Su hijo se había peleado en el colegio y había acabado con la cara hecha un cristo.

—Sabes que te tengo que castigar, ¿verdad?

—¡Pero empezó él, mamá! ¡Yo solo me he defendido!

Meadow levantó una mano para hacerle callar.

—Me da igual quién haya empezado. No puedes pegarte con tus amigos en mitad del pasillo del colegio.

—Pero no es justo. No ha sido mi culpa.

Meadow cogió el papel que había dejado sobre la mesa y se lo mostró.

—Aquí no dice eso. —Ethan bufó y puso los ojos en blanco mientras cruzaba los brazos sobre el pecho.

—Ahí solo dice que me he pegado con un compañero, ya está.

—Pero es que pegarse con un compañero está mal, Ethan. ¿No lo entiendes? Sea cual sea el motivo, está mal y no hay justificación que valga.

—¡Pues menuda mierda!

—¡¡Ethan!! —Meadow sintió que estaba sobrepasada. Se llevó una mano al puente de la nariz y apretó con fuerza, a ver si así se le pasaba el dolor de cabeza.

Por la mañana, habían desayunado los dos tranquilos en la mesa de la cocina y en ese momento, seis horas después, estaba castigándolo porque se había metido en una pelea, algo que él jamás había hecho; y encima le gritaba y decía palabrotas.

De repente, el niño que tenía delante no parecía tener ocho años.

Se pasó una mano por el pelo y suspiró abatida.

—Ahora tengo que ir al colegio para hablar con tu profesor y ver qué castigo te ponemos.

—¿Y a Luke también lo van a castigar?

—Lo que el señor Taylor hable o deje de hablar con la madre de Luke no es problema mío. Mi problema eres tú y lo que tú hagas. Y lo que has hecho es romperle la nariz a un amigo.

—¡No es mi amigo! ¡Es un gilipollas, y es feo, y le fastidia que las chicas me prefieran a mí!

—¡¡Ethan Cooper!!

Por mucho que gritase llamando a su hijo, él ya se había dado la vuelta y había comenzado a subir las escaleras. No tardó en escuchar un portazo.

Los ojos le picaban y tenía ganas de llorar. Creía que Ethan estaba mejor, pues habían pasado una buena semana a pesar de la separación. Sonreía e incluso pasaba las tardes con ella; mientras Meadow trabajaba, él estudiaba o escribía cosas en una libreta con la que iba a todas partes.

Pero estaba claro que no era así. Le había pegado un puñetazo a un compañero. Su hijo. Vale que era un niño movido e inquieto, pero ¿pegar?

Volvió a coger el papelito de marras y leyó de nuevo la nota.

Señor y señora Cooper:

Lamento comunicarles que Ethan se ha visto implicado en una pelea con un compañero esta mañana, a la hora del almuerzo. Ethan le ha roto la nariz y eso es algo que, como comprenderán, no podemos tolerar. Si les parece bien, les rogaría que viniesen esta tarde para que hablásemos del tema. Seguro que entre todos encontramos la mejor solución posible.

Un saludo,

DUNCAN TAYLOR

A Meadow no le pasó desapercibido el «señor y señora Cooper» del inicio. Entendía que esa era la forma correcta de dirigirse a ellos. A fin de cuentas, así era como los había presentado Matthew, pero algo le decía que Duncan lo había escrito con cierto retintín.

Llamó a Matthew y le explicó lo que había pasado. No le apetecía verlo, no lo hacía desde que había salido corriendo de la reunión, pero era el padre de Ethan y tenía que estar informado de esas cosas. Acabó colgándole el teléfono muy enfadada. Primero, porque a Matthew le pareció de lo más varonil que su hijo se hubiese metido en una pelea; según él, había demostrado que sabía defenderse y eso era bueno, algo de lo que Meadow debía estar orgullosa. Y segundo, porque dijo que tenía demasiado trabajo en la clínica y que no podía reunirse con el profesor.

—Gilipollas —murmuró Meadow al teléfono en cuanto colgó.

Subió a grandes zancadas las escaleras y abrió la puerta de la habitación de su hijo sin llamar. Si él estaba enfadado, ella lo estaba el doble.

—¡Llama primero! —gritó Ethan.

Solo tenía ocho años, por favor. Si actuaba así ya con esa edad, no quería pensar en lo que haría con quince.

—Levántate, te vas con la tía Buffy.

—No quiero. Que venga ella.

Meadow se acercó a la cama y le quitó la libreta de las manos de un tirón. La cerró de golpe y la lanzó sobre la cama.

—No me toques más las narices que bastante cabreada me tienes ya. Coge la maldita mochila con los deberes que tengas para mañana, ponte las zapatillas y baja al coche. Tienes medio minuto. Por cada minuto extra que pase, una semana menos de consola.

—¿Una semana?

—Sigue hablando y serán dos.

A Meadow le bullía la sangre. Estaba enfadada con su hijo, por supuesto, aunque también preocupada; tenía el labio cada vez más hinchado y el ojo... También estaba enfadada con Matthew, ¿cómo podía alegrarse de que su hijo se hubiera pegado con otro niño? Mejor que no fuese a la reunión ni viese a Ethan. Era capaz de chocarle los cinco y darle una palmadita en la espalda.

Y, cómo no, estaba horrorizada por tener que ver a Duncan. Otra vez. Cara a cara. Habían pasado cinco días desde su encuentro en el supermercado y, aunque lo había visto a diario al llevar a Ethan al colegio, e incluso el día anterior, de pasada, entrando en la ferretería del pueblo, no había vuelto a hablar con él. Lo había evitado, lo sabía. Pero era imposible seguir haciéndolo.

Y menos ante una situación como aquella.

Salió a la calle y se dirigió al coche. No tardó en ver a Ethan salir por la puerta principal. El niño entró en el vehículo y cerró de un portazo. Siempre iba a su lado, en el asiento del copiloto, pero en esa ocasión decidió ir en la parte de atrás. Mejor. La tensión entre madre e hijo se cortaba con un cuchillo.

Llegaron al Bed & Breakfast en apenas cinco minutos. Meadow aún no había parado el motor cuando Ethan ya estaba saltando del coche con la mochila colgada al hombro. Una Buffy sonriente salió a recibirlos, pero frunció el ceño cuando vio la cara del pequeño. Se colocó justo enfrente de él cuando este intentaba pasar por su lado para entrar en la casa. Le puso la mano bajo el mentón y le levantó la cabeza.

—¿Cómo ha quedado el otro?

—Le he roto la nariz. —Aunque lo dijo serio, se notaba el orgullo en su voz.

—Ni se te ocurra darle alas, Buffy. —Meadow apuntaba a su amiga con el dedo índice. Esta levantó las manos en señal de paz y se encogió de hombros—. Tengo que ir al colegio. Luego paso a por él.

—Mi madre está preparando la merienda para los huéspedes. Acércate a la cocina y dile que te haga lo que quieras. Yo iré en unos minutos.

Buffy soltó al pequeño, que ni siquiera le contestó, y lo dejó entrar en la casa. Luego bajó las escaleras del porche y se acercó a su amiga, que había vuelto a sentarse en el asiento del conductor. Se apoyó en la ventanilla bajada del lado del copiloto y metió la cabeza dentro.

—No te enfades con él, todos nos hemos peleado alguna vez.

—Tiene ocho años, Buffy.

—Casi nueve. Le faltan apenas dos meses. Y te recuerdo que con ocho años tú le quemaste el pelo a Sushi Davis.

—Fue un accidente.

—Y una mierda. Cogiste el mechero en clase de ciencias y le quemaste el pelo a propósito.

Meadow sabía que Buffy tenía razón, pero no se la iba a dar. En ese momento no se trataba de Sushi y de ella, sino de Ethan y de que le había roto la nariz a otro niño. Negó con la cabeza.

—¿Te quedas con él?

—Pues claro. ¿Y Matthew?

—Prefiero no hablar.

—¿Y el profesor buenorro?

—¿Qué pasa con él?

—Que lo vas a ver ahora, ¿no?

—¿Y qué?

—No sé, dímelo tú.

—No tengo tiempo para tus adivinanzas. Si tienes algo que decir, lo dices y punto. Tengo prisa, y lo que menos necesito es llegar tarde.

—¿Llevas la ropa interior sexy?

Meadow la fulminó con la mirada.

—No me toques los cojones, ¿vale?

—¿Has dicho una palabrota? Eso significa que estás enfadada de verdad.

—¿Puedes apartarte de una vez? ¿Qué parte de «no quiero llegar tarde» no has entendido?

Buffy apartó las manos de la ventanilla y dio un paso atrás.

—¿Sabes? Entiendo que estés enfadada con Ethan. Eres su madre y tienes que educarlo para que haga las cosas bien, para que no se meta en problemas y para que vaya por el buen camino. Pero todos hemos sido niños, todos hemos metido la pata y todos hemos decepcionado a nuestros padres en alguna ocasión. —Meadow sintió un pequeño pinchazo en el pecho. Ethan no la había decepcionado. Solo...—. Y, repito, entiendo que estés así —continuó diciendo Buffy—, pero nunca te había visto tan nerviosa. Porque, más que enfadada, estás alterada y yo me pregunto si la culpa no la tendrá cierto profesor al que tienes obligación de ver, algo para lo que no estás preparada, en vez de un chaval de ocho años que lo único que ha hecho, estoy segura, ha sido defenderse.

Meadow escuchó todas y cada una de las palabras de su amiga, pero, como había dicho, llegaba tarde y no podía pararse a discutir con ella. Aun así, no pudo evitar preguntarle si ella se escuchaba alguna vez cuando hablaba.

—Perfectamente. ¿Y tú?

Meadow se permitió quedarse mirando a Buffy solo unos segundos. Después, puso primera y se marchó rumbo al colegio.

Apretaba el volante con tanta fuerza que tenía los nudillos blancos. Pues claro que estaba nerviosa por verlo. Se había propuesto no acercarse a él más que lo justo y necesario y siempre en lugares públicos y llenos de gente. Verlo a solas en el aula de su hijo y en esas circunstancias... No entraba en sus planes. Pero de ahí a que, en realidad, no estuviese enfadada con Ethan y todo fuese por culpa de lo que le provocaba tener que ver a Duncan... No. Estaba enfadada con su hijo, mucho, y no podía permitir que lo que había hecho no tuviese consecuencias.

Respiró hondo cuando llegó al aparcamiento del colegio e intentó serenarse. Se miró en el espejo y se colocó el pelo. Se llevó una mano al pecho y de nuevo cogió aire despacio para después expulsarlo.

«Puedes hacerlo», se dijo. Solo esperaba que los padres de Luke también estuviesen presentes en la reunión.

Meadow suspiró aliviada cuando, al entrar en clase, se encontró con Wendy y su marido.

—Siento llegar tarde —se excusó mientras entraba y cerraba la puerta a su espalda.

—No te preocupes, acabamos de empezar —le dijo Duncan en un tono conciliador y suave.

Meadow oyó con claridad el bufido de Wendy.

Se había propuesto no hacer contacto visual con Duncan, pero fracasó estrepitosamente. En cuanto tomó asiento, levantó la cabeza y buscó su mirada. Ese día no llevaba las gafas puestas, lo que no le gustó. Duncan era guapo a rabiar con y sin ellas, pero las gafas le daban ese aire misterioso.

Duncan le sonrió y ella estuvo a punto de olvidar los motivos que la habían llevado hasta allí, así como la situación tan embarazosa que habían vivido en el supermercado. Carraspeó para aclararse la garganta y se giró hacia la madre de Luke. Esta estaba sentada tan tiesa que Meadow no pudo evitar pensar si no se le estaría clavando el palo que llevaba siempre metido en el culo. Era una mujer insufrible y odiaba hablar con ella, ya no digamos enfrentarse a un problema de ese calibre. Aun así, se había propuesto ser comedida.

—¿Por dónde ibais? —preguntó en tono conciliador.

Duncan fue a hablar, pero Wendy se le adelantó.

—Estábamos hablando de que tu hijo le ha dado un puñetazo a mi pobre Luke y le ha roto la nariz.

Meadow cogió aire.

—Bueno, que yo sepa, Luke no se ha quedado atrás. Mi hijo tiene el labio partido y el ojo se le está poniendo más negro que morado.

Wendy se rio de forma un tanto estridente y le lanzó rayos láser por los ojos.

—Mi hijo se tendrá que defender, ¿no?

—¡¿Perdona?! —Meadow sabía que había levantado la voz, pero no le importó.

Duncan vio como los bonitos ojos de Meadow pasaban del azul claro al oscuro en cuestión de segundos. También la vio inclinarse hacia delante y apoyar las manos en el pupitre. Como Wendy volviese a abrir la boca, no sabía qué era capaz de hacer Meadow.

Carraspeando para llamar la atención de los presentes, Duncan dio un paso al frente e intentó poner la mejor de sus sonrisas.

—Les estaba comentando a los padres de Luke que deberíamos ponerles un castigo. —Miró a Wendy directamente—. A los dos.

Esta se puso en pie de un salto.

—Me parece indignante. Mi hijo se estaba defendiendo.

—Tu hijo le pegó primero. —Si Wendy se ponía de pie, ella también.

La madre de Luke se volvió para mirarla con la mano en el pecho.

—¿Eso es lo que te ha contado ese pequeño delincuente?

—Te estás pasando, Wendy —susurró Meadow.

—Wendy… —le murmuró su marido, pero ella lo ignoró.

El padre de Luke parecía un mueble más del aula. De hecho, era la primera vez que Duncan lo oía hablar desde que habían llegado.

—Lo que habría que hacer es expulsarlo del colegio.

—Pero ¿tú te estás escuchando? Estás loca. Siempre lo he sospechado, pero ahora me lo estás confirmando.

—Meadow, Wendy, si pudiéramos… —intentó decir Duncan, pero ninguna de las dos mujeres parecía prestarle atención.

—No me extraña que Ethan haya llegado a esto. Solo hay que recordar cómo era su madre a su edad.

—No vayas por ahí, Wendy, que por las buenas soy muy buena, pero por las malas soy la peor.

—¿Me estás amenazando?

—Te estoy advirtiendo. Cuando te amenace, lo sabrás.

Wendy se tapó la boca con la mano y profirió un gritito. Abrió mucho los ojos y se giró hacia Duncan, indignada.

—¿Lo has oído? ¡Me está amenazando! ¿Cómo vamos a pretender luego que su hijo no vaya pegando por ahí?

—La verdad es que… —Duncan intentó hablar de nuevo, pero se calló de golpe cuando vio a Meadow salir de detrás del pupitre y dar un paso al frente. Sin pensar en si estaba bien o no, se acercó de una zancada a ella y la cogió de la muñeca—. Meadow…

Ella se giró hacia él furiosa.

—Ni Meadow ni nada. ¿Tú la estás oyendo? —Volvió a girarse hacia Wendy—. O te disculpas ahora mismo o te juro que te quemo el pelo como a Sushi. Y ahora sí que te estoy amenazando.

Wendy dio un paso atrás.

—Por favor, esto se nos está yendo de las manos.

Duncan miró al marido de Wendy para pedirle ayuda, pero este parecía más asqueado que otra cosa. Al final, se puso de pie e intentó coger a su mujer del brazo, pero esta dio un tirón y se soltó.

—¡Me ha amenazado! ¡Los dos lo habéis oído! —Wendy se giró hacia su marido—. Luke, haz algo. ¡Defiéndeme!

—Yo lo único que sé es que te estás poniendo histérica y que insultando a Ethan y a Meadow no vas a conseguir nada.

En otras circunstancias, Duncan hubiese aplaudido a aquel hombre.

Según había oído al resto de los alumnos que estaban en el pasillo, quien había empezado la pelea había sido Luke, no Ethan. Este le había repetido varias veces que lo dejase en paz, pero cuando al final Luke le dio un puñetazo, al rubio no le quedó más remedio que defenderse.

A Wendy comenzó a temblarle la barbilla y Duncan vio como apretaba los puños a ambos lados del cuerpo.

—¿Cómo te atreves a hablarme así? ¿No piensas defender a tu hijo?

—Luke ha pegado y Ethan también. Se les castiga a los dos y listo. ¿Por qué tienes que montar semejante numerito? Solo tienen nueve años.

—¡Porque le han partido la nariz a tu hijo! ¡Y sale en la obra del colegio! ¿Cómo va a salir con esa nariz tan hinchada?

—¿Lo estás diciendo en serio? —Por primera vez desde que había entrado en el aula, a Meadow le entró la risa—. ¿Te preocupa cómo tendrá la cara en la obra de primavera cuando todavía estamos empezando el otoño? ¿No te preocupa por qué se han peleado?

—¡Porque tu hijo es un celoso y no soporta que mi hijo sea más popular que él! ¡Deberías llevarlo a terapia! ¡Ese niño está loco, como su madre!

—Ahora sí que te has pasado.

En un abrir y cerrar de ojos, Meadow se había soltado de Duncan y estaba encima de Wendy. La cogía del pelo mientras la otra le clavaba las uñas en los brazos y gritaba histérica.

Menos mal que no quedaba prácticamente nadie en el colegio, porque aquello era surrealista.

Luke se lanzó a coger a su mujer de la cintura y Duncan a Meadow. Ambas mujeres gritaban y pataleaban mientras se decían de todo.

—¡Me has arrancado un mechón!

—¡Y más que te voy a arrancar! ¡Recuerda que tengo diez años menos que tú y que estoy más ágil!

Luke, a rastras y sudando como un pollo, consiguió sacar a su mujer del aula no sin antes despedirse de Duncan con la cabeza y pedirle que le enviara un e-mail con el castigo pertinente. Duncan, por su parte, sujetaba a una Meadow que respiraba agitada contra su pecho y daba patadas al aire.

—¡Suéltame! —exigió Meadow.

—Ni de coña.

—He dicho que me sueltes, Duncan.

—¿Soy Duncan otra vez? ¿Dónde ha quedado lo de «señor Taylor»?

—No me toques las narices, que no estoy para bromas.

—Te soltaré cuando sepa que no vas a salir corriendo por el pasillo para quemarle el pelo a Wendy.

—No llevo ningún mechero encima, así que no tienes de qué preocuparte.

Duncan no pudo evitar echarse a reír. Su pecho vibraba contra la espalda de Meadow haciéndola consciente, por primera vez, de cómo estaban; Duncan había conseguido inmovilizarla rodeándole la cintura con los brazos. Estaba apoyado en su mesa y el silencio que los envolvía era electrizante. Meadow bajó la vista hasta su cintura y se maravilló al ver aquellas manos, tan morenas en contraste con su propia piel, rodeándola.

Tragó saliva y se obligó a respirar.

—¿Estás mejor?

Meadow quería decirle que sí, pero la verdad era que no. Aunque no sabía si era por la adrenalina de la pelea con Wendy o por estar entre los brazos de Duncan.

—¿De verdad le quemaste el pelo a una compañera? —La pregunta se la hizo tan cerca del cuello que a Meadow se le puso la piel de gallina.

Se encogió de hombros.

—Se había metido conmigo.

—Algún día tendrás que contarme esa historia.

Duncan ya no hablaba, susurraba, y a Meadow el corazón le iba a mil por hora.

Fue consciente, tras sentir las mariposas en el estómago por la cercanía, de que lo que había pasado con Wendy había dejado de alterarla.

Aun así, no se apartó. Y Duncan tampoco.

14

Si diesen un premio al autocontrol, Duncan Taylor lo ganaría seguro.

Tener a Meadow así era una tortura y una delicia. Lo que no sabía era cuál de los dos sentimientos ganaba.

—¿Quién empezó la pelea? ¿Fue Ethan?

Meadow parecía más tranquila, pero Duncan aún notaba cómo su pecho subía y bajaba. Cerró los ojos y se obligó a no meter la nariz entre su pelo y aspirar. Le llegaba olor a fresas y lo estaba pasando realmente mal.

—Yo no lo vi, pero, por lo que me han contado, fue Luke. Él provocó a Ethan y le dio el primer puñetazo. Ethan intentó apartarlo, pero, claro, cuando le dio en el labio, se lo devolvió.

Meadow asintió con la cabeza y él notó que el cuerpo de la pelirroja se relajaba. Pensó entonces que se apartaría, pero no lo hizo. A Duncan le picaban los dedos por abrir la mano y tocarla con toda la palma, pero le daba miedo moverse y que ella saliese corriendo.

Otra vez.

Meadow apoyó la cabeza en su hombro y suspiró.

—Ethan me ha dicho que lo curaste. Gracias.

—Es un gran chico, Meadow. Lo único que hizo fue defenderse.

—Lo sé, pero... Es complicado. Nunca se había peleado. Jamás. Es la primera vez que hace algo así.

—¿Cómo está?

—Enfadado.

—Se le pasará.

—Eso espero.

Ya no lo pudo resistir más. Metió la nariz entre el pelo suelto de Meadow y aspiró con fuerza. La notó tensarse y pensó que se había excedido, que ella se soltaría, se daría la vuelta y le propinaría un bofetón.

Pero no hizo nada de eso.

Levantó las manos y las apoyó sobre las suyas. Iba a darle algo.

—Si te digo que me ha puesto como una moto ver cómo te lanzabas encima de Wendy, ¿me estaría pasando?

Meadow se rio por lo bajo y negó con la cabeza. Que Duncan le dijese cualquier cosa, aunque fuera la lista de la compra, la ponía nerviosa. Que le dijese esas palabras susurrándoselas al oído la volvía loca.

Volvió a apoyar la cabeza en su hombro y dejó que él la estrechase más fuerte. Meadow sabía que lo que estaban haciendo estaba mal por muchos motivos, pero en esos momentos no se acordaba de ninguno. Duncan sabía que se adentraba en terreno peligroso, pero en ese instante no sabía bien por qué.

Meadow cerró los ojos cuando sintió los labios de Duncan, fríos, rozarle detrás de la oreja. Jadeó, no lo pudo evitar, y eso a Duncan lo enloqueció aún más.

—Joder, Meadow... —La voz le salió rasposa, y a ella esa voz le quemaba la piel.

Ninguno de los dos supo a ciencia cierta qué ocurrió los siguientes segundos. Si fue ella la que se giró o si fue él quien le dio la vuelta. Lo único que sabían es que habían pasado de rozarse de forma inocente a besarse el uno al otro con toda la pasión del mundo. Duncan sentía que no podía respirar y que solo sería capaz de hacerlo si besaba los labios de Meadow. Y ella pensaba que se iba a morir si no volvía a probar los de Duncan.

Su boca atacaba la de Meadow sin compasión y ella lo permitía. Le tenía tantas ganas que hasta le dolía. Meadow le pasó los brazos por el cuello y él apoyó las manos en su cintura. Apretó y ronroneó en su boca cuando sintió que el vestido que llevaba se le había levantado y el bajo estaba peligrosamente cerca de sus manos. Había perdido la razón por completo y no era capaz de pensar con claridad. Aun así, hizo acopio de toda la fuerza de voluntad que pudo y se apartó de ella.

Meadow tenía las mejillas rojas, los labios hinchados y el pelo revuelto, y a él no podía parecerle más bonita. Se moría por volver a besarla, por morderle los labios y por lamerle el cuerpo de arriba abajo. Pero la parte sensata que aún quedaba en él le decía que esperase, que se asegurase de que aquello era lo que ella quería y de que no iba a volver a salir corriendo. Por lo menos, en esa ocasión no había nada de tequila de por medio, estaban los dos sobrios y en plenas facultades; pero, aun así, quería asegurarse.

Meadow se rozó los labios con la punta de la lengua mientras miraba los ojos de Duncan, oscurecidos por el deseo que sentía por ella. Un deseo que no había visto jamás en nadie. Debería sentirse expuesta y cohibida, pero se sentía más sexy que nunca.

Notaba las manos de Duncan en su cadera. Quería decirle que las bajase más, que las colase bajo su falda y que hiciera con ella lo que quisiera, pero una voz le gritaba que era el profesor de su hijo y que, si este se enteraba, habría problemas; no lo estaba pasando bien con la separación de sus padres, y lo que menos necesitaba era que su madre se liase con su profesor, alguien a quien, Meadow se había dado cuenta, admiraba. Además, Duncan seguía siendo un desconocido. Ni siquiera sabía qué hacía exactamente en el pueblo ni por qué había fingido ser camarero.

Todo eso era lo que le decía su cabeza, pero su cuerpo le indicaba otra cosa muy distinta.

Como la gata en celo en que se convertía cuando del profesor se trataba, se lanzó a sus brazos y lo besó con devoción. Se rindió a él y a lo que le provocaba. La lengua de Duncan buscó la suya y no tardó en encontrarla. Estaban tan pegados que era difícil que entre ellos pudiese pasar el aire.

Duncan dio una vuelta con ella pegada a su cuerpo y la alzó hasta colocarla sobre la mesa del escritorio. Por el camino, tiró al suelo todo lo que había en la superficie, maletín incluido. Meadow jadeaba y Duncan se bebía su jadeo. Coló las manos bajo el vestido y gruñó cuando tocó la suave piel de sus muslos. Meadow abrió las piernas y le pidió en silencio que se pegase a ella. Duncan obedeció y, cuando su sexo entró en contacto con el vértice de las piernas de ella, creyó que se correría en los pantalones. Nunca, jamás, había estado tan excitado.

—Eres un sueño hecho realidad, ¿lo sabías?

Meadow quería hablar, decirle cualquier cosa, pero había olvidado cómo se hacía. Echó la cabeza hacia atrás cuando sintió los dedos de Duncan explorando allí donde más lo necesitaba.

—Duncan... Duncan...

—Joder, Meadow, estás... estás... Mierda.

Le arrancó las bragas de un tirón y coló un dedo en su interior, consiguiendo que Meadow gritase. Estaba más que lista y, aunque Duncan se moría por quitarse los pantalones y empujar, no podía apartar los dedos de su cuerpo. Quería que se corriese en su mano. Quería ver a Meadow corriéndose de todas las formas posibles.

—No puedo...

—Sí que puedes, pelirroja.

Entre el mote, que la ponía a cien, y que Duncan había introducido otro dedo, estaba a punto de tocar el cielo.

Duncan no podía dejar de mirarla. Se empapaba del brillo de sus ojos, de la expresión de su cara y de cómo abría la boca dispuesta a gritar al llegar al clímax. Y, aunque le habría encantado oírla chillar a pleno pulmón, se acercó y la besó. También porque necesitaba volver a probar sus labios; eran como una droga, y a él le encantaba ser un drogadicto.

Torció los dedos, tocando un punto que Meadow ni siquiera sabía que existía y que la hizo gritar en la boca de Duncan como no lo había hecho en su vida. Arqueó la espalda y se puso a temblar.

Duncan no dejó de besarla ni de acariciarla mientras la sujetaba fuerte contra la mesa. Cuando pareció que dejaba de temblar y que la respiración poco a poco volvía a la normalidad, sacó los dedos de su interior y la abrazó, atrayéndola hacia él. Meadow apoyó la frente en su pecho y cerró los ojos.

—Te deseo, Meadow. Aunque digas que es complicado, aunque los dos sepamos que lo es, te deseo como no he deseado nunca a otra mujer.

Duncan no sabía de dónde habían salido aquellas palabras, ni por qué las había dicho, pero lo había hecho y no se arrepentía. Era totalmente cierto. Había estado con muchas mujeres, pero a ninguna la había deseado como a ella.

Para ella, las palabras del profesor impactaron contra su pecho de una forma demasiado alta y clara. La nebulosa del deseo comenzó a disiparse y la realidad se abrió paso a empujones.

Ethan, la pelea, el colegio... Acababa de correrse en el aula de su hijo, a plena luz del día. Aquello era un desastre, un completo desastre.

Duncan fue plenamente consciente del momento en el que el cuerpo de Meadow comenzó a cambiar; estaba tan pegado a ella que era imposible no hacerlo. Aunque una parte de su cabeza le decía que no lo hiciese, terminó echándose un poco hacia atrás y buscando su rostro. Lo acunó entre sus manos y la obligó a mirarlo a los ojos.

Sonriendo, le dio un beso en la punta de la nariz.

—Meadow... —Sentía que quería decirle mil cosas, pero no se atrevía a pronunciar ninguna.

Aunque seguía agitada por el orgasmo, se dio cuenta de que sus ojos mostraban otras muchas cosas. Él aún no la conocía lo suficiente como para identificarlas todas, pero no le cabía la menor duda de que una era arrepentimiento, y eso era algo contra lo que no podía luchar.

Dejó de acariciarla y dio un paso atrás, dolido. Se cruzó de brazos y se obligó a no mirar su cuerpo, ni su vestido, que seguía enrollado alrededor de su cintura.

—No me mires así. —Le pidió en apenas un susurro.

A Duncan le afectó el tono lastimero de su voz, pero más le afectó ver que aquel arrepentimiento seguía patente en su mirada.

—No me lo puedo creer. Ni siquiera entiendo por qué me duele —dijo Duncan para sí mismo mientras negaba con la cabeza, pero Meadow lo escuchó y el corazón se le encogió un poco en el pecho.

—Duncan... —Quería alargar la mano y tocarlo, pero también quería bajarse de la mesa y salir corriendo.

Duncan se pasó una mano por el pelo y la dejó sobre su nuca, mientras seguía negando. Al final, levantó la cabeza y la miró.

—¿Piensas salir corriendo también esta vez? —dijo como si le hubiese leído la mente.

A Meadow le dolió su tono y a él, hablarle así, pero no pudo evitarlo. Estaba enfadado y no le salía de otra forma.

—No lo entiendes.

—Explícamelo.

Meadow dijo que no con la cabeza y se bajó de la mesa. Se alisó el vestido como pudo y se retocó el pelo, todo bajo la atenta mirada de Duncan. Desvió la atención hacia una pelusa inexistente que tenía sobre la falda.

—Deja de mirarme así, por favor.

—No te estoy mirando de ninguna manera. Solo estoy esperando a que salgas corriendo para entonces coger mi mochila e irme a casa.

Meadow alzó la cabeza y lo observó. El dolor de su mirada se había mezclado con la ira. Nada quedaba de la dulzura de hacía unos segundos, de la sonrisa pícara del primer día, ni de la chulería que tanto le gustaba y que le había llamado la atención la noche de su cumpleaños.

Parecía un nuevo Duncan; uno frío e indiferente.

—Te he dicho que es complicado. ¿Por qué no puedes dejarlo así?

—Porque te he visto cuatro veces, Meadow, y dos de esas veces hemos hecho mucho más que hablar. Llámame loco, pero yo creo que hay algo que se me escapa.

—Ahora no hemos… ya sabes —dijo, moviendo la mano entre los dos, dando a entender a qué se refería exactamente. Meadow no tenía ni idea de por qué había dicho semejante gilipollez. Debía de ser por los nervios, que la tenían alterada.

Duncan se rio, pero no había diversión alguna en aquella risa.

—Perdona, pelirroja. Lo hicimos una vez y la otra te he masturbado. ¿Mejor así?

Sus palabras impactaron en Meadow como un puñetazo en el estómago.

Duncan se arrepintió en el acto de la bordería que había soltado, pero no le salió disculparse. Estaba molesto. Se sentía ninguneado, utilizado. Era una sensación totalmente nueva para él, y no le gustaba nada.

—Eres gilipollas, ¿lo sabías?

—Me han dicho cosas peores.

—No tienes ni idea de nada.

—Te he dicho que me lo expliques, Meadow, pero no te da la gana. Podemos ir a donde tú quieras, cuando tú quieras, pero sigues sin dar tu brazo a torcer. ¿Qué quieres que haga o piense?

—Pero ¿no ves dónde estamos? —dijo Meadow abriendo los brazos para abarcar el aula entera e ignorando la sugerencia que acababa de hacerle Duncan—. ¡Esto es una completa locura! Podría haber entrado cualquiera. ¿Y si Wendy hubiese regresado? ¿Tú sabes la que se habría armado?

—¿Quieres que pida perdón? ¿Es eso? ¿Te haría sentir menos culpable? Porque no pienso hacerlo, Meadow. No me arrepiento de ninguno de los besos que te he dado. —Duncan estiró el brazo con la idea de tocarla, pero al final se lo pensó mejor y lo bajó—. A lo mejor se nos ha ido un poco de las manos y no tendríamos que haber hecho nada aquí, y sé que todo esto es una locura y que no tiene sentido, pero no es de eso de lo que estoy hablando, y lo sabes tan bien como yo.

Duncan se quedó callado para ver si Meadow decía algo, pero ella no parecía estar por la labor. Pasaron los segundos y la ira y el enfado volvieron, y cuando uno está enfadado, es mejor no abrir la boca. Duncan lo sabía, pero cuando se quiso dar cuenta, las palabras estaban saliendo solas.

—¿Es algo que tenías en tu lista de cosas que hacer antes de los treinta?

Meadow lo miró con los ojos entrecerrados.

—¿De qué estás hablando?

—Creo que lo sabes.

—No tengo ni idea. De todos modos, no me gusta el tono que estás empleando.

—Y a mí no me gusta sentirme utilizado y es la segunda vez que me haces sentir así.

—Yo no he utilizado nunca a nadie.

—¿Estás completamente segura? Entonces es que te gusta jugar. Te gustó la primera vez y has decidido repetir.

Las mariposas que siempre sentía en la tripa estaban desapareciendo a pasos agigantados. Apretó los puños a ambos lados del cuerpo y levantó la barbilla.

—Será mejor que esta conversación termine aquí y ahora, antes de que alguno de los dos diga algo de lo que nos podamos arrepentir.

El problema era que a Duncan la duda le quemaba en la punta de la lengua y necesitaba soltarla. Así que cogió aire y lo expulsó muy despacio mientras hablaba.

—Dime la verdad, Meadow. ¿Por qué te has acostado

conmigo si estás casada? ¿Él te puso los cuernos y querías devolvérsela? ¿He sido un medio para un fin?

A pesar de que se le notaba en la mirada que estaba enfadado, Meadow también percibió que había dolor en sus palabras. La cabeza estaba a punto de explotarle y le palpitaba. Cerró los ojos y volvió a negar. Al abrirlos, pensó que tenía que explicarle la verdad, pero no podía. No sabía bien por qué. Tal vez porque, si él pensaba que estaba casada y que aquello no había sido más que una aventura pasajera, se alejaría y ella no volvería a caer en la tentación.

Se apartó de la mesa y dio un paso al frente.

—Ya te lo he dicho antes, Duncan, es complicado. Esta es la única explicación que te puedo dar.

Meadow dio media vuelta y salió del aula dejando a un estupefacto Duncan allí de pie, quieto y con cara de idiota, viendo por segunda vez como Meadow se le escapaba sin poder hacer nada por retenerla.

15

A Meadow aún le temblaban las piernas cuando se subió al coche. Antes de poner el motor en marcha para ir a recoger a Ethan a casa de Buffy, apoyó la frente en el volante y se obligó a respirar tal y como hacía Jane Fonda en aquellos vídeos de gimnasia que veía su madre cuando ella era pequeña.

Lo intentó durante unos cuantos minutos, pero fue inútil. Estaba alterada por la conversación que había mantenido con Duncan, avergonzada por lo que habían hecho y excitada. Porque, a pesar de todo, seguía sintiendo los dedos exploradores de Duncan en su interior y seguía teniendo espasmos por culpa del orgasmo tan brutal que él le había provocado.

De repente, sintió frío entre las piernas y fue consciente de que no llevaba bragas; Duncan se las había arrancado. Seguro que estaban tiradas en el suelo del aula. Barajó la posibilidad de volver a entrar y cogerlas, solo para asegurarse, pero entonces levantó la cabeza y miró hacia la puerta; Duncan salía en aquel momento. Lo hacía con la mochila al hombro y cabizbajo. Cuando levantó la cabeza, se miraron. Se quedaron así, quietos, apenas unos segundos.

Después, Meadow pensó que no podía ir a rescatar su

ropa interior, así que arrancó el coche y se perdió por las calles de Variety Lake sin mirar ni una sola vez por el espejo retrovisor.

—¿Te encuentras bien? —le preguntó Buffy cuando la vio bajar del coche.

Meadow fingió la mejor de sus sonrisas y asintió mientras se aseguraba de que la falda no se le levantaba. Lo último que necesitaba era que su amiga le viese el culo. También la esquivó para que no la mirase mucho rato a la cara, pues Buffy tenía un sexto sentido y se enteraba de todo. Llevaban demasiados años siendo amigas.

—¿Cómo está Ethan?

—Bien. Ha ido un rato a nadar al lago y luego lo he puesto con Marie a hacer galletas de chocolate en la cocina para el desayuno de mañana de los huéspedes.

—¿Marie? ¿Qué Marie?

—¿Qué Marie va a ser? La mujer de tu hermano.

—¿Está aquí?

Subieron las escaleras del porche y abrieron la puerta principal. El olor de las galletas las recibió en la recepción del hotel.

—Han venido todos. Vamos a hacer una barbacoa.

Meadow se giró hacia su amiga y la miró con el ceño fruncido. Lo que menos le apetecía en esos momentos era una barbacoa con todos sus amigos. Por Dios, ¡si ni siquiera llevaba bragas!

—¿Tenéis muchos?

—¿Amigos? Los de siempre.

Meadow puso los ojos en blanco y le dio un empujón en el hombro con el suyo.

—Huéspedes.

—Ah. Pues una pareja de recién casados que son tan encantadores y escupen tanta purpurina que te entran ganas de arrancarte los ojos, y un grupo de amigos, tres chicas y un chico. Los ha atendido mi madre. Yo estaba con el delincuente de tu hijo.

—¡No digas eso!

—¿El qué? ¿Que es un delincuente? Pero sabe que a mí no me importa. Es el niño de mis ojos.

Meadow miró a un lado y a otro, asegurándose de que no había nadie en las inmediaciones.

—No, idiota, lo de los recién casados.

—¡Ah! Es que tendrías que verlos. Creo que mean juntos, por si alguno de los dos se pierde o se cae por el desagüe. Pero ya les he dicho antes que son asquerosamente dulces y no se han ofendido, les ha entrado la risa. —Dio un paso al frente y se pegó más a su amiga para susurrar—: A mí, tanto empalagamiento me huele mal. Les doy un año, y da gracias. Ya sabes que tengo muy buen ojo para estas cosas.

—Algún día te enamorarás y te darás tal tortazo que el mundo no dejará de dar vueltas a tu alrededor. Avisada quedas.

—Si eso pasa, dame un par de hostias para espabilarme y listo.

Buffy era alérgica al compromiso. Su filosofía de vida era: «Folla mucho, pero no te comprometas nunca». Ella siempre decía que era porque había visto a su madre enamorarse demasiadas veces, pero nunca la definitiva. Ella no quería cometer el mismo error. Zoe, Meadow y Aiko, sus amigas, le decían que era porque no había conocido a un chico que le provocara taquicardias, que la hiciera enloquecer y que consiguiera poner su mundo del revés.

Meadow dejó de pensar en los amores y desamores de su

amiga y regresó al presente. Cuando lo hizo, se encontró con que Buffy tenía las manos en las caderas y la miraba con ojos escrutadores.

—¿Qué haces?

—Intento averiguar qué ha pasado.

—¿Dónde?

—A ti. Estás diferente. ¿Qué has hecho?

—¡Nada!

—Y una mierda.

Se acercó a ella y comenzó a olfatearla. Meadow le propinó un manotazo en la mano y dio un paso atrás.

—¿Qué haces, loca?

—Huelo algo...

La puerta que Meadow tenía a sus espaldas se abrió. Aiko y Zoe aparecieron tras ella. Ambas sonreían, pero las sonrisas se les quedaron congeladas en la cara cuando la vieron con cara de espanto y a Buffy olisqueándola como si fuese un perro.

—¿Qué hace? —preguntó la florista.

—¡Y yo qué sé! ¿Quieres parar? ¡Me estás poniendo histérica! —Meadow comenzó a andar cada vez más rápido por la recepción. Cruzó la puerta y salió al jardín. Buffy iba tras ella y Zoe y Aiko, también. Estas dos no sabían si reír o llamar al loquero del pueblo.

Erik, Liam y Tom, que estaban con la barbacoa, dejaron un momento lo que estaban haciendo para mirar a las cuatro chicas que acababan de salir de la casa.

—¿Qué hacéis? —le preguntó Erik a Meadow.

Ella se encogió de hombros. Al principio, los tres hombres se les quedaron mirando extrañados, pues no era muy normal ver a cuatro tías de veintisiete años corriendo por el jardín como si estuviesen jugando al pillapilla, pero pronto dejaron de prestarles atención y siguieron a lo suyo; se conocían desde hacía demasiados años como para saber que, cuando estaban juntas, cualquier cosa podía pasar.

De repente, Buffy se detuvo en seco y pegó tal grito que por poco no se quedó afónica. Señaló a su amiga con el dedo y comenzó a reírse.

—Tú... Tú...

—¿Te quieres callar? —susurró Meadow. Sabía que Buffy se había dado cuenta y no podía permitir que abriese la boca en medio del jardín. La cogió del brazo y la arrastró dentro del hotel, al tiempo que hacía una señal a sus otras dos amigas para que las siguieran.

Subieron las escaleras de dos en dos hasta el cuarto piso. Era un Bed & Breakfast pequeño, de apenas veinte habitaciones. Lo habían construido los abuelos de Buffy al casarse y, cuando se murieron, su madre se lo había quedado. Y aunque, cuando eran pequeñas, Buffy siempre decía que quería ser médico, la verdad era que se mareaba con una simple gota de sangre, de modo que era una idea muy bonita, pero difícil de llevar a la práctica. Además, Buffy siempre había disfrutado de la vida que le regalaba el hotel y no se veía viviendo en ningún otro sitio. Tampoco en ningún otro pueblo que no fuese Variety Lake. La idea de mudarse le producía la misma urticaria que la de comprometerse con alguien.

Al llegar al cuarto piso, el destinado a la familia, fueron directas al cuarto de Buffy. Meadow se aseguró de que las cuatro estaban dentro y de que nadie las podía escuchar y cerró la puerta.

—¿Alguien puede contarnos qué está pasando? No sé Zoe, pero yo estoy perdidísima.

Meadow se sentó en la cama de su amiga mientras esta comenzaba a reír a carcajadas, con lágrimas incluidas.

—No pasa nada. Es esta, que con tanto tinte al final ha pasado lo que nos temíamos, que se ha intoxicado.

—Puedes decir todas las idioteces que quieras, pequeña Meadow, pero ambas sabemos lo que ha pasado. Lo puedes contar tú o lo puedo hacer yo, todo depende de la versión que quieras escuchar, la cochina o la dulce.

Meadow estaba atrapada. Era tontería fingir que no sabía de lo que su amiga estaba hablando. Al final, no le quedó más remedio que mirar a los tres pares de ojos que la observaban y hablar.

—Sabéis que han castigado a Ethan por pelearse, ¿verdad? —preguntó a Zoe y a Aiko. Ambas asintieron—. Pues bien, su profesor me había citado...

—Duncan —la interrumpió Buffy. Meadow la taladró con la mirada—. No me mires así. Llama a las cosas por su nombre. A lo mejor no se acuerdan de que el buenorro del bar es también el profesor de Ethan.

A Zoe se le escapó la risa. Era casi tan pérfida como Buffy. Aiko la miraba sonriendo y con compasión.

—Como iba diciendo... —continuó Meadow—, el profesor de Ethan, Duncan, me había citado con los padres de Luke en el aula para hablar del castigo que les íbamos a poner a los niños. Al llegar, Wendy estaba allí con su cara de estirada.

—Sabes que esa mujer solo te tiene envidia. Ha sido así toda la vida. Te quedaste con su amor platónico, ¿recuerdas?

Matthew y Wendy habían sido vecinos toda la vida. Aunque Wendy era dos años mayor, se habían criado juntos, y ella siempre había estado enamorada del hijo de los mejores amigos de sus padres. El problema era que él no. Matthew se enamoró de una joven pelirroja siete años menor. Fue un palo para ella, sobre todo cuando se enteró de que Meadow se había quedado embarazada. Y aunque al principio él se desentendió del embarazo, al final regresó e hizo lo que Wendy nunca pensó que Matthew Cooper podía llegar a hacer: se casó y formó una familia.

Por eso siempre había pasado por alto sus pullas, pues no dejaba de darle lástima, ya que ella tenía lo que Wendy siempre había ansiado, pero ese día había terminado explotando. Que se metiera con ella le daba completamente igual, pero que hablara de su hijo como lo había hecho no se lo iba a permitir.

Meadow les contó a las chicas todas las lindezas que Wendy había soltado por la boca. Ellas se escandalizaron, pero se rieron a carcajadas cuando llegó a la parte en la que se había lanzado a por ella dispuesta a quemarle el pelo, a arrancárselo o a lo que hiciera falta.

—¿Hablas en serio? —Zoe lloraba de la risa.

—Os lo juro. Luke tuvo que sujetar a Wendy por la cintura y llevársela a rastras del aula. Duncan me agarró a mí, si no os aseguro que hubiese salido corriendo por el pasillo para perseguirla.

Al ver a sus amigas riéndose, a Meadow no le quedó otra que unirse a ellas. Ya había pasado todo y estaba más tranquila, así que, al verlo desde fuera, se dio cuenta de que se había comportado como una auténtica lunática. Pero Ethan era lo que más quería en el mundo y no podía permitir que nadie hablase así de él.

—Le di la oportunidad de disculparse, pero no quiso —se excusó encogiéndose de hombros. Le dolía la barriga de tanto reírse, así que acabó tumbándose en la cama, con las manos sobre el vientre y la vista fija en el techo. En apenas dos segundos, otras tres cabezas quedaron pegadas a la suya—. ¿Creéis que estoy loca?

—No más que esta de aquí —le dijo Zoe señalando a Buffy con la cabeza, quien sonrió encantada por el piropo.

Las risas comenzaron a remitir y las respiraciones, a normalizarse. El silencio fue adueñándose de la estancia, pero duró poco.

—¿Cómo acabaste con la lengua de Duncan metida en tu boca? —preguntó Buffy a bocajarro.

—¡Buffy!

—¿Qué? Si no lo dices tú, tendré que hacerlo yo. Y he sido delicada.

Meadow se tapó la cara con las manos. Notaba cómo el calor comenzaba a subir por su cuerpo.

—¿Te has besado con Duncan?

Meadow se volvió para mirar a la rubia.

—Define «besar».

—Que los dedos de los pies se te encojan cuando vuestros labios se tocan, que su sabor se quede mezclado con el tuyo y que pierdas la noción del tiempo, que no tengas ni idea de quién eres y, mucho menos, de dónde estás.

Meadow se quedó boquiabierta porque así era exactamente como ella se había sentido.

—Joder, rubia, me acabas de poner cachonda —dijo Buffy, que fingió abanicarse con la mano.

Meadow iba a reprocharle su comentario, pero tenía que reconocer que había sido ingenioso y sonrió.

Se mordió el labio inferior y rememoró el beso.

O los besos, más bien.

—Madre mía... —Se tapó la cara con el antebrazo y se rio histérica—. Creo que lo has definido muy bien, Zoe, porque me he morreado con el profesor de mi hijo subida encima de su mesa. En el aula. En el colegio. A plena luz del día y a la vista de cualquiera.

—Bueno, ya está anocheciendo; tú, por lo de la luz, no te preocupes.

—¡Aiko! —dijo Meadow mirándola.

Aiko fruncía la boca intentando aguantarse la risa.

—¿Y acabaste sentada en su polla?

—¿No habías dicho que ibas a ser delicada?

—Ay, pelirroja, es que estás tardando mucho en contar la historia y yo necesito llegar ya a la parte interesante.

Meadow se dio la vuelta para ponerse bocabajo, tal y como estaban las demás. Apoyó los codos en el colchón y, aunque se moría de vergüenza y nunca hablaba de sexo de forma tan explícita y clara como Zoe y Buffy, no pudo evitar la sonrisa de oreja a oreja que se le formó en el rostro al recordar los besos de Duncan, sus caricias y su... todo.

—No llegamos a hacerlo. Digamos que nos quedamos a mitad de camino.

—¿Entró alguien y os pilló? —preguntó Aiko horrorizada. Tenía los ojos tan abiertos que parecía que se le fuesen a salir de las órbitas.

Meadow se rio al tiempo que negaba con la cabeza.

—¡Dios, no! ¿Te imaginas? ¡Me muero! —Apoyó la cara en el colchón. Zoe la levantó por el hombro y le apuntó con un dedo.

—Habla claro, guapa.

Meadow miró a su amiga y resopló.

—Dejé que me tocara ahí abajo. —Meadow no podía estar más roja. No sabía si porque el recuerdo de lo que había pasado en aquella aula la atormentaba de una manera... deliciosa o si porque decirlo en voz alta, aunque fuese delante de sus amigas, la abochornaba.

Por primera vez en la vida, Buffy y Zoe se quedaron mirándola con la boca abierta sin pronunciar palabra. Fue Aiko, la tierna y dulce Aiko, la que rompió el silencio de la habitación.

Sin verlo venir, se tiró encima de su amiga, aplastándola y rodando con ella por la cama.

—Ay, pequeña Meadow, ¡qué contenta estoy por ti! ¿Qué tal estuvo? ¿Te gustó? Claro que te gustó, tienes las mejillas encendidas y, aunque tartamudeas, los ojos te brillan y sonríes como una idiota.

Totalmente cierto. Meadow aún sentía las caricias de Duncan entre las piernas y su sabor en la boca.

Buffy y Zoe reaccionaron por fin y se unieron al abrazo. Las cuatro amigas se rieron, se aplastaron las unas a las otras y murmuraron auténticas bestialidades. Cuando se calmaron, retomaron sus posiciones iniciales.

—¿Y qué va a pasar ahora?

—Nada. No va a pasar nada. —Meadow se frotó la cara con las manos y suspiró.

Zoe, que era quien le había preguntado, frunció el ceño.

—¿Cómo que nada?

—Está acojonada. Apuesto mi cena de esta noche a que ha salido corriendo.

Buffy miró a su amiga con la ceja levantada, como esperando a que la contradijera. Meadow hizo una mueca.

—No es sencillo, ¿vale?

—¿El qué? ¿Sentirse atraída por una persona y que esa persona se sienta atraída por ti? Perdona, a lo mejor estamos hablando de la atracción entre elefantes, y ahí sí que ando un poco justita.

—Eres muy idiota cuando quieres, Buffy.

—Y yo no sabía que tú podías ser tan cobarde.

—No es cobardía. Es que no es el momento y punto.

—Qué tonta soy. Siempre se me olvida que eres una mujer lista, independiente, preciosa y soltera.

—El sarcasmo no te sienta bien. Se te forman arrugas en los ojos y te salen patas de gallo.

—Y a ti te salen plumas, como a las gallinas.

—Chicas, ya vale. —Aiko, la conciliadora, había vuelto. Las obligó a todas a sentarse. Meadow tenía el morro torcido y Buffy la miraba como si fuese un caso perdido—. Creo que tenemos que esperar a ver qué tiene que decir Meadow.

—Parece mentira que no la conozcas, Aiko. Seguro que piensa que no puede sentirse atraída por Duncan porque es el profesor de su hijo y eso le traería algún problema con él. Porque como sea porque cree que le debe algún tipo de fidelidad al gilipollas de su ex, te juro que la mato.

Meadow odiaba que Buffy la conociera tan bien. En esos momentos, unos gritos procedentes del jardín trasero entraron por la ventana. Zoe se levantó y se asomó para ver qué pasaba.

—¿Qué pasa?

—¿Bajáis, rubia? ¡La cena ya está! —gritó Liam.

Zoe levantó el pulgar y se giró hacia sus amigas.

—Será mejor que bajemos.

—Pues vamos —contestó Meadow.

Aiko odiaba cuando sus amigas se enfadaban entre ellas. No lo llevaba nada bien. Zoe se colocó a su lado y le pasó un brazo por los hombros. Le sacaba media cabeza. Le guiñó un ojo cuando la morena la miró.

—Se les pasará. No te preocupes. —Sabía que Zoe tenía razón, pero, aun así, no le gustaba.

Abandonaron la habitación dejando a las otras dos solas.

Meadow arrastró los pies en dirección a la puerta. Justo cuando estaba a punto de cruzarla, una mano la sujetó por el codo y se lo impidió. Meadow se volvió y se encontró cara a cara con Buffy, que la miraba con aquellos ojos pardos llenos de pesar.

—¿Por qué te niegas esto?

—¿Ahora eres su fan número uno? Por Dios, Buffy, si ni siquiera lo conoces.

—Ya te lo dije la otra vez. Nadie te está diciendo que te cases con él, ni siquiera que tengas una relación. Solo te digo que te diviertas.

—Es complicado. Si lo quieres ver, perfecto. Si no lo quieres ver, perfecto también.

—Pero ¿por qué es complicado? Es que solo sabes decir eso, pero no das ninguna explicación.

—Somos amigas, Buffy, y te quiero, pero no creo que tenga que darte explicaciones. Además, que a ti te vaya el sexo sin compromiso y te acuestes con el primero que se te pone a tiro no quiere decir que a las demás nos guste lo mismo.

Meadow se arrepintió en cuanto terminó la frase. Jamás había dicho nada así, básicamente, porque no lo pensaba. Le encantaba la forma de ser de Buffy; que fuese tan libre, que estuviese tan llena de vida. De hecho, la envidiaba. Ya en el instituto soñaba con ser más como ella y dejarse llevar, no estar siempre tan encerrada en sí misma buscando la perfección y sin saltarse las normas.

Buffy la soltó y dio un paso atrás, dolida. La chica de la sonrisa eterna solo había llorado dos veces en su vida: una en el funeral de su abuelo y otra, en el de su abuela.

—Buffy, yo...

—Será mejor que bajemos. La carne se está enfriando.

No la dejó hablar. Tampoco es que tuviese mucho interés en saber lo que tenía que decirle.

Meadow se quedó allí sola lo que le pareció una eternidad. Le había hecho daño a una de las personas que más quería en el mundo, y además de forma injusta.

También le había hecho daño a Duncan, lo había visto en sus ojos durante toda la conversación.

Estaba claro que no era su día, aunque hubiese disfrutado de uno de los mejores orgasmos de su vida. El mejor lo había tenido la noche de su veintisiete cumpleaños.

16

Era domingo por la mañana y el sol entraba a raudales por la ventana, iluminando el comedor y a Duncan, que seguía tumbado en el sofá. Aunque se tapase la cara con el brazo, la luz le daba de lleno en la cara.

—Joder... —murmuró apartando la sábana a un lado y levantándose.

Le dolía la espalda horrores. Desde que había llegado a Variety Lake, dormía en aquel sofá. De joven le gustaba; tenía su gracia dormir en el sofá de algún amigo en vez de en su cama. Pero ahora, con treinta y cuatro años, necesitaba un colchón en condiciones.

—Estás viejo, ¿eh? —le preguntó su primo, que acababa de entrar en el comedor. Sonreía tanto que a Duncan le daba miedo que se le rompiesen los labios.

—Tengo que empezar a buscar casa. Como siga durmiendo en este sofá, me voy a destrozar la espalda.

—Podemos ir a ver a Tom.

—¿Quién es Tom?

—El que trabaja en la inmobiliaria de aquí, del pueblo. Ya verás. Si hay algo, Tom lo encuentra.

—Pues podemos acercarnos mañana después de clase.

—Tranquilo, seguro que luego lo vemos. Le preguntamos.

Fue en esos momentos cuando Duncan reparó en que su primo estaba sacando diez boles grandes del armario.

—¿Qué haces?

—Preparar chili.

—¿Para el pueblo entero? —Timmy se volvió y lo miró como si fuese un extraterrestre—. ¿Qué?

—¿Me lo preguntas en serio?

Duncan no sabía qué contestar. Por supuesto que lo preguntaba en serio. Vale que a su primo le gustaba cocinar, y además se le daba bien, pero ¿qué tenía eso que ver con hacer toneladas de chili?

Hizo un repaso mental a los últimos días. Seguro que le había comentado algo, pero no se acordaba. Aunque no era culpa suya; era culpa de Meadow. No se la había podido quitar de la cabeza. Le perseguía incluso en sueños. Ya no era que recordara el sabor de sus labios o lo bien que encajaban sus cuerpos; es que no podía evitar acordarse de cómo lo había mirado segundos antes de salir del aula. O un poco después, desde el coche, en el aparcamiento.

Se pasó una mano por la cara, frustrado. Nunca se había sentido de ese modo. ¿Lo había dicho ya? Estaba como perdido, no tenía sentido. A él le gustaban las mujeres, y también acostarse con ellas. Se divertía y siempre se aseguraba de que ellas se divirtieran con él. Pero tenía sus reglas, como no acostarse con mujeres comprometidas. No solo porque a él no le gustaría que su pareja le fuese infiel, sino porque la infidelidad de su madre cuando él tenía quince años había sido tan traumática para él, que ya entonces se había prometido dos cosas: no comprometerse nunca en serio con alguien que no estuviera tan dispuesta como él y no ser jamás el otro.

Con Meadow había roto esa segunda regla y eso lo estaba carcomiendo por dentro. La primera vez que lo hicieron, él no conocía ese pequeño dato, pero en ese momento ya sí. Entonces ¿por qué seguía pensando en ella? ¿Por qué le dolía su rechazo? ¿Por qué no podía aceptar las cosas como habían salido y seguir adelante con su vida? ¿Por qué pensaba que, si la tuviese delante en ese momento, se moriría por, simplemente, abrazarla o verla sonreír?

Aún le quedaban muchos meses en aquel pueblo, y más le valía vivirlos de la mejor manera posible o serían un infierno.

Un carraspeo llamó su atención, haciéndolo regresar al presente. Su primo lo miraba hastiado. Puso los ojos en blanco y murmuró algo que Duncan no llegó a entender. Después, con los diez boles en las manos, dio media vuelta y desapareció del comedor.

Duncan tenía dos opciones: ir a darse una ducha y dejar que las cosas siguiesen su curso o ir tras su primo y averiguar qué planes tenía. Suspiró y se dirigió a la cocina.

Al entrar, se encontró a Cam con el delantal puesto, echando aceite en tres sartenes diferentes. En la encimera de la cocina había kilos de carne picada, frijoles, un bol de alubias rojas y otro de negras...

—Ah, pues sí que vas a cocinar para el pueblo entero —volvió a suspirar Timmy mientras dejaba los boles en la mesa y los colocaba en fila. Duncan se apoyó en el marco de la puerta—. ¿Puedes dejar de resoplar y explicármelo?

—¿Otra vez? —replicó el novio de su primo. Era oficial; a Duncan se le habían borrado de la mente los últimos días de convivencia con aquellos dos—. Por cierto, tienes un aspecto horrible.

—Eso ha dolido, Cam. Se supone que tú eres el simpático de los dos.

—Y yo no sabía que ibas a participar en la nueva temporada de *The Walking Dead*.

Timmy comenzó a reír a carcajadas. Se acercó a su chico y le levantó la mano para que chocase los cinco. Después, le dio un casto beso en los labios.

—Esto de no tener intimidad es una mierda —murmuró Duncan.

Aún con lágrimas en los ojos, Timmy se acercó a la cafetera y metió una cápsula dentro. Sacó una taza y vertió el café. Se lo dio a su primo con un sobre de azúcar y una cucharilla.

—Anda, bebe y cuéntanos qué te pasa. Llevas unos días de lo más raro. —Timmy dejó el tono bromista y se puso serio. Se apoyó en el banco de la cocina y se cruzó de brazos—. Sé que no te has adaptado muy bien al pueblo y también que puede resultar un poco abrumador al principio, sobre todo para alguien tan urbanita como tú, pero te prometo que...

Duncan levantó una mano haciendo callar a su primo.

—No es eso. De hecho el pueblo no está tan mal, me gusta.

—¿Seguro? —Lo miró escéptico y chasqueó la lengua—. Porque dudo mucho que te hayas molestado siquiera en ir a dar una vuelta. Vas de la escuela a casa y vuelta a empezar. Bueno, y al pub.

—Eso no es verdad.

—¿Seguro? —insistió su primo arqueando una ceja. Duncan asintió. Sabía que tenía razón, pero antes se amputaba un pie que dársela. Timmy sonrió de medio lado mientras se acercaba a la mesa en la que se había sentado Duncan e inclinaba el cuerpo hacia delante para mirarlo a los ojos—. Dime por qué Cam y yo estamos preparando tanto chili y te dejamos la habitación de matrimonio para ti.

—¡Tim! —lo reprendió Cam. Solo lo llamaba así cuando estaba enfadado o disgustado con él por algo. El aludido se volvió para mirarlo y negó con la cabeza.

—Tranquilo, si no tiene ni idea. Si hubiera salido a dar aunque solo fuese una vuelta por el pueblo, habría visto los miles de carteles que lo adornan. Eso me demuestra lo poco sociable que es y que no habla con el resto de los profesores del colegio, porque me parece imposible que nadie le haya hablado de la fiesta que se celebra esta tarde en la plaza del pueblo.

Duncan intentó que la sorpresa no se le reflejara en la cara. ¿Fiesta? ¿Qué fiesta? ¿De qué demonios estaba hablando?

Madre mía, sí que era insociable.

A la hora del almuerzo, nunca iba a la sala de profesores con los demás y, si lo hacía, se quedaba sentado en una mesa fingiendo que los escuchaba. ¿Cuándo se había vuelto así? ¡Si él siempre había sido el alma de la fiesta!

Timmy esperó unos minutos. Al ver que su primo no abría la boca, sonrió y le palmeó el hombro. Después, comenzó a sacar ingredientes de una bolsa y a cortarlos sobre la tabla.

—El otro día fui a la ferretería a comprar un manguito para el lavabo —dijo Duncan. Ahora era Cam quien lo miraba con la ceja arqueada.

—Pues entonces me preocupa todavía más, porque eso solo demuestra que estás más empanado de lo que creíamos.

—Me gusta estar aquí, de verdad. —Fue lo único que se le ocurrió decir.

Se sentía como cuando tenía diez años y sus padres lo

sentaban a la mesa de la cocina para leerle la cartilla cuando había hecho algo mal. Timmy sacudió la cabeza y sonrió.

—Te gusta estar aquí tanto como a mí depilarme los huevos con cera. Pero a mi hombre le gustan depilados y yo, pues lo hago.

—¿De verdad? Gracias por la información, pero te puedo asegurar que no era necesaria. —Aunque Cam miró con reprobación a su chico, una pequeña sonrisa se le escapó entre los dientes. Duncan continuó hablando—: No tiene nada que ver con el pueblo, es solo que…

Timmy se giró hacia Duncan con el cuchillo en la mano y le apuntó con él.

—No me digas que estás así por una mujer. —Al ver que no contestaba, se llevó la mano que tenía libre a la frente y bufó—. ¿Me lo estás diciendo en serio? Pero ¿cuándo te ha dado tiempo a liarte con nadie? ¡Si no sales de casa! ¿Es alguien de la escuela? —Se giró hacia Cam—. ¿Quién trabaja allí? Aún no me sé todos los nombres.

Cam fue a hablar, pero Duncan se le adelantó.

—No es nadie de la escuela.

—¿Ha aparecido en la puerta de casa por arte de magia? —preguntó Cam entre confuso y divertido.

—Sois muy pesados. Los dos. Normal que os entendáis tan bien. —Puso los ojos en blanco y se bebió lo que quedaba de café en la taza, aunque ya estaba frío. Se levantó, abrió el cajón donde estaban guardados los delantales y se puso uno—. ¿Qué hago?

—Contarnos qué haces para tener tanta suerte con las mujeres sin ni siquiera salir de casa. Mientras tanto, coge la cebolla y córtala en trozos muy pequeños.

Duncan se lavó las manos y comenzó a trocear la verdura. Aún no había hablado con su primo de Meadow. De hecho, no lo había hecho con nadie, pero necesitaba hacerlo, y qué mejor que con Cam y Timmy. El primero conocía a la pelirroja de toda la vida y sabía que podría darle buenos consejos, y el segundo era su primo, su hermano y su mejor amigo, las tres cosas en uno. Además, sabía que ninguno de los dos diría nada. Si podía confiar en alguien, era en ellos.

—¿Os acordáis del día que os ayudé en el pub?

—El primer y único día, sí —contestó Timmy con una pulla. Duncan lo ignoró.

—Pues bien. ¿Recordáis aquel grupo de chicas? Una de ellas, la pelirroja, pasó al otro lado de la barra y bebió un chupito de tequila de mi cuello. Era su cumpleaños.

—Sí, Meadow. ¿Qué pasa con ella?

Solo de escuchar su nombre, aunque fuese de los labios de Cam, le produjo un tirón en la entrepierna. Estaba enfermo. Se pasó una mano por la cara y cogió aire antes de expulsarlo muy lentamente.

—Pues bien. Luego me la encontré en el baño y... digamos que la cosa se puso interesante. —Aunque no podía verles las caras, o no quería, sabía que lo estaban mirando con los ojos muy abiertos.

—Define «interesante» —murmuró Cam.

Duncan tragó saliva y encogió un hombro.

—¿Os besasteis? —A Duncan casi le entró la risa. Negó con la cabeza—. ¿Te tiraste a Meadow Smith en el cuarto de baño?

—No.

—Entonces ¿qué hicisteis? ¿Os metisteis mano?

—Lo hice en el despacho.

—¿Qué despacho? —preguntó Cam de forma inocente. Duncan acabó volviéndose y lo miró entrecerrando los ojos. En cuanto el camarero entendió de qué despacho estaba hablando, soltó la sartén en la que estaba sofriendo la carne y lo enfrentó—. ¿Le metiste mano a Meadow en mi despacho?

—No. Hice mucho más que meterle mano a Meadow en tu despacho.

El silencio se adueñó de la cocina. Lo único que se oía era el chisporroteo de la carne en la sartén. De repente, Timmy lo rompió de golpe, pues comenzó a reír de forma descontrolada. Duncan dejó el cuchillo sobre la mesa y empezó a contar. Cuando iba por el número treinta, se dio cuenta de que era hora de decir algo.

—¿Puedes dejar de reírte? Esto es serio.

—¿Por qué? —preguntó el otro entre hipidos provocados por la risa.

—¿Cómo que por qué? ¿Me has escuchado? He dicho que me tiré a Meadow.

—Sí, te oigo. ¿La obligaste?

—¿Qué? ¡Pues claro que no! ¿Cómo cojones preguntas eso?

A Duncan le entraron ganas de romperle la nariz a su primo por decir algo así. ¿Cómo podía siquiera insinuarlo, aunque fuese de broma?

—Me estaba quedando contigo, imbécil. Es que no entiendo cuál es el problema ni por qué pones esa cara de mierda.

—A lo mejor es que no le gustó y tu primo no puede concebir no haber dejado satisfecha a una mujer.

Duncan miró al techo intentando armarse de paciencia.

—¿Queréis dejar de decir tonterías? Claro que le gustó.

—¿Seguro?

Duncan ignoró la pulla y continuó con la historia:

—¡El problema es que está casada! ¡Casada! Ya sabéis que yo nunca me acuesto con mujeres comprometidas.

Timmy miró a su primo con pesar y comprensión. Aunque se había corrido un tupido velo, a veces era difícil olvidar por lo que habían pasado los padres de Duncan cuando su madre se había liado con un compañero de trabajo. Su padre se sumió en una depresión. Al final, todo se arregló, el padre la perdonó y volvieron a ser la familia que siempre habían sido, pero no fue fácil. Sobre todo, para un chaval de quince años que tenía que lidiar con el dolor de su padre, el engaño de su madre y los problemas propios de la adolescencia.

En cuanto terminó de decirlo en voz alta, sintió como si se hubiese quitado un gran peso de encima. Suspiró y se masajeó las sienes mientras esperaba a que su primo o Cam le dijesen algo. Pero no pasó nada de eso. Lo que ambos hicieron fue buscarse con la mirada y comunicarse sin palabras.

Duncan resopló y chasqueó los dedos para que lo mirasen a él. La paciencia no era una de sus cualidades.

—¿Se puede saber qué os estáis diciendo? Es de muy mala educación. Estoy justo aquí delante.

Cam echó un rápido vistazo a la carne antes de volver a centrar la atención en el primo de su novio.

—Que Meadow no está casada.

Duncan tardó casi un minuto en procesar lo que acababa de oír.

—Perdona, ¿qué?

—Que Meadow no está casada —repitió su primo.

—Eso no es cierto. Conocí a su marido en la reunión de inicio de curso.

—¿A Matthew?

«Si Matthew es el gilipollas de pelo rubio que la acechaba, sí, a Matthew», estuvo a punto de decir, porque la verdad era que ni se acordaba de cómo se llamaba. Pero se limitó a asentir con la cabeza.

—Matthew y Meadow no están juntos. Se separaron hace unos meses. Se llevan bien por Ethan, pero ya está.

Duncan no entendía nada.

—Pero él se presentó como el padre de Ethan y la presentó a ella como su mujer.

—¿Y Meadow no lo negó?

—No.

—Qué raro —murmuró el camarero. Volcó la carne ya cocinada en uno de los cuencos y le pidió a Timmy que le pasase la que quedaba, la poca cebolla que había cortado Duncan y los frijoles.

Iban a hacer distintos tipos de chilis: uno más picante, otro solo con carne, otro con frijoles, otro con alubias... Era mucha gente la que vivía en Variety Lake, y Cam, con los años, había aprendido que era mejor hacer varias recetas para intentar satisfacerlos a todos que hacer una y contentar solo a unos pocos.

—Volvimos a hacerlo el jueves. En el aula.

Los dos hombres se volvieron, sorprendidos. Duncan se pinzó el puente de la nariz.

—¿En el aula de su hijo?

—Suena horrible —le contestó a su primo, que se rio mientras negaba con la cabeza—. Bueno, no nos acostamos exactamente, pero... Da igual. Dejémoslo en que hicimos cosas.

—Pero sigo sin entender por qué pones esa cara de asco. Si habéis repetido, es porque le gustó, ¿no?

Duncan recordó los gemidos de Meadow, sus jadeos y cómo abría la boca al llegar al orgasmo. También cómo se ceñía sobre sus dedos susurrando su nombre, entregada a él.

Después, recordó la mirada al terminar, el arrepentimiento que le pareció ver en sus ojos y la desazón.

Duncan se encogió de hombros porque no sabía qué otra cosa hacer o decir. La verdad era que estaba bastante perdido.

Timmy se acercó a él y le pasó un brazo por los hombros. Duncan era un poco más alto que su primo, así que este tuvo que ponerse de puntillas.

—Bueno, tú no te preocupes, que luego la ves, hablas con ella y lo aclaras todo.

—¿La veo? ¿Cómo que la veo? ¿Qué vas a hacer?

—Yo no voy a hacer nada, lo vas a hacer tú.

Duncan buscó con la mirada al tercer hombre que había en la cocina, a ver si él era capaz de explicarle algo.

—Esta tarde celebramos la despedida del verano y le damos la bienvenida al otoño.

—¿Ya estamos a 23 de septiembre?

—Sí, amigo. Y aquí, en Variety Lake, nos gusta celebrarlo.

—Aquí os gusta celebrarlo todo. Demasiado, diría yo.

Cam ignoró el comentario de su chico y siguió hablando:

—Decoran una parte de la plaza del pueblo con motivos de verano y la otra, con motivos de otoño, y en cada una se sirven alimentos relacionados con esa estación.

—¿Y qué tiene que ver el chili?

—Pues que entra bien en cualquier época del año y que está bueno. —Duncan asintió con la cabeza a la explicación de Cam y le pidió con la mano que continuara—. También hay una orquesta. Y juegos.

—¿Juegos?

—Sí.

La sonrisa socarrona de su primo le puso a Duncan los pelos de punta. Podía seguir preguntando, pero intuía que, entonces, aquellos dos no terminarían nunca.

Optó por dejar las preguntas para más tarde y ayudarlos. Pasaron las siguientes dos horas pelando, cortando y friendo y, de vez en cuando, picando con la excusa de probar si la comida estaba buena.

Durante todo ese tiempo, Duncan no paró de preguntarse qué le diría a Meadow cuando la viese y si ella lo saludaría o si rehuiría su mirada.

17

Echó un último vistazo a la bolsa que descansaba sobre la mesa de la cocina y resopló. Le encantaba la fiesta para despedir el verano y dar la bienvenida al otoño. Siempre se lo había pasado bien, sobre todo preparando los helados con las chicas y con Ethan. No sabía por qué, pero en cada ocasión terminaban manchados de helado. Lo bueno era que había juegos de agua y podían limpiarse después.

Pero ese año no estaba animada e intuía que no lo iba a disfrutar. Su hijo seguía sin hablarle. O, más bien, gruñía ante cualquier pregunta que ella le hiciese. Lo habían castigado toda una semana a quedarse después de clase una hora más para estudiar. A él y a Luke. Duncan le había enviado un e-mail para explicárselo.

Duncan. Ese era otro de los motivos por los que no creía poder disfrutar de la fiesta. ¿Qué haría cuando la viese? ¿Se acercaría a ella? ¿La ignoraría? Entendería que hiciese lo segundo.

«Dime la verdad, Meadow. ¿Por qué te has acostado conmigo si estás casada? ¿Él te puso los cuernos y querías devolvérsela? ¿He sido un medio para un fin?».

Las palabras de Duncan llevaban cuarenta y ocho horas

repitiéndose en su cabeza sin parar. Al principio, Meadow se había enfadado con él por decirle eso. Se había sentido dolida. Pero después de haber reflexionado y pensado las cosas con claridad, se había dado cuenta de que, en su situación, ella habría llegado a las mismas conclusiones.

Abrió la puerta de la nevera para coger el zumo de naranja y, al cerrarla, se dio de bruces con la tercera razón por la que ir al festival ese año no le apetecía nada: seguía sin hablarse con Buffy. Durante la barbacoa habían estado distantes, y eso a Meadow le dolía; sabía que era por su culpa, por ser una bocazas.

Estiró la mano y acarició la foto en la que salían las cuatro abrazadas y sonriendo a la cámara. Ni siquiera recordaba cuándo había sido la última vez que se habían enfadado. Probablemente, en primero, cuando su amiga le había cambiado el bocadillo de queso y mermelada que llevaba por media naranja y un plátano demasiado maduro y no se lo había dicho.

Tenía que hablar con ella y pedirle perdón. Pensó que, a lo mejor, antes de ir al pueblo podía acercarse al hotel y hablar con ella, pero entonces se acordó de que tenía al hurón de su hijo en casa y no iban a poder charlar con calma.

El timbre de la puerta sonó y Meadow se sobresaltó. Dejó el zumo junto a la bolsa y miró el reloj. Seguramente, sería Aiko con la heladera o su hermano Erik con el resto de la fruta.

—Ethan, ¿puedes abrir? —gritó.

Tal vez, si el niño veía a su tío e interactuaba un poco con él, le mejoraría el humor. Pero no obtuvo respuesta. Se pasó una mano por el pelo y contó hasta diez mientras se acercaba a la puerta.

Lo que no esperaba encontrar al abrirla era a su ex, sonriendo y con la misma camiseta que llevaba ella, una que las chicas se habían hecho hacía ya diez años, cuando montaron por primera vez el chiringuito de los helados para la fiesta de despedida del verano.

—¿Qué estás haciendo aquí, Matthew? —le preguntó en cuanto sus ojos hicieron contacto.

—¿Qué preguntas haces? Pues venir a preparar helados.

Meadow echó un vistazo por encima de su hombro al interior de la casa. Lo que menos necesitaba en esos momentos era que Ethan los viese discutir. Entornó la puerta a su espalda y saludó a la señora Morris, que entraba en su coche para ir, supuso, a la plaza.

Centró su atención de nuevo en Matthew y negó con la cabeza.

—No puedes venir —dijo lo más calmada que pudo.

Por una milésima de segundo, le pareció ver que la sonrisa de Matthew desaparecía, pero enseguida volvió.

—Vamos, Meadow. Llevamos haciendo esto… Ya ni me acuerdo. Es una tradición.

El corazón de Meadow se le contrajo en el pecho, pero respiró hondo y se obligó a ser fuerte.

—No te estoy haciendo nada, Matthew. Deja de decir eso, por favor.

—Princesa…

—Te he dicho que no me llames «princesa». —Dio un paso atrás cuando vio que Matthew estiraba el brazo para tocarla—. El miércoles tengo cita con el abogado. He pensado que podemos hablar los dos con el mismo y hacer esto rápido, pero, si prefieres tener tú uno propio, también me parece bien.

Matthew abrió los ojos. Su cara reflejaba sorpresa, dolor y enfado.

—No puedes estar hablando en serio.

—Ya ha pasado más de medio año, es una tontería seguir así. Creo que cuanto antes hagamos las cosas bien, mejor será para todos.

—¿Tontería? ¿Tirar nuestro matrimonio por la borda te parece una tontería?

—Yo no estoy tirando nada. Esto se ha acabado.

—¿Cuántas veces tengo que pedirte perdón por lo de Destiny?

A Meadow empezaba a dolerle la cabeza. Otra vez. Cogió aire y le habló al padre de su hijo tranquila, sin alterarse.

—Estoy cansada de tu victimismo y de darle vueltas a lo mismo. Te cargaste lo nuestro, en nuestra cama, Matthew. No quiero hablar más del tema. Me parece absurdo y me agota.

—Pero yo quiero volver a casa, Meadow. Lo siento mucho, muchísimo. Te necesito. Os necesito a los dos. Ethan y tú sois toda mi vida, princesa. Déjame compensarte, por favor. Empecemos de nuevo. ¿Te acuerdas? —Matthew no lo dudó. Dio un paso al frente, cogió las manos de Meadow y entrelazó los dedos con los suyos—. Fuimos a esa fiesta de fin de año. Eras la más bonita. Lo sigues siendo. Bailamos toda la noche, nos reímos como nunca y, luego, al dejarte en tu casa, te besé por primera vez. ¿Te acuerdas, Meadow? No puedes olvidarlo. No puedes olvidar todas nuestras primeras veces.

A Meadow se le formó un nudo en la garganta. Claro que no las había olvidado. Que lo suyo con Matthew al final no hubiese funcionado no significaba que hubiese olvidado de la noche a la mañana todo lo que habían vivido juntos, pues había habido muchas cosas buenas. La principal, Ethan.

Pero en el tiempo que llevaban separados, Meadow se

había preguntado más de una vez si lo suyo con Matthew no había sido más… una obligación que amor. Se sentía mal por pensar así, pero Matthew se había casado con ella por el bebé que acababan de tener. No podía obviar que él había desaparecido del mapa durante el embarazo. Sí, luego volvió y se quedó, le había demostrado que la quería y que sentía verdadera adoración por su hijo, pero ¿hubiese vuelto si ella no se hubiese quedado embarazada? ¿Seguirían juntos? ¿Habían estado realmente juntos alguna vez?

Independientemente de todas aquellas preguntas para las que no tenía una respuesta clara, estaba el hecho de que había pillado a Matthew montándoselo con otra en su casa, sobre las sábanas que ella había colocado aquella mañana. Y no había sido un rollo pasajero, sino algo real, de hacía tiempo. Eso no podía dejarlo pasar.

Y, además… estaba Duncan. A pesar de que Meadow le había dicho que lo suyo era complicado y de que se había marchado dejándolo patidifuso en medio del aula, pensar en él le sacaba una sonrisa, le calentaba las mejillas y la hacía temblar. Era difícil olvidarse de los orgasmos que le provocaba y de como con solo los dedos había conseguido arrancarle uno tan bueno. Uno que la había tenido temblando todo el fin de semana.

—¡Papá!

La puerta se abrió de golpe y apareció Ethan. Meadow se giró sobresaltada y fue entonces cuando se dio cuenta de que estaba abrazada a Matthew. Él la sostenía por la cintura y estaban tan pegados el uno al otro que si sacaba la lengua sería capaz de tocarle la punta de la nariz. Se deshizo de su agarre y dio un paso atrás esquivando a su hijo, que, de un salto, se enganchó al cuello de su padre. Meadow se llevó una mano al pecho y se obligó a respirar.

—¿Estás bien? —le preguntó Matthew por encima del hombro de Ethan.

—Sí, sí. Es que me ha asustado.

Matthew asintió y se centró en su hijo.

—¿Listo, campeón? —El chico asintió y desvió la vista al pecho de su padre. Ethan se dio cuenta de que llevaba la misma camiseta que su madre. Abrió los ojos sorprendido.

—¿Vienes con nosotros?

A Meadow no le dio tiempo a contestar.

—Por supuesto. No pensarías que me iba a perder la fiesta del siglo, ¿verdad? Además, he estado practicando. Seguro que este año soy el mejor preparando helados. —Ethan se rio a carcajadas porque todos sabían que su padre era malísimo en la cocina. A él, lo que se le daba bien era comer lo que cocinaban los demás—. ¿Y la tuya?

Ethan se miró y se encogió de hombros.

—Aún no me la he puesto, pero ahora subo corriendo y lo hago. ¿Me esperas?

—Pues claro. No pienso irme a ningún sitio sin mi familia.

Matthew dijo la última palabra mirando a Meadow a la cara y ella pensó en cuántas formas habría de matar a una persona con una zapatilla de deporte, que era lo único que tenía a mano en esos momentos.

El pequeño entró contento otra vez en casa, listo para recogerlo todo. En cuanto dejó de estar en su campo de visión, Meadow se giró hacia Matthew y le tiró dardos envenenados con los ojos. Él, lejos de sentirse intimidado, sonrió de forma enigmática, misteriosa, y acortó la distancia que los separaba, despacio. Se inclinó hacia delante y se acercó al oído de Meadow.

—Mientras sigas sonrojándote así cuando te toco, con ese brillo en los ojos y mordiéndote el labio, algo que haces cuando estás nerviosa y excitada, seguiré luchando por recuperarte.

Se apartó y siguió a su hijo escaleras arriba, dejando a una Meadow desconcertada en el porche de su casa, pero no por lo que le había dicho, sino porque se dio cuenta de que Matthew tenía razón. Y es que solo con pensar en Duncan, su cuerpo la traicionaba. ¿Cómo iba a ser capaz de comportarse con normalidad si volvía a encontrarse con él cara a cara?

18

Duncan había nacido y se había criado en Chicago. Para él, era su ciudad favorita del mundo. Sí, había viajado y había conocido auténticas maravillas. Lugares que iban a ser difíciles de olvidar. Pero ¿como Chicago? Nada. Además, como buen chicagüense, disfrutaba de todas las fiestas, festivales y tradiciones que allí se celebraban. Su favorita, la Venetian Night, pues era todo un espectáculo ver cómo se iluminaba el lago Míchigan gracias a las decenas de barcos llenos de luz y color que lo recorrían, acompañados de música y fuegos artificiales.

Siempre había creído que no vería mayor despliegue ni más personas juntas que el 8 de agosto en el lago. Pero eso era porque no había estado nunca en Variety Lake ni había celebrado el 23 de septiembre en aquel pueblo.

Mientras sostenía una caja negra con boles llenos de distintos chilis en el centro de la plaza del pueblo, no podía dejar de admirar todo lo que había a su alrededor. Como le había dicho su primo, habían dividido la plaza en dos. En un lado, se representaba el verano; había una piscina hinchable llena de niños, una pista de deslizamiento, pistolas y globos de agua... En el otro, el otoño; todo estaba decorado de naranja, rojo y amarillo, y había una zona de pícnic y otra para asar castañas, entre otras muchas cosas.

Duncan tenía la boca abierta y dudaba que pudiese cerrarla.

—Impresiona, ¿eh? —le dijo una voz a su lado.

Se giró sobresaltado; se había quedado tan pasmado admirándolo todo que hasta se había olvidado de caminar.

Quien le había hablado era una chica. Le sonreía divertida, como si lo conociera de toda la vida, el problema era que a él no le sonaba de nada. ¿O sí? Se fijó en su pelo, pues era difícil no hacerlo. El rosa resplandecía con los rayos de sol que se proyectaban sobre él. Lo llevaba semirrecogido en un moño alto que le enmarcaba el rostro y hacía juego con su camiseta que, aunque era verde, tenía unas letras rosas que destacaban en el centro, donde se podía leer: GREEN LADIES.

De repente, Duncan tuvo una visión de esa misma chica, solo que en vez de llevar el pelo rosa, lo llevaba azul: vitoreaba a Meadow para que cumpliese todas las cosas que había escritas en una lista.

—Te has teñido el pelo —dijo por fin, tras unos segundos. La chica se rio y le guiñó un ojo.

—Veo que eres observador. ¿Te ayudo? —preguntó la amiga de Meadow mientras señalaba la caja negra con la cabeza—. Tiene pinta de pesar. Aunque también parece que tienes unos buenos brazos.

Duncan miró la caja y se rio por su comentario. Después, negó con la cabeza.

—No hace falta, pero gracias. Me llamo…

—Duncan. Sí, lo sé.

Por primera vez en su vida, Duncan sintió que se sonrojaba. Solo esperaba que no se notara mucho. Aunque no conocía de nada a aquella chica, algo le decía que no tendría reparo en reírse de él o avergonzarlo.

—No sé si es bueno o malo que sepas mi nombre.

—Eso no depende de mí, sino de ti. De si eres de los que dejan huella o de los que pasan sin pena ni gloria.

Duncan no era tonto y sabía leer entre líneas. Ladeó la cabeza sin dejar de mirarla a la cara.

—Espero que de los primeros. —La chica del pelo rosa se encogió de hombros, aunque no dejó de sonreír en ningún momento, con un brillo pícaro en los ojos—. ¿Y tú eres? Te puedo llamar «la chica del pelo rosa», pero supongo que tendrás un nombre.

—La verdad es que prefiero ese apodo a mi nombre real.

—No puede ser tan terrible.

—Apuesto lo que quieras a que te ríes cuando te lo diga.

—No suelo reírme de las desgracias ajenas. Eso no está bien.

—Duncan, Duncan… Tú tienes pinta de no dejar de hacer cosas, aunque estén mal vistas o sepas que no están bien.

A ojos ajenos, podía parecer que la chica estaba coqueteando, pero a él no. Lo que le parecía era que tenía demasiadas ganas de decir cosas que le quemaban en la lengua y que avergonzar a los demás era su pasatiempo favorito.

Duncan abrió ligeramente las piernas y cogió con más fuerza la caja. Le empezaba a pesar, pero sentía curiosidad.

—¿Preparado? —preguntó misteriosa. Duncan asintió con la cabeza y se inclinó hacia delante como pudo, pues la chica se había puesto de puntillas, como si fuese a contarle un secreto—. Buffy. —Duncan se apartó y la miró sorprendido, como si estuviese esperando oír que era una broma, pero la chica volvió a encogerse de hombros—. Te lo dije.

—¿Te llamas Buffy, como la de la serie de televisión?

—La misma. Digamos que mi madre tenía una pequeña obsesión y no supieron tratársela a tiempo.

Aunque se quejase de su nombre, a Duncan le pareció que en el fondo le gustaba. Sonrió de forma alegre y asintió en su dirección.

—Tengo que reconocer que es un nombre bastante curioso.

—Y yo tengo que hacerte ver que he ganado.

—¿El qué has ganado?

—La apuesta.

—¿Qué apuesta?

—Te dije que te reirías.

—No me he reído. He sonreído, que es distinto.

—Llámalo como quieras, profesor, pero he ganado.

Un brillo divertido comenzó a brillar en los ojos de Duncan.

—Así que también sabes que soy profesor.

—Ya te he dicho que te conozco. —Buffy se volvió a acercar y le pidió con el dedo índice que hiciera lo mismo—. He oído hablar de ti, profesor, y de lo bien que se te da impartir clases.

Duncan no lo pudo evitar y, entonces sí, se echó a reír a carcajadas. Aquella chica le gustaba. Era divertida y se notaba que no filtraba a la hora de hablar; soltaba lo primero que se le pasaba por la cabeza y, como ya había predicho él desde el principio, le gustaba avergonzar a sus amigos.

Lo único que se preguntaba en aquellos momentos era cómo de avergonzada estaría Meadow si se enteraba de la conversación que estaban teniendo, porque estaba claro a quién se refería con todas aquellas indirectas. De repente, la imagen de la pelirroja, sonrojada, con las pecas de la cara marcadas por la rojez de sus mejillas, le cruzó la mente. Se moría de ganas de ver aquellas pecas, aquellas mejillas, aquel rostro.

Un carraspeo lo trajo de vuelta al presente. Miró a Buffy, que lo observaba como si supiese exactamente qué o, más bien, en quién estaba pensando.

—Yo ya me voy, profesor. Aunque tienes unos buenos brazos, estoy segura de que tienes ganas de soltar ya esa caja que tiene pinta de pesar como un demonio. ¿Qué llevas ahí dentro?

—Chili.

—¿Estás con Timmy y Cam? —preguntó con tanto entusiasmo que Duncan se sobresaltó.

—Me da miedo decir que sí... —murmuró.

Buffy saltó y comenzó a aplaudir excitada.

—Luego me paso. Adoro sus tacos. Son lo mejor de la zona de otoño.

—Sigo sin entender qué tiene que ver el chili con el otoño.

—Se nota que llevas poco tiempo por estas tierras. En Variety Lake hay muchas cosas que no tienen sentido, pero te irás acostumbrando. Lo dicho, me marcho. —Buffy le dio una palmada en el hombro y se dio la vuelta, sin despedirse ni esperar a que él dijese algo. Aún no había dado ni dos pasos cuando volvió a girarse y lo miró mientras se señalaba el pecho—. Búscanos. Estamos en la zona de verano, haciendo polos. Seguro que encuentro algo que te guste. ¡Pueden ser helados o, quizá, una pelirroja!

Las carcajadas de Duncan se mezclaron con las pisadas apresuradas de Buffy. Estaba claro que aquella chica era todo un personaje.

Negó con la cabeza y se fue a buscar a su primo y a su novio. Cuando los encontró, ya habían montado un tenderete con decoración mexicana. Ambos llevaban gorros de mariachis y preparaban lo que parecían margaritas.

—Cam, ¿acaso tienes ascendencia mexicana? Porque ya te digo yo que este —señaló a su primo— no.

El aludido negó con la cabeza, haciendo que el sombrero bailara con el movimiento. Se acercó a Duncan y lo ayudó a dejar la caja en el suelo.

—No, para nada. Pero a mis padres les hizo gracia vestirse así la primera vez que prepararon este puesto y, desde entonces, es una tradición.

—Que yo no tendré que seguir, ¿verdad?

—¿Cómo que no? Tenemos para ti el mejor sombrero de todos.

A Duncan no le dio tiempo ni siquiera a girarse para mirar a su primo. Cuando quiso darse cuenta, este le había plantado en la cabeza un gorro parecido al suyo, pero en tonos rojos y naranjas. Cam y Timmy lo miraron aguantándose la risa. Por un segundo, estuvo tentado de quitárselo, pero luego pensó que por qué no. Solo era un gorro.

Entonces, aunque a lo lejos, casi en la otra punta de la plaza, y a pesar de las decenas de personas que la cruzaban yendo de un lado a otro, la vio. La culpable de sus ojeras o de que pareciera un extra de *The Walking Dead*. La dueña de aquel olor, de aquel sabor que se había pegado tanto a su piel que era imposible hacerlo desaparecer, aunque tampoco estaba seguro de querer que eso pasase.

No iba sola.

Ethan iba de su mano, dando saltos a su lado y hablando sin parar. En un momento dado, Meadow se detuvo en seco, haciendo parar también a su hijo, y le removió el pelo, alborotándoselo. Después le dio un beso en lo alto de la cabeza. Ethan hizo una mueca y la apartó, como si le diese vergüenza que su madre lo besara en medio de la plaza del pueblo, pero, aun estando tan lejos, Duncan pudo ver que los ojos le brillaban. Meadow, por su parte, sonreía tanto que iluminaba todo el pueblo. Duncan estaba seguro de que, si se lo proponía, era capaz de iluminar el mismísimo lago Míchigan el 8 de agosto.

Seguía sin tener la menor idea de por qué ver a Meadow le afectaba como lo hacía, por qué pensaba tanto en ella o por qué le había molestado saber que estaba casada. Por qué había vuelto a besarla aquel día en el colegio o por qué le había fastidiado que se marchara sin dejar, ni siquiera, que él se explicase.

No tenía ni idea de nada, solo de dos cosas: que no tenía muchas ganas de buscar una explicación lógica y que Timmy y Cam le habían asegurado que Meadow no estaba casada.

19

Meadow sentía muchas cosas aquella tarde: alegría por ver a su hijo sonreír después de un fin de semana de ceños fruncidos y gruñidos; rabia porque aquella alegría fuera solo porque Matthew había decidido aparecer de repente y unirse a la fiesta sin preguntar; enfado por eso mismo, porque Matthew había decidido unirse a la fiesta sin consultárselo, y porque, además, no había dejado de sonreírle durante todo el viaje en coche, dándole alas a su hijo. Unas alas que Meadow tenía ganas de arrancar de raíz; y, por último, vergüenza porque no tenía ni idea de cómo acercarse a su mejor amiga y pedirle perdón.

Tras darle un beso a su hijo en lo alto de la cabeza y dejar que saliese corriendo para reunirse con su amigo Yuu, Meadow se dirigió con paso decidido hacia la caseta. Ni siquiera se molestó en ver si Matthew necesitaba ayuda para descargar el coche. Por ella, como si se le caía una caja en el pie y se lo rompía.

Al llegar, se encontró con que la pastelera llevaba toda la cara manchada de harina. Meadow no sabía cómo lo hacía, pero Aiko siempre terminaba con la cara embadurnada de polvo blanco, aunque ni siquiera se necesitase harina para preparar los helados.

—Aiko, ¿sabes que...?

—Que llevo la cara manchada de harina. Sí, lo sé.

Aiko se caracterizaba por su tono dulce, tranquilo y comedido, pero a la que Meadow tenía en esos momentos delante le faltaba poco para saltar sobre alguien y morderle la yugular.

Se apartó de su camino y se acercó con sigilo a Zoe, que cortaba fresas y las metía en un bol.

—¿Qué le pasa a esta? —preguntó señalando con disimulo hacia su otra amiga, que en esos momentos se limpiaba la cara con una toallita.

—Algo de unos *cupcakes*, mango, creo que ha dicho, y no sé qué más. Es que ha llegado, se ha puesto a ladrar con el ceño fruncido y me he cagado de miedo. Creo que es la primera vez que veo a Aiko enfadada, y espero que sea la última.

Meadow volvió a mirar a la morena. Ya no tenía harina en la cara, aunque sí una mueca de asco.

—Entonces, no le pregunto si ha traído la heladera, ¿no? Esperaba que me la trajese esta mañana a mi casa y no lo ha hecho.

Zoe negó con la cabeza de forma enérgica.

—Ni se te ocurra, te lo aconsejo. Al llegar, se ha dado cuenta de que no la había traído y ha salido el pobre Tom corriendo a por ella como alma que lleva el diablo.

—¿Te ayudo con eso?

—Las fresas casi están. Puedes ir pelando los melocotones o exprimiendo el limón. ¿Ha traído tu hermano el resto de la fruta?

Meadow se acercó a la bolsa que le señalaba su amiga y empezó a sacar la fruta anaranjada.

—Ahora viene, con Marie. Dijo que se retrasarían media hora.

—Buenas —dijo una voz.

Meadow se puso tensa y se giró nerviosa, pues allí estaba uno de los motivos por los que ir a la fiesta no le apetecía mucho.

Buffy la miraba fijamente. No había enfado en su mirada, pero sí algo parecido a la cautela. Meadow intentó ver si seguía habiendo dolor, pero no lo encontró. Aun así, no sabía cómo acercarse a ella o qué decirle. Dejó con cuidado el cuchillo sobre la mesa y se limpió las manos, que le sudaban, en la tela vaquera de los pantalones.

—Hola... —dijo casi susurrando.

Aiko y Zoe también dejaron de hacer lo que estaban haciendo y se quedaron mirando a las dos amigas como si de un partido de tenis se tratase. Aiko fue a dar un paso hacia delante, pero Zoe la interceptó rápido y con una simple mirada se lo impidió.

Meadow tragó saliva y fue al encuentro de Buffy. Era su amiga, por favor. Su otra mitad. La chica con la que había compartido confidencias, miedos y alegrías. No podía ser tan difícil acercarse a ella.

—Buffy... —empezó a decir cuando estuvo delante de ella, con la culpa brillando en sus ojos—, sobre lo que pasó el viernes, quiero que sepas que...

Buffy no la dejó seguir hablando. Abrió los brazos y cobijó a su mejor amiga.

—Como por tu culpa vuelva a no dormir bien durante dos noches seguidas, iré a tu casa y tiraré huevos en la fachada.

Meadow no pudo evitar echarse a reír mientras respondía al abrazo. Inhaló fuerte y se empapó del olor a vainilla típico de su amiga. Cuando se apartaron y se miraron a la cara; a Meadow le brillaban los ojos.

—Lo siento.

—Lo sé. No hace falta que digas nada.

—Aun así, quiero. Por favor.

Buffy asintió con la cabeza y le indicó con un movimiento de la mano que continuara. Meadow cogió aire antes de expulsarlo poco a poco.

—Fui una cabrona y una amiga de mierda. No debí pagar mi frustración contigo ni decir lo que dije porque, además, no lo pienso. Creo que eres genial, tu forma de vida me encanta y te tengo un poco de envidia. Y lo siento, Buffy. Lo siento muchísimo.

A Buffy también le empezaron a brillar los ojos, pero parpadeó rápido para que cualquier atisbo de debilidad desapareciese. Meadow se dio cuenta, pero no dijo nada. Lo que menos necesitaba en esos momentos era volver a hacer enfadar a su amiga.

Buffy apoyó un brazo sobre los hombros de Meadow y se giró hacia las otras dos, que miraban la escena emocionadas. Sobre todo la morena, a la que ya se le había pasado su enfado.

—¿Lo habéis oído? ¡La pequeña Meadow me tiene envidia!

Meadow intentó zafarse del brazo de la chica del pelo rosa, pero esta la apretaba fuerte. Las risas de las cuatro amenizaron el ambiente.

Iban un poco contra reloj, de modo que todas se pusieron manos a la obra. Mientras unas pelaban la fruta, otra preparaba café para el granizado y la cuarta lo iba metiendo todo en la heladera que había traído Tom. Marie y Erik no tardaron en llegar y Ethan lo hizo junto a su amigo Yuu. Ninguno dudó en unirse al peculiar cuarteto.

Tampoco Matthew, para asombro de todos los allí presentes. Erik lo fulminó con la mirada, pero no dijo nada por petición expresa de Meadow. No tuvo tanta suerte con su amiga, pues en cuanto Buffy se percató de la presencia del rubio, se encaró con él con toda la mala leche que la caracterizaba.

—¿Qué cojones hace este aquí?

—Yo también me alegro de verte, cazavampiros.

Buffy puso los ojos en blanco ante el mote.

—Eres tan gracioso que no sé qué haces aquí cortando fruta en vez de estar en la caseta del club de la comedia.

—Es que esa la han reservado para las locas neuróticas como tú.

Buffy estuvo a punto de tirarle una de las cajas de huevos a la cabeza, pero Tom había sido más rápido y las había quitado de su alcance antes de que pudiese, si quiera, rozarlas.

—De esta te libras, doctor. —Buffy dijo la última palabra con sorna, pues Matthew siempre se presentaba así mismo como «doctor Cooper», cuando no era más que un dentista. Que sí, que ser dentista estaba muy bien, pero si alguien sufría un ataque al corazón o una apoplejía, no acudiría al gran doctor Cooper para que le salvase la vida.

Buffy y Matthew se pusieron a trabajar en los lados opuestos de la mesa. Por todos era sabido que nunca se habían llevado muy bien. Buffy nunca le había perdonado que hubiese desaparecido de la forma en que lo hizo cuando su amiga se quedó embarazada y se vio sola y sin el padre de su hijo al lado. Había sido ella quien la había acompañado a las visitas al médico y a las clases de preparación al parto, y quien la había consolado por las noches cuando se había venido abajo, viéndose incapaz de criar a un hijo. Incluso había sido ella quien había entrado al paritorio cuando Ethan había decidido que había llegado el momento de salir del vientre de su madre. Y, sí, aunque luego él demostró ser un buen padre y Ethan lo adoraba, ella nunca terminó de fiarse de él. Y no se había equivocado, ahí estaba Destiny. Y Buffy dudaba mucho que hubiese sido la única.

Meadow miraba de reojo a uno y a otro. Quería darle un abrazo a su amiga por defenderla y un puntapié al otro por montar tal numerito. Pero no hizo nada. Su hijo estaba delante y no quería ninguna escena con él allí mirando.

Así que se centró en disfrutar del día. La fiesta empezó y todo comenzó a llenarse de luz, color y música. Un grupo de chicos jóvenes se subió al escenario y comenzó a tocar y a cantar. En la zona de verano, los pequeños se tiraban globos de agua y hacían una guerra con las pistolas. Incluso los más mayores se divertían; Tom, Liam y Erik no tardaron en quitarse las camisetas para tirarse por la pista de deslizamiento, a la que ese año también le habían puesto jabón. Parecía la fiesta de la espuma.

Hasta Meadow llegó el olor del famoso chili de los dueños del pub del pueblo. Se puso de puntillas para echar un vistazo y no tardó en divisar a Timmy y a Cam sirviendo platos bajo dos sombreros de lo más ridículos, pero que les sentaban de maravilla.

Un tercer sombrero apareció en su campo de visión, aunque no podía ver la cara de su dueño. Supuso que sería la de alguno de los camareros que trabajaban con ellos, pero algo en su corazón le dijo que no, que era él.

Se movió un poco hacia la derecha para ver si así veía mejor. Y lo hizo. La chica que había en la cola se marchó —no sin regalarle al propietario del sombrero una sonrisita— y entonces lo vio. Duncan estaba allí, feliz, con aquella sonrisa socarrona que Meadow le había visto la primera noche y que había provocado todos los desastres que vinieron después. Llevaba las gafas, para su total perdición, pues se volvía loca cuando lo veía con ellas. Vestía pantalones vaqueros y una camisa abierta a juego, debajo de la cual llevaba una camiseta básica negra que, pese a la distancia, permitía que se apreciaran sus pectorales. Aquellos pectorales que ella conocía perfectamente, pues los había tocado con la yema de sus dedos en dos ocasiones.

Recordó su último encuentro y se estremeció; tanto por el orgasmo que le había robado como por la discusión que habían tenido después.

—¿Sabes? Estoy pensando en ir a por uno de esos famosos tacos. ¿Me acompañas?

Meadow no necesitó mirar quién le estaba hablando para saber quién era. Se limitó a suspirar y a pedirle a su corazón que bajase un poquito el ritmo si no quería terminar la fiesta en Urgencias.

Si se ponía así solo viéndolo de lejos, ¿qué pasaría cuando lo tuviese delante?

Se llevó el dedo meñique a la boca y se mordió la uña, una manía que había perdido hacía unos años.

—Si sigues mordiendo, te quedarás sin dedo. —Esa vez sí giró la cabeza hacia su amiga, que se encogió de hombros y alzó las palmas de las manos—. Solo digo lo obvio.

—No me atrevo a ir hasta allí —confesó. Buffy, lejos de reírse por su comentario, bajó las manos y la atrajo hacia sí.

—¿Con todo lo que has pasado en esta vida y ahora te vas a acobardar por ir a hablar con un tío con un ridículo sombrero mexicano en la cabeza?

—Va a pensar que estoy loca.

—Yo ya lo sé, y te quiero.

—¡Buffy! Así no ayudas. —La aludida se rio por lo bajo y le acarició el brazo—. Es que la última vez que hablé con él fui un poco borde.

—También te regaló un orgasmo. Puedes quedarte con esa parte.

—¡Buffy! —volvió a reprenderla mientras miraba alrededor para ver si alguien había escuchado a su amiga. Aunque había hablado bajito, la gente tenía antenas en vez de orejas, y nunca se sabía.

—Venga, pelirroja, que no es tan difícil. Un pie delante del otro, la espalda recta y la cabeza alta. Cuando llegues, entablas conversación con él como una persona normal y listo. Le preguntas qué tal está y esperas a que él te conteste. Ya verás, no es tan complicado. Es lo primero que nos enseñaron en la guardería.

Antes de que Meadow volviese a replicar o buscase otra excusa por la que no ir a la caseta de Timmy y Cam, Buffy apoyó la mano en su espalda y comenzó a empujarla.

—En serio, va a creer que soy bipolar.

—Pues le dices que te estás medicando.

—Me muero de vergüenza, Buffy. Esto es una locura y no tiene sentido.

—Las cosas que no tienen sentido son las mejores.

—Es el profesor de Ethan.

—Y Ethan está encantado con él.

—No puedo estropear más las cosas con mi hijo. Ahora me habla, pero solo porque ha visto a Matthew abrazándome en la puerta de casa y se ha pensado lo que no era. —Buffy se detuvo en seco y miró perpleja a su amiga—. Ya te lo contaré luego.

Buffy abrió la boca para decir algo, pero al final negó con la cabeza y siguió empujándola.

—No tienes que salir con él. Ni siquiera tienes que dejar que vuelva a meterte la lengua dentro de la boca, aunque yo sé que es algo que te gusta mucho y a lo que no puedes resistirte. —Aunque Meadow quiso enfadarse con su amiga por la salida de tiesto que acababa de tener, no pudo evitar que la risa se le escapase por la nariz—. Así me gusta, que te rías.

—Estás como una cabra.

—Pero me quieres.

—Aún no sé por qué.

Ninguna de las dos dijo nada más, pues ya habían llegado al puesto de tacos y estaban frente a unos sonrientes Cam y Timmy.

—¿Qué pasa, loca del coño? —Timmy sonreía tanto que a Meadow le preocupó que se hiciera daño en los labios. El camarero levantó la mano y chocó los cinco con Buffy, que también sonreía, encantada con el apodo que le había puesto el barman a los cinco segundos de conocerla—. ¿Ya has venido a robarme mi comida? —Buffy hizo pucheros mirando al rubio.

—Sabes que no puedo disfrutar bien de la fiesta si no me das uno de tus platos. Aunque he visto que este año tienes cosas nuevas —dijo mirando de reojo y de forma pícara hacia su izquierda, donde Duncan servía comida a un par de chavales.

Buffy sintió unas uñas clavándose en su brazo.

—Me haces daño —susurró mirando a Meadow.

—Me da igual. No te pases ni un pelo.

—No he dicho nada.

Meadow apretó un poco más y Buffy pegó un chillido.

El grito no solo captó la atención de la pareja, sino también del profesor.

En cuanto Duncan desvió la atención de los chavales y miró a Meadow, ella se olvidó por unos segundos de que estaba muerta de vergüenza y de que quería matar a su amiga. Era el poder que, por lo visto, Duncan ejercía sobre ella: hacía que se olvidara de lo que tenía alrededor y, a veces, hasta de respirar.

Y de la cordura. Cuando Duncan Taylor andaba cerca, Meadow Smith se olvidaba de lo que era la cordura.

20

La había visto antes, a lo lejos, y, como siempre, le había parecido preciosa. Pero estaba allí, a apenas unos metros de distancia, y volvía a parecerle un sueño hecho realidad. Uno de esos pecados que la vida te ponía delante, pero que no te dejaba tocar; uno se moría por acercarse y darle un mordisquito.

Sabía que sus alumnos seguían hablándole, pero él no los escuchaba. Y no porque no quisiera, sino porque no podía. Entre las mil cosas a las que no encontraba explicación alguna cuando se trataba de Meadow, una era que, cuando ella aparecía, el mundo que lo rodeaba dejaba de existir. Era como si Meadow lo llenase todo y no cupiese nada más.

Era una puta locura. Otra más. Pero era así y no podía evitarlo.

«Meadow no está casada». Las palabras de sus compañeros de piso seguían atormentándolo desde esa mañana. Su parte sensata y racional le pedía que volviese con sus alumnos, que les sirviese el resto del chili que quedaba y que se olvidase de ella. Si había podido pasar treinta y cuatro años de su vida sin Meadow, podía pasar otros treinta y cuatro, ¿no?

—Un segundo, chicos. Ahora vuelvo. —La parte racional de una persona estaba sobrevalorada.

Se acercó con paso lento pero decidido, sin apartar los ojos de los de ella ni un momento. Buffy le susurró algo a su amiga, pero él no escuchó el qué. Solo vio cómo la pelirroja le daba un pellizco en el brazo y cómo ella se quejaba, aunque también sonreía.

—Hola —dijo en cuanto llegó junto al curioso grupo.

Sonrió porque no le salía no hacerlo y el pecho se le hinchó al ver que Meadow le correspondía de la misma manera.

—Hola —saludó ella· también.

Sus mejillas, como le pasaba muchas veces, se colorearon.

—Hola —dijeron Timmy y Buffy a la vez, y soltaron una pequeña carcajada.

Cam tuvo la decencia de no abrir la boca.

Duncan, por su parte, se rascó la nuca con una mano y con la otra señaló a su alrededor.

—Llevamos el puesto de chili.

—Sí, ya lo veo. Nosotras el de los helados —dijo Meadow.

—Ya, lo he visto antes.

Duncan pensó que parecían dos idiotas de primero de infantil.

—Oye, Meadow, ¿te había presentado ya a mi primo? —Timmy le dio a Duncan un golpe en el hombro rompiendo así la pequeña tensión que había y desestabilizándolo.

Cuando consiguió ponerse recto otra vez, Duncan miró a Meadow, que a su vez observaba a los dos primos con ojos escrutadores.

—No sabía que erais familia.

—Sí, primos hermanos. Aunque más hermanos que primos. Me he criado con este imbécil. Mi madre es la hermana pequeña de su padre.

—No os parecéis mucho —apuntó Buffy, que los observaba como si los estuviese analizando.

—Yo soy el guapo, ¿a que sí?

—A mí me lo pareces, desde luego, aunque aquí el profesor tiene unos buenos brazos y un buen culo. ¿Qué piensas tú, Meadow? —Duncan se dio cuenta de que la pelirroja quería lanzarse encima de su amiga y arrancarle la cabeza de un tirón—. Hablo de los brazos. ¿Crees que son fuertes? Antes lo he visto cargar con una caja que tenía pinta de pesar bastante. Aunque me apuesto lo que quieras a que también sabe cargar mujeres y empotrarlas contra...

La mano de Meadow voló tan rápido que hasta a Buffy la pilló por sorpresa. La del pelo rosa dio un paso atrás y a punto estuvo de quedar tumbada sobre la mesa donde la pareja tenía los boles con la comida. Duncan intentó no reírse, pues sabía que Meadow lo estaba pasando realmente mal; solo hacía falta ver cómo tenía los ojos de desorbitados y cómo había desaparecido por completo el tono pálido de su piel. Lo único que quedaba de blanco en la piel de la pelirroja era la mano que tenía sobre la boca de Buffy, y eso era porque la apretaba con tanta fuerza que Duncan dudó por un segundo si no la estaría asfixiando.

—¡Serás guarra! —gritó Meadow mientras apartaba la mano de su amiga y se limpiaba la palma contra la camiseta verde que llevaba.

—Eso te pasa por taparme la boca de esa manera. ¿Tú sabes el susto que me has dado?

Meadow se acercó a su amiga con ojos amenazantes.

—¿Cómo se te ocurre decir eso, loca? —murmuró entre dientes.

A Duncan le pareció adorable el azoramiento de Meadow. También pensó que era hora de intervenir. Como ya había podido comprobar, Meadow tenía como amiga a una loca que no tenía reparos en sacarle todos los colores del arcoíris a quien se le pusiese delante. Pero Duncan no se quedaba atrás. Él tenía a Timmy, que era como Buffy, pero con pene, y no quería arriesgarse a que dijese o hiciese algo que lo pudiese avergonzar, y con la preguntita que había soltado sabía que ya había empezado.

—Oye, Meadow —dijo intentando captar su atención. En vista de que ella seguía amenazando con la mirada a su amiga, decidió dar un paso adelante y cogerla por la muñeca. En cuanto sus dedos tocaron la fría piel de la chica, comenzaron a hormiguearle, y ese hormigueo lo recorrió de la cabeza a los pies. Meadow tampoco fue inmune al contacto. En cuanto sintió a Duncan, apartó la vista de su amiga y lo miró. Él le sonreía y Meadow tragó saliva—. Tenía pensado tomarme un descanso. ¿Te apetece acompañarme? Aún no he salido de la caseta y me encantaría ver cómo está la plaza.

Meadow se lo quedó mirando unos segundos sin saber qué decir. Duncan pensaba que le iba a contestar que no, pero entonces Meadow le regaló una de las sonrisas más bonitas que jamás había visto y asintió.

—Me encantaría.

Antes, a Duncan se le había hinchado el pecho. En ese momento, le faltaba poco para ponerse a bailar hiphop delante de todos.

Por el rabillo del ojo vio a su primo abrir la boca. Lo miró ceñudo y le apuntó con el dedo.

—Ni se te ocurra. —Timmy cerró la boca tan rápido como la había abierto. Duncan rodeó la mesa y se acercó a donde estaba Meadow. Señaló hacia la plaza con la mano y volvió a sonreír—. ¿Vamos?

Meadow asintió con la cabeza y se situó a su lado. Ninguno de los dos se despidió. Echaron a andar mientras ignoraban los murmullos y las risitas de los tres que quedaban junto a los frijoles y los boles llenos de carne picada.

Duncan no sabía hacia dónde tirar, así que le dejó elegir a Meadow. Ella, por su parte, estaba tan nerviosa que temía tropezar y caer de bruces al suelo. Era lo que le faltaba.

Se colocó un mechón de pelo tras la oreja y echó un vistazo al puesto de helados. Sus amigas seguían repartiendo helados y granizados, pero no vio a Ethan. No tuvo que buscar demasiado para encontrarlo. Estaba con Yuu y Erik tirándose por la pista de deslizamiento.

—¿Sigue enfadado? —escuchó que le preguntaba Duncan a su lado. Meadow iba a negar con la cabeza, pero al final optó por encogerse de hombros.

—Si te digo la verdad, no tengo ni idea.

—Ahora parece que se divierte.

—Porque yo no estoy delante.

—Antes os he visto riendo juntos. —Meadow miró a Duncan de reojo y sonrió de medio lado.

—¿Me estabas espiando, profesor? —Él echó la cabeza hacia atrás y se rio bajito. Se metió las manos en los bolsillos mientras la miraba de la forma más inocente del mundo.

—Si digo que es difícil no hacerlo, ¿crees que sería decir demasiado?

Meadow sabía que sí, pero también le gustaba saber que Duncan la había observado al llegar. Así no quedaba ella como la única lunática.

—Sí, pero me gusta. —Echó un último vistazo a su hijo y volvió a prestar atención a su acompañante.

—Es un buen chico, Meadow. Estás haciéndolo bien.

—¿Tú crees? A veces tengo mis dudas. Todo lo que he recibido este fin de semana han sido ladridos y gruñidos.

—Está enfadado. Por lo que he visto en su expediente, jamás lo han castigado. Además, eres su madre. Eres tú la que debe sufrir las consecuencias de su adolescencia.

—¿Adolescencia? Si solo tiene ocho años. Hasta hace nada solo tenía que preocuparme de que no se comiera a puñados la arena del parque.

—Bueno, dicen que la adolescencia cada vez empieza antes.

—¿Lo dices en serio? Pues si ya es así con ocho años, cuando tenga quince, solo voy a tener ganas de salir corriendo.

Llegaron hasta el centro de la plaza, donde había un puesto de cafés.

—¿Te apetece uno? —le preguntó Duncan.

Ella asintió y juntos se acercaron a pedir. Él pidió un café con leche, sin azúcar, y ella uno con un chorrito de leche y un poco de merengue por encima. Para rematar, le espolvoreó cacao por encima. Al girarse hacia Duncan, le entró la risa al ver cómo la miraba.

—¿Qué pasa?

—¿Tú sabes la de cosas que le has puesto a ese café?

—Pues me falta una. —Meadow fue hasta la caja donde guardaban los azucarillos y cogió un sobrecito de azúcar moreno. Le echó un poco al café y lo removió antes de ponerle la tapa—. Delicioso.

—Te vas a morir de un subidón de azúcar.

—Pero moriré feliz.

—En serio, eso no puede ser sano. Ni estar bueno, ya que nos ponemos.

—¿Tú lo has probado? —Arqueó una ceja esperando su respuesta. Duncan resopló e hizo que volara un mechón que le caía sobre la frente.

—No, gracias.

—¿Por qué? Nunca puedes saber si una cosa te gusta o no si no la pruebas primero.

—Jamás me he comido una pizza con piña y te puedo asegurar que es asqueroso.

—La piña en la pizza mola.

—La piña en la pizza debería estar penalizada con la cárcel.

Lo dijo tan serio y cargado de razón que Meadow se echó a reír. Duncan pensó que aquella risa se había convertido en su sonido favorito.

Sin saber cómo, habían terminado alejándose del follón del festival y habían llegado a un pequeño parque que rodeaba casi todo el pueblo. Era el Central Park de Variety Lake.

Meadow fue hasta uno de los bancos y se sentó con las piernas dobladas. Duncan la imitó. Ella le dio un pequeño sorbo a su vaso de cartón y lo miró por encima del borde. Sabía que tenía que disculparse con él y que ese era tan buen momento como cualquier otro. Cogió aire para armarse de valor.

—Lo siento. —Él, que todavía seguía un poco aletargado recordando la risa de Meadow, se dio la vuelta para contemplarla.

—¿Qué?

—Que lo siento. Por lo del otro día. No tendría que haberte hablado así, perdona.

Duncan desvió un segundo la vista de Meadow hasta su vaso y la volvió a subir.

—Yo también lo siento, Meadow. Nunca tendría que haber dicho las cosas que dije. Eran horribles y estaban totalmente fuera de lugar. De verdad que lo siento.

—No tienes que disculparte, de verdad. Supongo que, si yo hubiese estado en tu lugar, habría reaccionado igual. O peor.

Duncan iba a volver a decirle que lo sentía, pero entonces se dio cuenta de que ella volvería a decirle que no hacía falta que se disculpara, y acabarían entrando en un bucle infinito. Le dio un nuevo sorbo a su café y optó por sonreír.

—¿Qué te parece si dejamos de pedirnos perdón mutuamente y nos centramos en otra cosa? —preguntó él.

—¿En qué?

—En presentarnos. —Meadow lo miró sin entender. Duncan carraspeó, giró un poco el cuerpo para quedar frente a Meadow y estiró el brazo mientras sonreía. Ella le cogió la mano y aguantó la respiración—. Hola, me llamo Duncan Taylor y soy de Chicago. Soy primo de Timmy, al que creo que ya conoces y del que me avergüenzo el noventa por ciento del tiempo. He llegado a Variety Lake por culpa de una apuesta de la que prefiero no hablar. Solicité plaza en el colegio y me aceptaron. Soy tutor de cuarto curso y creo que nunca me he imaginado siendo otra cosa, aunque mis progenitores siempre quisieron que fuese arquitecto, como mi padre. Te toca.

En cuanto terminó, Duncan dejó escapar el aire que ni siquiera se había dado cuenta de que había estado conteniendo. No le había soltado la mano a Meadow y no tenía intención de hacerlo si ella no se lo pedía.

Ella, por su parte, analizó todo lo que su interlocutor acababa de decirle, sin olvidar lo de la apuesta. Sentía mucha curiosidad, esa era la verdad, pero decidió guardarse las preguntas. Lo que hizo fue asentir antes de empezar ella con su presentación.

—Soy Meadow y llevo viviendo en Variety Lake toda mi vida. Cuando era pequeña, soñaba con escapar de este pueblo que a veces me asfixiaba e irme a la gran ciudad, pero, cuando llegó el momento de la verdad, me di cuenta de que no me veía en ningún otro lugar. Tengo un hermano al que adoro y tres amigas que son como mis hermanas, sobre todo la loca del pelo rosa. También tengo un hijo, Ethan, al que tuve muy joven. No fue algo buscado, desde luego, pero no lo cambiaría por nada del mundo. Dicen que los mejores amores son los inesperados, y yo puedo asegurar que quien dijo eso tenía toda la razón. —Se perdió en los ojos grises de Duncan. Sentía el corazón latiéndole con fuerza allí donde la tocaba. Ya se había presentado; ya había hecho su parte. Entonces ¿por qué no lo soltaba? Puede que porque no había terminado de hablar—. Hace poco fue mi cumpleaños y lo celebré con unas amigas en un bar. Me reí, bailé, me emborraché y bebí tequila del cuello de un camarero. Después, me encontré con ese mismo chico en el cuarto de baño, nos besamos... y la cosa se nos fue de las manos.

Duncan sudaba tanto que tenía miedo de que se le notase en las manos y Meadow se muriese de asco. Pero, por alguna razón que no entendía, ella no lo soltaba. Al contrario, le apretó más fuerte la mano y se aseguró de que sus preciosos ojos azules no dejaran de hacer contacto con los suyos. La vio morderse el labio inferior unos segundos antes de volver a tomar aire y soltarlo poco a poco.

—A tu pregunta del otro día... No. No me arrepiento de lo que hicimos en el pub, Duncan. Y tampoco me arrepiento de lo que pasó en el colegio.

Que lo matasen si no estaba más nervioso, excitado y abrumado que en toda su vida. Por una parte, tenía ganas de ponerse una mano en el pecho para comprobar si el corazón seguía latiéndole o si se le había paralizado. Por otra, quería enredar esa mano en la coleta de Meadow, tirar de ella hacia él y besarla como no lo había hecho nadie en su vida, ni siquiera él mismo.

Pero antes, tenían que dejar las cosas claras. Habían empezado la casa por el tejado y era hora de poner los cimientos.

—¿Por qué me dejaste creer que seguías casada? ¿Por qué me dejaste decirte todas esas cosas tan horribles?

21

Cuando Meadow vio a Duncan a lo lejos, pensó que sería bueno acercarse a él, pedirle perdón y volver a su puesto para seguir con los helados. Cuando luego él le propuso ir a dar una vuelta, se dio cuenta de que era buena idea si así conseguía alejarse, y alejarlo a él, de la lengua viperina de su amiga, a la que, por cierto, seguía queriendo matar. Lo que en ningún momento se le pasó por la cabeza fue que terminaran entablando una conversación como la que estaban teniendo.

Presentarse formalmente, contarse a qué se dedicaban y cuáles eran su película o libro favoritos, sí. Confesarle que no se arrepentía de haberse acostado con él ni de... Bueno, ni de correrse en medio del aula donde le daba clases a su hijo cinco días a la semana... Pues no. No lo tenía pensado.

Pero allí estaba; hablando sin parar, sin apartar la mirada y sin soltarle la mano. Eso último se debía a que estaba tan nerviosa y conmocionada que le era imposible mover las articulaciones.

—¿Por qué me dejaste creer que seguías casada? ¿Por qué me dejaste decirte todas esas cosas tan horribles?

Ahí estaba, la pregunta del millón.

Meadow se moría por decirle que porque era complicado, lo cual era cierto, pero sabía que, llegados a ese punto, mejor soltarlo todo de una vez y no a cuentagotas.

Obligó a su cerebro a que moviese la mano y se soltó de Duncan. Lo vio mirar el sitio donde sus manos habían estado unidas y esperó a ver si decía algo, pero no lo hizo. Se llevó la mano recién liberada a su regazo y esperó.

Meadow maldijo el sentimiento de soledad que la embargó durante unos segundos, entrelazó los dedos y continuó hablando.

—Es complicado. —Carraspeó antes de que Duncan pudiese hacer o decir algo—. Es complicado porque me separé de Matthew hace solo seis meses. No es por él, porque yo a él no le debo nada y puedo hacer con mi vida lo que quiera; es complicado porque si Ethan está enfadado y se comporta últimamente así es porque nos hemos separado, y me echa a mí la culpa. Alberga la esperanza de que su padre y yo volvamos a estar juntos y eso es algo que no va a pasar. Matthew quiere, pero yo no, lo tengo claro. Aun así, no quiero hacer sufrir más a mi hijo, y salir con su profesor sé que solo lo complicaría todo. Pero quería que supieras que no me arrepiento, Duncan. Y que no fuiste una venganza ni un medio para un fin. Fue algo que hice de forma consciente y... Bueno, puesto que ya lo he soltado todo y no puedo ponerme más en evidencia, te aseguro que, si volviese a ese día, repetiría todas y cada una de las cosas que hice.

Que alguien llamase al médico del pueblo porque Duncan creía que tendrían que sacarlo de aquel parque en camilla.

Meadow decidió que ya había hablado suficiente y que era hora de apartar la mirada y esconder tras el vaso de café el bochorno que sentía. Aunque en esos momentos le iría mejor un vodka con limón, o absenta, directamente.

Duncan podía decirle mil cosas: que él tampoco se arrepentía; que, si volviera atrás en el tiempo, lo único que haría diferente sería coger aquella botella de tequila del almacén y beber de su cuello; que había pensado en ella todos los días, algo que nunca le había pasado con nadie; que no sabía cómo iba a volver a clase al día siguiente porque solo la vería a ella sobre la mesa gimiendo su nombre; o que encontraba preciosas sus pecas y que se moría por contarlas de una en una. Podía decirle todo eso y más, pues sería verdad, pero la entendía. Además, él solo estaba de paso. Crearle un conflicto innecesario con su hijo cuando él no buscaba ni una relación seria ni un compromiso, ya fuera a corto o a largo plazo, no le parecía lícito. Porque él no buscaba una relación de ningún tipo…, ¿no?

Decidió dejar de pensar en eso e hizo lo único que se le ocurrió; alargó la mano y la apoyó en la rodilla de Meadow, dándole un pequeño apretón afectuoso, sin ninguna doble intención.

—¿Sabes? Sigo pensando que has destrozado ese café.

Meadow sonrió complacida por el cambio de tema, así como por no hacerla sentir incómoda. Le dio un nuevo sorbo a su café y una idea le cruzó la mente. Se recolocó en el asiento y lo miró de medio lado.

—Te reto a que lo pruebes.

—¿Perdona?

Meadow se rio ante la cara de circunstancias de Duncan. Estiró el brazo en el que llevaba el vaso y lo movió frente a sus ojos.

—He dicho que te reto a que lo pruebes. Si le das un sorbo y tu cara me dice que yo tenía razón y que este café está buenísimo, tienes que subir luego al escenario cuando pongan el karaoke y cantar una canción.

Duncan la miró con el horror tintando sus pupilas.

—¿Hay karaoke?

—En este pueblo lo vivimos todo a lo grande.

—¿A dónde narices me ha traído Timmy a vivir?

Meadow se echó a reír, consiguiendo que Duncan confirmara que su risa era el mejor sonido del mundo. Se quedó unos segundos contemplándola en silencio mientras fingía pensar si aceptaba o no el reto. Le gustaba esa Meadow; divertida, dicharachera y... ¿juguetona? Le gustaba su sonrisa y lo cómoda y relajada que parecía a su lado. No había ni rastro de la chica confusa y un tanto esquiva de las últimas veces, ni de la tensión que parecía rodearlos (y no se refería a la sexual).

La vida le había demostrado que era mejor no aceptar retos, pues por culpa de uno había acabado viviendo en Variety Lake y marchándose de su amada Chicago. Aunque, si lo pensaba detenidamente, a lo mejor no había sido tan mala idea.

Sacudió la cabeza de forma casi imperceptible y se tragó un gemido. ¿Tanto le había afectado esa chica que había pasado de querer que el año corriese lo más rápido posible a que no le importase que el tiempo fuese hacia atrás, como los cangrejos, en vez de hacia delante?

—¿Aceptas o no? —le preguntó Meadow sacándolo de su pequeña ensoñación y haciéndolo regresar al presente.

Asintió y estiró el brazo para coger el vaso, pero antes de llegar a tocarlo apartó la mano.

—¿Qué gano yo si se confirma que yo tenía razón y que eso está asqueroso, además de tener tanto azúcar que no puede ser sano?

Meadow se mordió el labio y Duncan apretó la mano para luchar contra las ganas de liberarlo.

—Te dejo elegir.

—¿En serio?

—Yo he elegido tu castigo, así que es justo que seas tú quien elija el mío.

A Duncan, la palabra «castigo» saliendo de los labios de Meadow le sugirió un cuarto oscuro, él atado a la cama y ella haciendo con él lo que le diese la gana y más.

Tragó saliva y cambió de posición. Los pantalones le apretaban y se había propuesto no hacerla sentir incómoda ni abochornarla, así que no era recomendable que dejase a la vista todo lo que provocaba a su cuerpo. Se inclinó un poco hacia delante y, esa vez sí, cogió el vaso de cartón y se lo acercó a los labios.

—No sé por qué, siempre acabo aceptando todos los retos que me lanzan —murmuró antes de dar el primer sorbo.

Meadow quería decir algo, pero cuando vio cómo Duncan colocaba la boca en el mismo sitio en el que había estado la suya hacía apenas unos segundos. También se fijó en cómo cerraba los ojos y en cómo la nuez le bajaba y subía al tragar. Al terminar, se relamió y sonrió.

—No está mal.

Meadow tardó unos segundos —bastantes— en procesar sus palabras. Se había quedado demasiado petrificada observando cada uno de sus movimientos. Por Dios, ya había hecho de todo con aquel hombre. Se había saltado todas las bases y habían ido directamente a la meta, pero mirarlo mientras se tomaba aquel café fue lo más erótico y sexy que había visto jamás.

Le arrebató el vaso de las manos y se terminó el café oscuro. Necesitaba hacer algo para no quedarse embobada mirándolo.

—No... —Le salió un gritito agudo, así que se aclaró la

garganta y volvió a intentarlo—. No has llegado a decir qué tengo que hacer yo si tú ganas.

Duncan encogió un hombro y le guiñó un ojo.

—No creo que eso importe demasiado. Ese café está de muerte.

22

La gente aplaudía entregada, como si de Adam Levine, el vocalista de Maroon 5, se tratase. Y eso que quien cantaba lo único que hacía era destrozar la canción.

Duncan era un hombre de palabra y, cuando llegó el momento del karaoke, lo dio todo sobre el escenario. Era buen profesor, le gustaban las ciencias y se le daba bien el deporte, pero era malísimo cantando.

—No sé si se me parece más a un gato intentando afinar o a alguien pasando las uñas por una pizarra —dijo Zoe mientras las cuatro miraban hacia el escenario.

Aun así, ninguna apartó los ojos, pues ver a Duncan Taylor en ese momento era todo un espectáculo. Sobre todo cuando se vino arriba y regaló a los presentes un baile de lo más... ¿sexy? Sexy porque era Duncan, pero el pobre había nacido con dos pies izquierdos.

Después, el «cantante por excelencia» bajó del escenario y recibió los elogios de la mitad de las madres de sus alumnos y de alguna más que quería acercarse a saber quién era aquel misterioso chico.

El resto del día pasó entre risas, bromas y mucha agua. Erik, Tom y Liam fueron a reclutar a Cam, Timmy y Duncan para que los ayudasen a llevarse a las cinco chicas a la zona de agua. Hubo patadas, gritos, arañazos y algún mordisco —solo había que preguntarle a Cam, que había recibido uno de la loca del pelo rosa—, pero los seis chicos consiguieron iniciar una guerra de agua contra ellas.

Si a Duncan, en otro tiempo, le hubieran dicho que acabaría haciendo una guerra de globos de agua, se habría reído hasta quedarse solo, pues ya tenía una edad y esas cosas se hacían en el instituto. Pero la verdad fue que se divirtió como hacía años que no lo hacía. Incluso aceptó de buen grado el cubo con gelatina azul que le tiraron algunos de sus alumnos como regalo de bienvenida, un grupo liderado por Ethan y su amigo Yuu, que reían a carcajadas viendo a su nuevo profesor pringado hasta las gafas. Duncan no dudó en ir a por ellos y pringarlos también.

Para Meadow, el día no había empezado muy bien. Se había sentido avergonzada, nerviosa, enfadada y triste. Pero lo había acabado con una sonrisa de oreja a oreja y con un brillo en los ojos que a ninguna de sus tres amigas les pasó desapercibido, pero que todas decidieron omitir.

Duncan y ella se comportaron como amigos, como dos personas que acababan de conocerse y habían conectado. Pero las miraditas, los pequeños roces y las sonrisas escondidas estaban ahí.

Aun así, Meadow había decidido que lo suyo era complicado y que a lo único que podía y debía aspirar con él era a tener una amistad.

Por su parte, Duncan había decidido que respetaría su decisión: se quedaría en esa zona de amigos y, cuando suspirase por ella, lo haría a solas.

23

Era una casa pequeña de una única habitación. La cocina estaba integrada en el comedor, que daba a un balcón donde solo cabían una mesa y dos sillas. Tenía grandes ventanales por los que entraba la luz y no le pillaba lejos del trabajo. En realidad, nada en Variety Lake pillaba lejos de ningún sitio. Era absurdo coger el coche si no era para ir al pueblo vecino, y caminar por sus calles parecía ser el pasatiempo favorito de sus habitantes.

Duncan sonrió complacido y se giró hacia Tom, que lo esperaba apoyado en la barra que separaba la cocina del comedor.

—Me lo quedo.

Tom sonrió de oreja a oreja y estiró la mano para estrechársela a su nuevo inquilino.

Duncan estaba cansado de dormir en el sofá de Timmy y Cam. Los años le pasaban factura y, aunque saliese a correr a menudo e hiciese ejercicio, ya tenía una edad y su espalda estaba más que resentida. Por eso, cuando se enteró de que Tom era agente inmobiliario, y de que si alguien podía encontrarle un lugar donde vivir era él, se le había acercado en la fiesta. Tampoco pedía mucho, solo quería algo que pudiese alquilar hasta que finalizara el contrato en el colegio, al acabar el curso, y, por supuesto, no necesitaba que fuera muy grande. Con tener lo básico y una buena cama, se conformaba.

Ambos hombres se dieron la mano y después, el profesor, en agradecimiento, lo invitó a tomar un café.

Juntos se dirigieron al Suki's Coffee, la cafetería de la familia de Aiko. Era pequeña, con no más de seis mesas dentro, además de la terraza, pero allí se servía el mejor café que Duncan había probado jamás. Estaba seguro de que si los propietarios de la cadena Starbucks lo descubrían, querrían robarles la receta. También tenían los mejores dulces del mundo. Y eso que solo había probado unos cuantos pasteles.

Aún no habían llegado a la puerta y el olor los recibió en la calle. Ese día era una mezcla de fresa, vainilla y chocolate.

Aún era temprano y no había mucha gente. Nada más abrir la puerta, Duncan pudo divisar a Aiko tras la barra. Llevaba el pelo negro como la noche recogido en una especie de moño y tapado con una redecilla. Cualquier persona hubiese resultado ridícula y nada atractiva, pero en Aiko, Duncan no sabía si por su mirada dulce o por su forma de ser, tan tranquila, parecía el complemento perfecto.

Tampoco es que la conociese mucho, solo había interactuado con ella unas cuantas veces, pero Duncan no tardó en darse cuenta de que Aiko era de esas personas que transmitían bondad y alegría; daban ganas de sentarse a mirarla, hipnotizado.

Por supuesto, Aiko tenía la mejilla manchada de harina.

Lo dicho, pocas veces la había visto, pero siempre llevaba la cara manchada. Era difícil no saber a qué se dedicaba.

Le recordaba a Jane Austen, pues, según contaban, siempre llevaba los dedos manchados de tinta negra porque se pasaba los días escribiendo.

En cuanto escuchó el tintineo de la puerta, Aiko dejó lo que estaba haciendo y se volvió. Al verlos, sonrió más contenta todavía y se acercó hasta ellos.

—Por esa cara, intuyo que ha ido bien.

—Sí. He conseguido engañarlo y alquilarle la casa de invitados de la señora Parker.

Aiko intentó esconder una risa con la mano. A Duncan la suya se le borró de un plumazo.

—No te conozco lo suficiente como para saber si estás bromeando, porque... estás bromeando, ¿no?

Tom se rio un poquito más alto y le palmeó el hombro.

—Que sí, hombre. Es una casa estupenda, de verdad. Y para ti solo. Y con lo poco que la vas a utilizar, ¿para qué quieres más?

Duncan asintió; aun así, no las tenía todas consigo.

—¿Qué os pongo, chicos?

—¿Dónde están Chiyo y Haruki?

—Mi madre ha ido al supermercado a comprar provisiones y mi padre, al banco.

—¿Pero se acuerdan de que luego tienen que ir a recoger a Meiko? Hoy tiene ballet y termina a las cuatro.

—Sí, tranquilo. La van a traer aquí. La atiborraré de *mochis* y te la devolveré con un subidón de azúcar.

Tom miró a su cuñada de forma reprobatoria. Ella puso los ojos en blanco y le lanzó a la cara un papel que llevaba en las manos y con el que se había limpiado el chocolate.

—Eres su padre, pero yo soy su tía. No voy a dejar que mi sobrina favorita coja un empacho y acabe en el hospital.

—Lo sé, pero...

—Pero nada. Sentaos y ahora os sirvo el café y un par de *wagashi*.

Duncan siguió a Tom hasta una de las mesas junto a la ventana. Cuando estuvieron sentados, se inclinó hacia él.

—Perdona, ha dicho *wasi*... ¿qué?

—*Wagashi*. Son unos dulces típicos japoneses que se hacen con pastel glutinoso de arroz, como los *mochis*, pero están rellenos de pasta de judía o de fruta. Yo prefiero los de fruta, pero los dos están buenos. Todo lo que cocina Aiko está bueno. Tiene unas manos delicadas y creo que, si cierro los ojos y pienso en ella, siempre la recuerdo en la cocina, tras los fogones. Yo creo que nació de ellos.

A Duncan le gustaba Tom. Era un tío sencillo, ni demasiado serio ni demasiado divertido, que se volcaba en su trabajo y en su hija. Le gustaba hablar con él. Tenían gustos similares y se llevaban bien. Y le habría encantado seguir con la conversación si cierta pelirroja no hubiese hecho acto de presencia en la cafetería.

Meadow acababa de aparecer por la puerta invadiéndolo todo, también a él. Llevaba un peto vaquero corto y una diadema en la cabeza. Parecía la reina del lugar, aunque ella no lo supiera. Llegó acalorada y con las mejillas enrojecidas, aunque en esa ocasión no era por el rubor. Se coló tras la barra y le dio un breve abrazo a su amiga y un beso en la mejilla. Aiko señaló con la cabeza en la dirección en la que estaban ellos y entonces los vio. Los saludó con la mano y les indicó que ahora iría a verlos.

Duncan ni siquiera se dio cuenta de que había suspirado hasta que escuchó una pequeña carcajada procedente del otro lado de la mesa.

—Es guapa, ¿eh?

—¿Qué? ¡No! Es decir, sí, claro que es guapa. Es solo

que... —Se pasó una mano por el pelo, nervioso, y Tom meneó la cabeza divertido.

—Tranquilo, no estás diciendo nada que no sea verdad. Meadow siempre ha sido de las más guapas del pueblo. En el instituto ya los tenía a todos babeando por ella.

—¿Os conocéis desde hace mucho tiempo?

—Liam, Erik y yo íbamos juntos a clase. Somos amigos desde... No sé. De toda la vida. Erik y su hermana siempre han sido uña y carne. Jamás los he visto discutir ni enfadarse. Al contrario, creo que Erik ha pecado de sobreprotector. Y lo entiendo. Perdieron a sus padres demasiado pronto y Erik se encontró, de repente, cuidando de una adolescente. Aunque Meadow se lo puso bastante fácil. En realidad, creo que se cuidaban mutuamente.

Timmy, una vez conocido el interés de Duncan por la guapa contable, le había hablado un poco de su vida, ya sabía que Meadow había perdido a sus padres con apenas quince años, pero escucharlo de boca de Tom, un chico que parecía conocerla muy bien, le pesó más que cuando se lo había contado su primo.

En esos momentos le hubiese encantado tener ya el café entre las manos para distraerse.

Echó otro vistazo a Meadow por el rabillo del ojo y se dio cuenta de que quería saber más sobre ella. Y, aunque no era íntimo de Tom, este le daba seguridad y creía que podía confiar en él.

—Perdona, Tom, sé que nos conocemos hace poco y a lo mejor me estoy excediendo, pero...

—¿Quieres saber qué pasa con Meadow y Matthew? —Duncan lo miró atónito y Tom empezó a reír.

—¿Eres adivino?

—No, pero se me da bien leer a las personas. Era eso,

¿no? —Duncan solo pudo asentir—. Pues... No me suelo llevar mal con la gente y siempre intento buscarle el lado positivo, porque de verdad creo que todo el mundo tiene uno, pero el de Matthew lo debieron de perder por el camino. A ver, no es que sea mala persona, simplemente creo que se quedó estancado en sus años de instituto, cuando era el capitán del equipo de baloncesto y todas suspiraban por él. Se interesó por Meadow porque, como te he dicho, era difícil no hacerlo, pero él era más mayor, ya estaba en la universidad, y te puedo asegurar que solo quería pasar el rato sin complicaciones, sin ataduras. No esperaba acabar con un bebé y con una esposa. Hay que reconocer que adora a Ethan, aunque es demasiado fácil querer a ese niño, pero no ha sabido querer a Meadow como ella se merece. Y, como no podía ser de otra manera, al final la cagó. Era algo que todos esperábamos. De hecho, nos asombra bastante que haya tardado tanto.

Duncan se acordó de la primera vez que lo vio, en la reunión, y recordó que había pensado que era un imbécil. Aunque, siendo sinceros, también lo habría pensado de Tom si lo hubiese visto entrando con Meadow; pero, independientemente de eso, Duncan ya se había dado cuenta de que Matthew era un poco sobrado y no le gustaba. Y a él sí que le gustaba hablar mal de la gente que se lo merecía.

Se recostó contra el respaldo de la silla y se cruzó de brazos.

—¿Y crees que...?

—¿Meadow saldría contigo? —Duncan puso los ojos en blanco y Tom chasqueó la lengua, divertido—. No soy adivino, ya me gustaría a mí. Solo sé que Meadow se merece ser feliz y que Ethan se merece una estabilidad y no más confusión en su vida. No sé qué ha pasado entre vosotros ni quiero saberlo, no es algo que me incumba, y también sé que apenas nos conocemos, pero me pareces un buen tío, profesor Taylor, y tú mejor que nadie sabes lo que tienes que hacer.

A Duncan no le dio tiempo a rebatir ni opinar sobre lo último que el agente inmobiliario le había dicho porque la culpable de aquel pequeño dolor de cabeza que tenía se acababa de acercar a su mesa.

—¿Qué pasa, Tom Tom? —Su amigo se levantó y le dio un abrazo y un beso en la mejilla.

—¿Cuándo fue la última vez que me llamaste así?

—Ni idea, pero no lo he podido evitar.

Tom se volvió a sentar y entonces fue el turno de saludar a Duncan.

—Buenas, profesor.

Duncan vio la indecisión en los ojos de Meadow. No se lo pensó. Se puso en pie, pasó un brazo por su cintura y la acercó a él para dejar un beso en su mejilla. Si en vez de la mejilla, fue en la comisura de la boca, no lo hizo adrede. Lo juraría ante un tribunal, si hiciese falta.

—Hola, pelirroja.

Duncan notó cómo las piernas de Meadow cedían y su parte más primitiva dio dos vueltas en el aire solo de pensar que era por su culpa.

¿Estaba siendo vanidoso por pensar así? Sí.

¿Le importaba? No.

—¿Qué te trae por aquí? ¿No tienes clase hoy?

Duncan le apartó una silla a Meadow y la invitó a sentarse con ellos. Aiko apareció con los tres cafés y tres pastelitos. Duncan supuso que serían los dulces de los que había hablado antes.

—Los jueves termino a las once. Luego tengo dos horas

de tutorías, pero hoy me he escapado porque tenía algo importante que hacer.

—¿Tomar café y comer *wagashi*?

—Eso también, pero no. Tom me ha conseguido un apartamento.

—¿En serio? ¡Me alegro mucho! ¿Cuál? Si puede saberse.

—Le he alquilado la casa de invitados de la señora Parker —informó Tom orgulloso.

—¡Eso es genial!

—¿De verdad? No conozco a la señora Parker, solo la vi una vez, pero me pareció una mujer muy agradable.

—Lo es. Es viuda y nunca tuvo hijos. Tampoco tiene hermanos ni, por lo tanto, sobrinos. Al menos, que nosotros sepamos. Es la peluquera oficial de Variety Lake y creo que, en definitiva, es la abuela de todos. A mí me ha ayudado mucho con Ethan cuando la he necesitado.

—Entonces ¿crees que será una buena casera?

—Estoy segura.

Duncan y Meadow siguieron hablando de la casa que acababa de alquilar y de dónde podía comprar las cosas que le faltaban, como sábanas, toallas o una televisión. También hablaron de Ethan y de la semana de castigo que había pasado. Aunque se habían visto y habían hablado, no habían podido hacerlo tranquilamente, y Duncan quería contarle que, aunque los dos primeros días Ethan había estado enfadado con el mundo y le costaba hasta levantar un lápiz, el resto de los días lo había visto más motivado. Incluso, al terminar la hora de castigo, él le enseñaba algún experimento de los que al chico tanto le gustaban. A la semana siguiente ya había estado mucho más centrado y participativo en clase. Meadow también lo había notado en casa, sobre todo en que ya no había tantos gruñidos a la hora de contestar y en que se habían acabado los votos de silencio.

Duncan y Meadow siguieron hablando durante horas. A Meadow se le olvidó que tenía que pasar por el banco y a Duncan que, si quería dormir ya esa noche en su nueva casa, necesitaba, como mínimo, una sábana. Y a ambos se les pasó por alto que, en un momento dado, el chico moreno vestido con traje de chaqueta que había estado compartiendo mesa con ellos se había levantado y se había marchado del local para ir a enseñar más casas.

Y es que los dos habían decidido, sin necesidad de palabras, hacerse amigos. Pero no eran unos amigos al uso. Ya se habían probado, ya se habían tocado y ya se habían visto medio desnudos. Soñaban el uno con el otro y se miraban de reojo cuando creían que nadie se daba cuenta.

Pero, bueno, eran amigos, y era mejor eso que nada.

24

A Duncan la vida le sonreía, o eso pensaba él: se había amoldado muy bien al pueblo y había hecho amigos. No es que fuese un tío sin recursos y solitario, pero estaba bien poder salir a tomar una cerveza con Tom y Liam y no solo con su primo y su pareja.

También había decidido quitarse el palo que llevaba metido en el culo desde que había llegado (según su primo) y había salido a disfrutar, y tenía que reconocer que Variety Lake no era solo un pequeño pueblo perdido de Estados Unidos; Variety Lake era vida, tranquilidad, diversión y muchas cosas más. Echaba de menos su amado Chicago, eso no lo podía negar, pero ya no sentía esa necesidad de montarse en el coche y salir huyendo. Y cuando hablaba con su familia o con sus amigos de allí, lo hacía con una sonrisa.

Además, ya tenía casa. No era el palacio de Buckingham, ni siquiera se parecía a su apartamento de Chicago, pero para él solo estaba fenomenal. Su casera había resultado ser una mujer increíble que había decidido acogerlo bajo su ala y que lo atiborraba de dulces y comida casera siempre que podía, algo de lo que Duncan no pensaba quejarse. Pero lo mejor de todo era que ya no tenía que soportar los dolores de espalda por dormir en aquel sofá del infierno que tenían Cam y Timmy en su casa.

Cerró la nevera después de coger una cerveza y se dirigió a su nuevo sofá. Se sentó en él, apoyó la cabeza en el reposacabezas y suspiró cerrando los ojos. Los niños lo habían agotado. El profesor de Educación física llevaba una semana de baja y se había ocupado él de sustituirlo. Al principio le había parecido buena idea. Cinco días después, no estaba tan seguro.

El móvil sonó con la llegada de un nuevo mensaje. Duncan dejó la lata de cerveza sobre la mesita de centro y pegó un salto, poniéndose de pie. Siguió el sonido hasta su dormitorio, donde había dejado el teléfono al llegar, con el corazón latiéndole un poco más rápido de lo normal y una sonrisa bastante idiota en el rostro. Y es que se había terminado acoplando muy bien al pueblo, en parte porque sus habitantes, capitaneados por el novio de su primo, se lo estaban poniendo muy fácil, así como sus alumnos, con los que había congeniado muy bien; pero, sobre todo, por cierta pelirroja que lo estaba volviendo loco.

En el sentido más literal de la palabra.

Meadow había pasado a ocupar el cien por cien de sus pensamientos, sobre todo cuando estaba en clase, donde cada vez que echaba un vistazo a su mesa, se la imaginaba allí, entre sus brazos, jadeando y mordiéndose el labio para no gritar mientras se deshacía entre sus dedos. Duncan lo llevaba un poco mal, porque eso hacía que se empalmara y no podía olvidarse de que era profesor y de que pasaba muchas horas al día encerrado en aquella aula, con decenas de ojos inocentes observándolo, unos de los cuales, además, le recordaban demasiado a los de ella porque eran idénticos. Estaba jodido; así que se quedaba sentado en la silla y se limitaba a dar la clase desde allí, respirando hondo cada pocos minutos; pero también estaba feliz porque había dado un paso adelante con Meadow y, aunque eran solo amigos y él se conformaba con ello, por lo menos ya no lo rechazaba ni se dedicaba a ignorarlo cuando lo veía, lo cual, para su alegría, era bastante habitual.

Seguía sin saber qué narices le pasaba con ella, porque nunca había estado así por nadie, así que no podía ponerle nombre. Jamás había soñado tantas veces con la misma mujer (incluso despierto); ni se había quedado embobado mirándola, pensando en las ganas que tenía de soltarle el pelo y enredar sus dedos en él; ni se había quedado sentado en el sofá de su casa pendiente del móvil, para ver si le escribía algún mensaje.

Así que, cuando cogió el móvil y vio que había recibido un mensaje suyo, el cansancio desapareció de su cuerpo y la sonrisa de idiota cambió a una de adolescente en plena edad del pavo.

25

Meadow:
Tengo Coca-Cola por todo el techo de la cocina, profesor

Profesor buenorro:
De verdad? Le dije que lo hiciera en el jardín

Meadow:
Pues esa parte se la ha saltado. Me puedes decir
cómo quito yo ahora estas manchas?

Profesor buenorro:
Venga, pelirroja, no te enfades. Todos los niños tienen
que hacer el experimento de mezclar Mentos con Coca-Cola
alguna vez en su vida

Meadow:
La próxima vez le diré que se vaya a tu casa
y experimente en tu cocina

~~~~~~~~

Meadow:
No sabrás nada de un bote blanco de pintura que
ha aparecido en la puerta de mi casa, verdad?

Profesor buenorro:
No tengo ni idea de lo que me estás hablando

Meadow:
No tenías que hacerlo, pero gracias. A ver si consigo
engañar a mi hermano para que venga a pintarme
el techo este fin de semana

Profesor buenorro:
Siempre puedes pedírselo a cierto profesor cachas al que
le han dicho que sin camiseta gana muchos puntos.
Te llevarías un dos por uno. Te pintaría el techo gratis y,
encima, te alegraría la vista

Meadow:
Para alegrarme la vista, me basto con los recuerdos

~~~~~~~~

Meadow:
"Para alegrarme la vista, me basto con los recuerdos".
Cómo narices se me ocurre decir una cosa así?

Buffy:
Porque el subconsciente traiciona

Zoe:
Porque, a veces, los recuerdos ya no son suficientes

Meadow:
Me estoy muriendo de la vergüenza

Aiko:
Qué ha contestado él?

Meadow:
No lo sé. He salido corriendo de la conversación
y me he puesto a hablar con vosotras

Buffy:
Y a qué esperas? Seguro que ya está en la puerta de tu casa
con la brocha en la mano y sin camiseta

Aiko:
La brocha la lleva siempre encima

Zoe:
Hostia! Esa Aiko cómo mola, se merece una ola!

Buffy:
Cuando Aiko se suelta la melena y se desinhibe,
me pone de un tonto que no veas

Zoe:
A ti te pone tonta hasta el palo de la escoba

Buffy:
El palo de la escoba no sé, pero que necesito un buen palo,
de eso puedes estar segura

                                          Meadow:
                          Podemos volver a mi problema? Gracias.

                                          Meadow:
                                          Qué hago?

Zoe:
Pues llamarlo y decirle que te pinte el techo y te proporcione
recuerdos nuevos

Buffy:
Ponte un salto de cama y envíale una foto

Aiko:
Voto por lo de Buffy

Buffy:
En serio, Aiko, hoy sueño contigo

~~~~~~~

Duncan:

Vale, no te he escrito todavía no porque sea un antipático
ni te quiera hacer sentir incómoda, sino porque me has puesto
tan nervioso que no sé ni qué contestar, y te puedo asegurar
que yo nunca me pongo nervioso

Duncan:

Como no sé si lo has dicho con doble intención
o se te ha escapado sin más y no quiero volver a la
casilla de salida contigo, voy a hacer como que
no has dicho nada y punto.
Pero que sepas que voy a releer ese mensaje por lo menos
cien veces antes de irme a dormir esta noche.
Y probablemente mañana. Y pasado. Y, no sé, siempre que
tenga un momento. Para recordar. Porque a mí, pelirroja,
recordar lo bueno se me da fenomenal

~~~~~~~~

Meadow:

No puede ser que te pida que me recomiendes
una serie y me digas Perdidos

Profesor buenorro:

Por qué? Es la mejor serie del mundo

Meadow:

Te dejo un momento, vale? Creo que voy a vomitar

Profesor buenorro:

Ya sé de dónde ha sacado Ethan su vena dramática

Meadow:

Perdidos? En serio? Te doy otra oportunidad

Profesor buenorro:

Lo siento, pero insisto. Ese accidente, esa isla, esa intriga, esos personajes… Cada episodio te dejaba con ganas de más. Cuando una serie hace que la analices tanto, que la comentes tanto, que pienses tanto en ella, es porque es buena

Meadow:

Cuando una serie hace que te den ganas de volarte los sesos y te preguntes cuántos cubatas se estaban bebiendo los guionistas cuando la escribieron, es porque es mala de narices

Profesor buenorro:

Creo que ha llegado la hora de cambiar de tema

~~~~~~~~~

Buffy:

Creo que me tiemblan las piernas y ni siquiera me está mirando a mí

Zoe:

Está tan bueno que le perdonamos que baile como un chimpancé. De verdad, pequeña Meadow, no tengo ni idea de por qué aún no te has lanzado a por él

Meadow:

Somos solo amigos

Zoe:

Y mis padres son normales

Aiko:

No he podido evitarlo, Zoe, pero me he partido de risa. Pobres señores Miller, si te oyesen…

Zoe:

Si es por eso, tranquila. Ya les he dicho a la cara que están como cabras

Aiko:

Bueno, contadme, qué está pasando?

Buffy:

Pues eso. Que el profesor buenorro no le ha quitado los ojos de encima a nuestra pequeña desde que ha cruzado la puerta del pub. Y, a pesar de que tiene el ritmo en el culo, el chico se ha metido un baile con la pelirroja que yo creo que ha desintegrado más bragas en un segundo que Brad Pitt en Leyendas de pasión

Zoe:

Las mías ya te digo yo que sí

Meadow:

Sois unas cerdas. Aiko, cielo, cómo te encuentras?

Aiko:

Como si me hubiese pasado por encima un tractor

Buffy:

Eso es de esnifar tanta harina

Meadow:

Qué tendrá que ver la harina con un constipado?

Buffy:

Algo, seguro, porque lo de esta chica no es ni medio normal. He llegado a pensar que duerme abrazada a un paquete

Zoe:

Hablando de paquetes... Soy la única que se ha fijado?

Buffy:

A mí casi me saca un ojo. Pero la que mejor puede opinar es aquí nuestra amiga, que lo ha catado. Es tan grande como parece?

Meadow:

Me voy a por otra copa que esta conversación ya
ha comenzado a degenerar. Aiko, cielo, cuídate. Mañana me
paso y te llevo sopa. Vosotras dos, haced el favor de salir de
una puñetera vez del cuarto de baño y venid aquí

~~~~~~~~

Matthew:

Me acaban de llamar de un despacho de abogados por una
solicitud de divorcio. En serio, Meadow?

Meadow:

Matthew… No sé por qué te sorprende.
Ya te lo dije, y varias veces

Matthew:

Y quedamos que lo hablaríamos

Meadow:

Eso no es cierto. No hay nada más que hablar.
Por qué no quieres entenderlo?

Matthew:

Porque somos una familia, Meadow, y las familias
no se rompen de la noche a la mañana

Meadow:

Volver a lo mismo me parece absurdo. Si quieres algo,
puedes llamar a mi abogado

Matthew:

Ahora hablamos con abogados de por medio? Esto tiene
que ser una puta broma. Mañana hablamos

Meadow:

Mañana no hablamos. Es el cumpleaños de tu hijo
y no pienso permitir que nada se lo estropee, y menos aún
que vea a sus padres discutiendo

Matthew:
Pues me acerco ahora

Meadow:
Matthew, no. Es lo que hay. Tienes dos opciones:
entenderlo o no, pero el resultado será el mismo

Matthew:
Me estás prohibiendo ir a mi propia casa?

Meadow:
Mañana nos vemos. Ni se te ocurra venir por aquí,
porque no pienso abrirte la puerta

Matthew:
Es por ese profesor de los cojones, verdad? Qué pasa con él?
Algo vi el día de la reunión, y también el otro día en el festival

Matthew:
Meadow. Meadow, ¡joder! Somos una familia, nena.
Tú y yo. Nosotros

Matthew:
Meadow…

Matthew:
Perdona, princesa, es que no soporto esta situación. Os echo
de menos. Muchísimo

Matthew:
Meadow?

~~~~~~

Duncan:
No te enfades

Pelirroja:
Tarde

Duncan:
Por qué? Qué poca fe

Pelirroja:
Porque eso es lo que siempre me dice Ethan cuando
me va a contar algo y sabe que me voy a enfadar

Duncan:
Me estás comparando con un niño de nueve años?
Por cierto, cómo se lo pasó ayer en el cumpleaños?
En clase estaba emocionado, pero no lo quería admitir

Pelirroja:
Tiene que aparentar ser un tipo duro

Duncan:
Sobre todo si está delante de la chica que le gusta

Pelirroja:
A Ethan le gusta una chica?

Duncan:
No

Pelirroja:
Mentiroso! Me lo acabas de decir!

Duncan:
Me acojo a la quinta enmienda

Pelirroja:
Ya volveremos a eso más tarde. No cambies de tema. Por qué
me voy a enfadar?

Duncan:
Ahora no te lo quiero decir

Pelirroja:
Hemos vuelto al instituto?

Duncan:
Eso me pregunto yo desde que puse un pie en este pueblo.
Crees que será el agua del lago? Porque me pasan cosas
que nunca creí posibles

Pelirroja:
En ocasiones ves muertos?

Duncan:
Ojalá. A veces sueño despierto con pelirrojas

~~~~~~~~

Meadow:
No me puedo creer que seas tan melodramático

Profesor buenorro:
Es que aún estoy en shock

Meadow:
Sabes que estamos hablando de una película, ¿verdad?
Que no es real…

Profesor buenorro:
No estamos hablando de una película. Jungla de cristal
es LA PELÍCULA. Lo pongo en mayúsculas para que veas
la importancia que tiene

Meadow:
Siento mucho que no me guste ver a un puñado de tíos
dándose golpes. No le encuentro la gracia…

Profesor buenorro:
Voy a pasar tu sarcasmo por alto, porque tus palabras podrían
significar el final de nuestra amistad

Meadow:
Que sepas que no puedo parar de reírme.
Eres peor que Ethan cuando se enfada porque
no he visto ninguna película de Los Vengadores

Profesor buenorro:
NO HAS VISTO NINGUNA PELÍCULA DE LOS VENGADORES?

Meadow:
Vaya, hay muchas mayúsculas, entiendo que es grave la cosa

Meadow:
Duncan?

Profesor buenorro:
Duncan está apagado o fuera de cobertura en este momento.
Si lo desea, puede dejar un mensaje después de oír la señal.
Piiii

~~~~~~~

Duncan:
Sigo pensando que hubiese sido mejor idea pagarle a alguien

Pelirroja:
Y entonces cómo ibas a aprender?

Duncan:
Pero yo no quiero aprender. Me apaño con lo que se me
da bien. Si yo vivo solo, pelirroja. Para qué quiero saber yo
hacer un pollo relleno de ciruelas y pasas?

Pelirroja:
Para sorprender a tus invitados

Duncan:
Timmy y Cam no son invitados. Los veo a diario.
Se han autoinvitado a mi casa porque me echan de menos
y porque son un coñazo

Pelirroja:
Y por qué me has dicho que querías cocinarles algo especial?

Duncan:
La verdad? Porque me moría por hablar contigo y no se me
ocurría qué decirte. Acabábamos de estar juntos en el Suki's
Coffee y me parecía absurdo entablar una conversación sin
más. Se me ocurrió preguntarte si sabías hacer pollo relleno
porque acababa de ver un anuncio con esa receta

Pelirroja:
Creo que eres adorable

Duncan:
Adorable como un osito de peluche?

Pelirroja:
Adorable como si la próxima vez que cocines para alguien,
lo haces para mí. Y que nunca me había molestado tanto
la presencia de mi hermano y de mi cuñada hasta esta tarde,
cuando has entrado en la cafetería y no hemos podido
estar solos

~~~~~~

Meadow:
Aiko, creo que me he venido muy arriba

Aiko:
Qué has hecho?

Meadow:
He coqueteado tanto con Duncan que me tiemblan las manos

Aiko:
Porque te arrepientes?

Meadow:
Porque creo que estoy cansada de estar
en la zona de solo amigos

Aiko:
Y me estás contando esto solo a mí y no en el grupo porque...

Meadow:
Porque las otras dos me dirán que me lance de cabeza,
sin pensar y sin paracaídas de seguridad, y yo espero que tú
me des algo más de cordura

Aiko:
Lánzate de cabeza, sin pensar y sin paracaídas de seguridad

Meadow:
No puedes hacerme esto, Aiko

Aiko:
Solo le doy voz a tus pensamientos

Meadow:
Unos pensamientos que no pueden ser

Aiko:
A lo mejor, cuanto más te lo repitas, más te lo crees

Meadow:
Sabes? Tienes razón. Lo voy a hacer

~~~~~~

Duncan:
Entonces, cuánto tiempo tengo que dejar el pollo en el horno?

Pelirroja:
Si de verdad quieres seguir hablando de la receta, podemos
hacerlo... o podemos hablar de lo que te acabo de decir

Duncan:

Meadow, me importa una mierda la receta. Por mí, como si
Timmy y Cam comen alfalfa. Quieres que te diga que me
pareces increíblemente preciosa y que me pican las yemas de
los dedos cada vez que te veo y no te puedo tocar? Que hoy
he tenido un día de mierda y que solo se ha arreglado cuando
he entrado en esa cafetería y te he visto allí sentada?
Que busco en internet ideas para entablar conversaciones por
WhatsApp con la chica que te gusta? Dime si quieres que te
diga todo eso o si quieres que vuelva al puto pollo con ciruelas

Pelirroja:

Quiero que me digas que los recuerdos se te han quedado
pequeños y que quieres crear unos nuevos

Duncan:

A mí se me quedaron pequeños desde que no puedo
acercarme a ti como el cuerpo me pide que haga

26

A Meadow le temblaban las manos tras leer el último mensaje de Duncan. Sabía que había sido ella la que había empezado el tonteo, pero eso no quería decir que no se pusiese nerviosa al leer, por quinta vez, sus palabras.

Se recostó sobre la cama con el móvil descansando sobre el vientre y se mordió el labio mientras sonreía.

Era una locura y era complicado. Eran dos cosas que no había dejado de repetirse desde la noche de su cumpleaños, pero, aun así, no lo podía evitar. No tenía ni idea de qué hacer, pero lo que sí sabía era que las mariposas que sentía en el estómago cuando lo veía o cuando recibía algún mensaje suyo no eran normales.

Ante el miedo de volverse loca si seguía pensando en él, se levantó de la cama y salió de la habitación. Se acercó a la de Ethan y abrió la puerta con cuidado. La luz estaba encendida, aunque el pequeño dormía profundamente sobre la cama, con su cuaderno en la mano. Meadow se acercó con sigilo hasta él, se lo cogió y lo dejó con cuidado sobre la mesilla. Después, le quitó las zapatillas de deporte y lo tapó con cuidado con la sábana. Se puso en cuclillas junto a la cama y le apartó un mechón rubio de la frente.

No pudo evitar pensar en Matthew, algo que haría siempre que mirase a su hijo, porque eran como dos gotas de agua, y cerró los ojos. Las cosas entre los dos estaban peor que nunca y a ella lo único que le preocupaba era la persona que ahora mismo descansaba frente a sus ojos. Por todos era sabido que a Matthew no le había gustado recibir la llamada del abogado de Meadow, por mucho que ella lo hubiese puesto sobre aviso en repetidas ocasiones, y temía que lo que esperaba que fuese algo tranquilo y sin incidentes se acabase convirtiendo en algo tormentoso y feo. Lo único que quería era que todo fuese lo más normal posible, por Ethan.

El pitido del móvil la sacó de su ensoñación; había recibido un mensaje. Se levantó, le dio un beso a su hijo en la frente y abandonó la habitación cerrando la puerta a su espalda. Anduvo todo lo rápido que pudo hasta su cuarto, nerviosa solo de pensar que fuese un mensaje de Duncan.

Se sentía como cuando tenía quince años y forraba las carpetas del colegio con las fotos de Leonardo DiCaprio, solo que en esos momentos cambiaría las fotos del protagonista de *Titanic* por las del profesor buenorro, tal y como lo había apodado Buffy y como le había hecho guardar su número en el móvil.

Un pequeño chillido se le quedó atascado en la garganta cuando comprobó que, efectivamente, era él. Un chillido que pronto se convirtió en jadeo cuando leyó el mensaje.

Profesor buenorro:
La gente dice que hay distintas clases de besos; están los dulces, los salvajes y los provocativos. También los prohibidos, los peligrosos y los impulsivos. Para mí, los mejores son los besos inesperados, saben mejor que ningún otro.

Profesor buenorro:

También dicen que las mejores locuras son las que se hacen
sin pensar, porque son más apasionadas, y tengo que darle
la razón a quien sea que haya dicho eso, porque mi mejor beso
fue uno inesperado y mi mejor momento, una auténtica locura.
Y como no quiero renunciar a ninguna de esas dos cosas,
he decidido ser impulsivo una vez más y he salido corriendo
de casa, dispuesto a enseñarte lo pequeños que se me
han quedado esos recuerdos

Meadow tuvo que sentarse en la cama. Las piernas
habían comenzado a fallarle y no sabía si terminarían
cediendo y dejándola caer al suelo. Se llevó una mano a la
boca y se la tapó por miedo a ponerse a chillar y despertar
a Ethan.

Un nuevo mensaje apareció en pantalla; esta vez consiguió robarle una sonrisa.

Profesor buenorro:

Estoy parado frente a tu puerta, Meadow, y tengo que confesar
que estoy muerto de miedo porque ahora mismo no sé si
lo que he hecho es de valientes o de idiotas, pero solo quiero
que sepas que lo he hecho sin pensar, porque las ganas de
verte han podido más que la razón. Si quieres que me vaya
ni siquiera hace falta que me lo digas; si en cinco minutos
no bajas, doy media vuelta y me marcho. Pero si crees en
las locuras tanto como yo y también te mueres por verme,
estoy aquí, esperándote

Profesor buenorro:

Te iba a decir que con los brazos abiertos. Sé que es cursi
y bastante cutre para un tío de mi edad, pero es que en las
últimas semanas me he vuelto cursi y cutre, y creo que me
gusta esta sensación. Tú decides, Meadow. Bajas?

Meadow sabía que tendría que habérselo pensado un poco. Valorar los pros y los contras de aquella locura. Pero la verdad fue que, cuando quiso darse cuenta, estaba corriendo escaleras abajo. Llegó a la puerta principal casi sin aliento y eso no mejoró cuando lo vio.

Duncan caminaba nervioso de un lado a otro, con el móvil en la mano y la vista fija en la pantalla, con el corazón retumbándole en los oídos y el pelo despeinado por la cantidad de veces que se había pasado la mano por él. Se quedó quieto y retuvo el aire en los pulmones cuando escuchó la puerta abrirse. Una parte de él tenía miedo de haberse pasado al ir hasta allí; como le había dicho a Meadow, no había sido más que un impulso. Al leer su mensaje de los recuerdos, había salido corriendo de casa, como si se hubiese declarado un incendio y ella fuese la única persona capaz de apagarlo. Y puede que así fuera. Duncan sentía su cuerpo arder, y solo Meadow podía sofocarlo.

Tragó saliva y levantó la cabeza. Meadow estaba parada bajo el marco de la puerta, descalza. Llevaba el pijama puesto, una coleta deshecha y tenía ojeras, pero a él volvió a parecerle un sueño hecho realidad. Si él fuera el espejo mágico de Blancanieves y le preguntasen quién era la mujer más bella del reino, no tendría ninguna duda de qué responder. Esa persona era ella. Solo ella.

Dio un paso hacia delante, inseguro. Había corrido hasta allí con un propósito, pero en esos momentos se le había olvidado cuál era.

Meadow no estaba mucho mejor que él. La sangre le corría tan rápido por el cuerpo que ni siquiera sentía el frío de noviembre en sus pies descalzos. Todos sus sentidos estaban fijos en él: en sus ojos, en su pelo despeinado y en su nuez, que subía y bajaba, y que era hipnótica para ella.

Lo vio dar un paso al frente, inseguro, y eso fue todo lo que Meadow necesitó para cerrar la puerta a su espalda y acortar la distancia que los separaba. No sabía si había bajado los escalones de uno en uno o si había saltado, pero en un abrir y cerrar de ojos había pasado de estar parada bajo el marco de la puerta a acurrucarse en los brazos de Duncan, él sujetándola por la cintura, ella abrazándolo por el cuello.

Los recuerdos, esos recuerdos que ella le había dicho minutos antes que se le habían quedado pequeños, empezaron a hacerse más y más grandes. Cuanto más probaba los labios de Duncan, más nítidos eran.

Duncan le había hablado de las distintas clases de besos y, para ella, el que se estaban dando era, desde luego, apasionado, salvaje y hambriento. Porque eso era lo que parecían: dos personas hambrientas la una de la otra que llevaban demasiado tiempo buscándose, tentándose, y que por fin se habían encontrado.

«Complicado». Esa era la palabra que se había estado repitiendo Meadow sin cesar desde la noche de su cumpleaños. En esos momentos, ni siquiera sabía qué significaba.

Duncan la instó a que rodeara con las piernas su cintura y así poder sujetarla mejor. Hasta que no había vuelto a probar sus labios, ni siquiera se había dado cuenta de cuánto los había echado de menos. Él. Él había echado de menos una boca, unos jadeos y una piel. Estaba loco, no había ninguna duda, pero bendita locura la suya.

—Te juro que no tenía pensado que pasara esto —dijo Duncan cuando se separaron para coger aire, algo que él no necesitaba, pues podía respirar del aire que le daba ella.

Cargado con ella en brazos, comenzó a subir las escaleras. Le pidió permiso con los ojos para abrir la puerta. Ella vaciló un segundo y al final asintió.

—Sigue recto —susurró sobre sus labios antes de volver a besarlos.

Duncan iba a ciegas, en todos los sentidos. Tenía miedo de hacer ruido y despertar a Ethan. Era lo último que necesitaban; si eso ocurría, podía perder a Meadow, pero estaba tan ofuscado por el deseo que ella le provocaba que le era difícil ver más allá.

No sabía en qué estancia de la casa estaba, pero le pareció ver una mesa y allí se dirigió. Dejó a Meadow sobre la superficie y se obligó, a regañadientes, a apartarse, no sin antes asegurarse de que Meadow no quitase las piernas de su cintura.

La habitación estaba a oscuras, y la única luz que entraba era la que proyectaba la luna. Con el dedo índice le apartó un mechón de pelo que se le había salido de la coleta, se lo recogió tras la oreja y le recorrió la cara, comenzando en la frente y terminando sobre los labios.

Duncan quería volver a besarlos. De hecho, quería hacer tantas cosas con ellos que se sentía hasta mareado, pero tampoco podía dejar de mirarla. Era como si quisiera estudiarla para ver si era real.

—Te juro que no tenía pensado que pasara esto —repitió, porque sintió la necesidad de que a ella le quedara claro.

Meadow torció los labios, sonriendo, y ladeó la cabeza.

—¿Se arrepiente de haberme besado, señor Taylor? —Duncan no tenía ni idea de si le había excitado más oírla susurrar de esa manera, su mirada pícara o que le llamara «señor Taylor».

Se inclinó hasta su cuello, y pasó la nariz por él.

—Si alguna vez me arrepiento de haberte besado, te pido por favor que llames al médico, porque eso significa que me estoy muriendo.

Meadow se rio. Se llevó la mano a la boca y se tapó los labios con ella. No podía hacer ruido.

Duncan le dejó un casto beso en los labios y se apartó.

—Eres preciosa, pelirroja.

Meadow se mordió el interior de la mejilla y se ruborizó hasta las orejas.

—Tú tampoco estás nada mal, profesor.

Duncan echó la cabeza hacia atrás y no pudo evitar la risa que escapó de entre sus dientes. No sabía si le gustaba más que le llamase «señor Taylor» o «profesor».

Estaba enfermo, fin del comunicado.

Pasó las manos por la cintura de Meadow y se permitió acariciar con el pulgar la suave piel que quedaba expuesta.

—¿Te he dicho alguna vez que tienes una piel que incita al pecado?

Meadow intentó esconder la cara en el pecho de Duncan, pero este no se lo permitió. Colocó un dedo bajo su barbilla y le alzó la cabeza. Se inclinó hacia delante y, sin apartar los ojos de los suyos, volvió a besarla.

Meadow se rindió a él.

En realidad, llevaba rendida a él desde que había leído el mensaje en el que le decía que estaba en la puerta de su casa.

—¿Sabes? Creo que deberíamos dejar de mirarnos así —le susurró Duncan en el oído justo antes de colar la mano por el bajo del pantalón y tocarle entre las piernas.

Meadow fue a contestar, pero no pudo. Acercó la boca a su hombro y mordió con ganas. La entrepierna de Duncan cobró más vida todavía. La tenía tan dura que no sabía cómo no le había traspasado ya los pantalones.

—¿Te acuestas con alguien más? —Meadow sabía que la pregunta era del todo inapropiada. Ni siquiera tenía pensado hacérsela. Pero una vez formulada, ya no podía volver atrás.

Duncan dejó de tocarla y se apartó un poco para mirarla. Meadow tenía los labios rojos e hinchados, las mejillas coloradas y el pelo hecho un desastre. Pero lo que más le llamó la atención fueron sus ojos, porque además de deseo, pudo ver algo de miedo en ellos. Miedo e inseguridad.

Acunó el rostro de ella entre sus manos y la obligó a mirarlo; quería que escuchara sus palabras, pero también que leyera sus ojos.

—Con la única persona con la que me he acostado desde que llegué aquí es contigo.

—Sé que no tengo ningún derecho a preguntártelo, pero...

—Meadow, mírame bien. —Ella lo hizo. Ni siquiera parpadeaba. Duncan besó sus labios y sonrió—. Con la única persona con la que me he acostado desde que llegué aquí es contigo.

Meadow soltó el aire que ni siquiera se había dado cuenta de haber estado reteniendo. Le creyó. No sabía por qué, pero confiaba en Duncan como lo hacía en pocas personas.

—Yo tampoco. Yo tampoco me he acostado con nadie desde la noche de mi cumpleaños. Contigo.

Duncan sintió que el pecho se le abría. Se moría por seguir besándola, tocándola y... mil cosas más. Pero lo que hizo fue abrazarla. La atrajo hacia su cuerpo y la estrechó con fuerza. Meadow oía el pum pum de su corazón latiendo con fuerza y sonrió al darse cuenta de que el suyo no era el único.

—Sal conmigo —le escuchó decir de repente. Por un segundo, creyó haber oído mal, pero entonces Duncan le acarició la nuca y le repitió la frase—: Sal conmigo, pelirroja. Concédeme una cita.

Cita. Meadow jamás había tenido una cita. No una

como las que salen en las películas en las que el chico va a buscar a la chica a casa, le regala flores y la lleva a cenar a un restaurante. Tenía muchas ganas de tener una, pero, sobre todo, tenía muchas ganas de tenerla con aquel chico que la miraba entre expectante y nervioso.

Asintió y se aupó para rozarle los labios.

—Me encantaría tener una cita con usted, señor Taylor.

Duncan volvió a adueñarse de sus labios y Meadow volvió a adueñarse de su cuerpo. Estuvieron un buen rato besándose, tocándose y sintiéndose.

Esta vez lo hicieron tranquilos, sin prisas y, sobre todo, sin huidas.

27

Quedaban apenas unos días para Acción de Gracias y era la primera vez, desde hacía años, que lo pasaría sin ellos. Estaba de mal humor, y eso se notaba en el trabajo y también se daría cuenta cualquiera que se acercase a hablar con él. Llevaba así desde la noche lluviosa en la que Meadow lo había echado de casa, pero había disimulado porque estaba seguro de que le dejaría volver. Ellos eran su hogar, su lugar seguro. Además, su hijo estaba de su parte, y eso tenía que contar para algo.

Pero cuando recibió la llamada de aquel abogado tocapelotas, su certeza se vino abajo como un castillo de naipes. Tampoco ayudaba nada ver cómo ella miraba a ese nuevo profesor que había llegado para una simple sustitución y que le estaba quitando lo que era suyo. Porque Ethan y Meadow eran suyos. Llevaba siendo así desde hacía casi diez años, y nadie de fuera iba a llegar y quitárselos.

Cerró el armario de un portazo. Unas manos suaves y delicadas le rodearon la cintura. No tardó en sentir también unos labios rozándole el cuello.

—No te he oído levantarte —le dijo una voz adormilada.

—No quería despertarte —contestó. Sabía que había sonado un poco más rudo de lo normal, pero no lo soportaba, y cuando él se enfadaba no lo podía ocultar.

A su compañera no pareció molestarle el tono, o a lo mejor es que lo conocía demasiado bien y ya sabía cómo era. Alargó el brazo para quitarle el vaso de las manos y lo dejó sobre la mesa. Rodeó su cuerpo y lo apartó hasta quedar entre él y la encimera de la cocina.

Ambos estaban desnudos. Piel con piel.

Le pasó un dedo por el rostro y lo acarició, deteniéndose en el entrecejo, donde se le habían formado unas arrugas.

—¿Aún sigues pensando en ello?

Por un segundo, Matthew se sintió culpable al detectar preocupación en el tono de voz de la mujer. Sabía que era un cerdo por pensar en sus problemas con ella desnuda entre sus brazos, pero no lo podía evitar. De todas formas, ella sabía lo que había y, aun así, lo aceptaba.

Apoyó las manos en la encimera y apretó tan fuerte que los nudillos se le pusieron blancos.

—Me ha vuelto a llamar el abogado. Tengo que ir el miércoles que viene a firmar los papeles.

—¿Y ya tienes abogado? —La mirada que Matthew le echó hubiera sido capaz de congelar el desierto.

—No pienso llamar a nadie porque no voy a firmar esos malditos papeles.

Había empezado a elevar la voz, de modo que se obligó a coger aire y a apretar la mandíbula. Ella le puso la palma de la mano con suavidad en la mejilla y lo obligó a mirarla con aquellos ojos por los que llevaba suspirando ni sabía cuánto tiempo. Unos ojos que la miraban a ella, pero que no la veían porque estaba pensando en otra mujer.

Si hubiera tenido un poco de respeto por ella misma, habría dado media vuelta y habría salido corriendo de esa casa para ir a refugiarse en la suya, con su marido y su hijo, pero algo le impedía hacerlo. Algo llamado amor.

Acercó su rostro al de él y le acarició con la punta de la nariz el cuello y las mejillas. Le dio un casto beso en los labios y le rodeó la cintura con las piernas, atrayéndolo hacia ella. Matthew no tardó en rendirse; se soltó de la encimera y le clavó las yemas de los dedos en la cintura.

—¿Y no crees que es hora de seguir adelante? —le preguntó ella con cautela mientras lo exploraba. Le mordió la mandíbula y después le pasó la punta de la lengua por ella—. Hace más de medio año que te fuiste de esa casa y parece que Meadow no tiene intención de dejarte volver.

Las palabras, aunque sabía que certeras, quemaban a Matthew en lo más hondo de su alma. Le abrió las piernas a su compañera todo lo que pudo y, mirándola a los ojos, se introdujo en ella de un solo golpe. Ambos jadearon a la vez de la impresión.

—Joder… —susurró ella con la boca abierta, los ojos cerrados y la cabeza echada hacia atrás.

Matthew comenzó a moverse. Ya lo habían hecho lento antes, esa misma mañana, cuando ella había ido a verlo después de dejar a su hijo en el colegio. Pero ahora a él el cuerpo le pedía hacerlo rápido, con ganas. Y ella parecía pedirle lo mismo, porque le arañó la espalda y le tiró tan fuerte del pelo que no le habría extrañado que se hubiera quedado con un mechón en la mano.

—Es mi mujer y no pienso renunciar a ella —le susurró al oído justo antes de morderle el lóbulo.

A ella empezaron a picarle los ojos, no lo podía evitar. Le sucedía cada vez que él se refería a Meadow como «su mujer».

—¿Y qué…? —Respiró hondo y cogió fuerzas para hacerle la pregunta—. ¿Y qué pasa con nosotros?

Matthew paró un segundo, acunó su rostro con las manos y la miró a los ojos.

—Esto terminará cuando vuelva con ella. Lo entiendes, ¿verdad? Es lo que hablamos.

Ella intentó apartar la mirada, pero Matthew no se lo permitió. Le acarició las mejillas con los pulgares, limpiándole las lágrimas que, inevitablemente, habían comenzado a correr por ellas. Se inclinó hacia delante y le besó los párpados cerrados. Le partía el alma verla llorar. Ella no lloraba. Jamás. Y que lo hiciese por él le dolía. Había sido su amiga, su compañera, desde que eran apenas unos críos, y la quería. A su modo, pero la quería. Pero no estaba enamorado de ella, y ella lo sabía.

—Wendy, mírame. Por favor. —Wendy quería hacer de todo menos mirarlo, pero la súplica en su voz no le dejó alternativa. Abrió los ojos y se perdió en él. En su sonrisa ladeada y en su mirada comprensiva—. Siempre serás mi chica especial, pero tengo que estar con Meadow, es mi mujer. Y tú tienes a Luke. Ya lo habíamos hablado. No me lo pongas más difícil, por favor.

Wendy sentía una bola del tamaño de una pelota de tenis atascada en la garganta. Tragó con fuerza y asintió. Hacer otra cosa era inútil.

Él volvió a besarla y comenzó a moverse de nuevo. La abrazó y enredó los dedos en su pelo.

—¿Quieres que me vaya? —le preguntó, serio—. Si quieres que esto termine dímelo, Wendy, y me iré. Sin reproches, sin malas caras, sin nada. Volveremos a ser nosotros, tú y yo, y todo estará bien.

Para Wendy ya nada estaría bien. Lo había probado, lo había tenido entre sus brazos, y le sería imposible olvidar eso.

Negó con la cabeza, bajó las manos hasta sus glúteos y lo empujó, encajándolo más todavía.

Ya no hicieron falta más palabras.

Ella se entregó a él.

Él se entregó a ella.

Ella solo pensaba en que disfrutaría mientras pudiese.

Él, en que iba a recuperar a su familia.

28

Meadow no sabía cuándo había sido la última vez que se había probado tanta ropa. Tampoco recordaba haber estado nunca tan nerviosa.

Se mordió la uña del dedo gordo y sonrió.

Tenía una cita. Tenía una cita con Duncan en menos de una hora y no tenía ni idea de qué ponerse. Por lo menos, el tema del pelo lo tenía resuelto; se lo había recogido en una cola de caballo, dejando el cuello al descubierto. Lo había hecho porque todas las veces en las que ella y Duncan habían... estado juntos, él le había mordido, lamido y besado el cuello con tanta devoción que solo de pensarlo se le ponía la piel de gallina. No es que quisiera que esa noche pasase lo mismo, pero quería gustarle, sentirse sexy y, qué narices, deseada, y sabía que con esa parte de piel expuesta ganaría puntos.

Cerró los ojos y negó con la cabeza. Tenía que centrarse. ¿Falda? ¿Pantalón? ¿Un vestido? Noviembre había llegado a Variety Lake más desapacible que otros años y, aunque no hacía frío —allí casi nunca lo hacía— necesitaba una chaqueta, cuando menos una fina. Pero si se ponía chaqueta, ¿qué sentido tenía haber dejado el cuello a la vista?

Se estaba volviendo loca y había empezado a delirar, así que pensó que lo mejor sería recurrir a su batallón de urgencia. Cogió el móvil de la mesilla e hizo una videollamada grupal. Buffy, Aiko y Zoe no tardaron en aparecer. La primera lo hizo roja como un tomate y sudando; la segunda, junto con Meiko, su sobrina; y la tercera, tumbada en la cama.

—Necesito ayuda. —Ese fue su saludo. Ni hola, ni qué tal, ni nada, directa al grano.

Vio a Zoe incorporarse en la cama hasta quedar sentada a lo indio.

—¿Tengo que asustarme? —preguntó la rubia.

—No —contestó Meadow. Después, fijó la vista en Aiko y sonrió. Esta tardó solo dos segundos en descifrar esa sonrisa.

—¿Lo has hecho? —Meadow se mordió el labio inferior con fuerza y asintió—. ¡Así me gusta! Meiko, ¡aplaude!

La pequeña se puso a aplaudir junto con su tía, sin tener ni idea de por qué, pero contenta.

—¿Qué has hecho? ¿Qué sabe esa que yo no sepa?

—¡Yo tampoco lo sé! ¿Habéis estado conspirando a nuestras espaldas?

—Qué feo me parece.

Buffy y Zoe preguntaban a la vez, solapando unas preguntas con otras. Meadow dejó el móvil apoyado en la cómoda y se cruzó de brazos a la espera de que se callasen para poder contestar.

—No te quedes mirándonos así, pequeña Meadow, que lo que has hecho está muy mal.

—Si aún no sabes ni lo que he hecho —le contestó a la florista muerta de risa.

—Has hablado con Aiko a nuestras espaldas.

—No he hablado con nadie a espaldas de nadie. Le comenté una cosa porque quería saber su opinión y punto.

Meadow vio como Buffy se llevaba una mano al pecho y daba un paso atrás, con los ojos muy abiertos, tan dramática ella.

—¿Y nuestra opinión no querías saberla?

—La vuestra ya la sabía.

—Estoy tan dolida que no sé si quiero seguir con esta conversación —dijo la dueña del hotel. Meadow puso los ojos en blanco y miró a Aiko, que, como ella, se aguantaba la risa—. Zoe, ¿te importa pasarte un momento por el hotel y así me ayudas a quitarme el puñal que estas dos me han clavado en la espalda? Luego te ayudo a quitarte el tuyo.

Meadow miró la hora en el móvil y suspiró. Con la tontería de sus amigas se le habían ido quince minutos muy valiosos. Cogió el aparato y cambió el ángulo de la cámara para que enfocara la cama y el montón de ropa que había sobre ella. Un suspiro generalizado salió por los altavoces.

—¿Podemos dejarnos de dramas por un segundo y centrarnos en mi problema?

—¿Qué hace todo ese montón de ropa ahí? ¿Te mudas?

—No me mudo, Zoe, tengo… —Se rio por lo bajo; pronunciar la palabra «cita» la ponía nerviosa. Respiró hondo y decidió que, lo mejor, sería soltarlo de golpe—. Tengo una cita.

Los reproches y suspiros se convirtieron en gritos de júbilo.

—¡Ay, que lloro de la emoción y todo!

—¿Cuándo? ¿Dónde? Por favor, dime que es con el profesor buenorro.

Meadow dejó de enfocar la ropa y volvió la cámara hacia ella. Nada más verse pudo comprobar que sus mejillas ya estaban ligeramente enrojecidas.

—Sí, Buffy, es con el profesor buenorro.

Zoe y Buffy volvieron a chillar. Aiko le tapó a su sobrina los oídos con las dos manos y Meadow chasqueó la lengua.

—¿Queréis comportaros? Se supone que sois mujeres adultas y maduras rondando la treintena.

Las risas de la rubia cesaron de golpe.

—Tengo veintisiete, así que no te pases ni un pelo.

Meadow pidió perdón inclinando la cabeza hacia delante y señaló la montaña de ropa que tenía a su espalda.

—No tengo ni idea de qué ponerme. No estaba tan nerviosa desde... ni siquiera lo sé. Y quiero estar guapa pero tampoco pasarme. Quiero sentirme sexy, pero no que piense que voy pidiendo guerra.

—La guerra ya la pediste, querida, y dos veces.

Aiko volvió a taparle los oídos a su sobrina porque tenía claro que, si Buffy comenzaba a hablar, podía decir cualquier cosa.

Meadow se mordió la lengua para no decirles a sus amigas que no habían sido dos, sino tres. Pero no tenía tiempo para contarles lo que había pasado hacía dos noches en su casa. Si lo hacía, sabía que no llegaría a aquella cita jamás. Intentó ponerse seria, pero la realidad era que no podía parar de sonreír.

—¿Me vais a ayudar a elegir qué ponerme o no?

Durante los siguientes veinte minutos todo fue caos, adrenalina y nervios. Meadow comenzó a probarse conjuntos frente al móvil y sus amigas los vetaban o los aprobaban. Hasta Meiko daba su opinión, pues no había nada que le gustase más que participar en las reuniones de su tía y sus amigas, para desesperación de su padre, que estaba convencido de que arrastrarían a su pequeña al lado oscuro de la vida (aunque en el fondo estaba tan contento como la propia Meiko).

Al final, entre todas, decidieron que lo mejor era un vestido verde con lunares blancos, de tirante fino, ceñido a la cintura y que caía en una falda con algo de vuelo. Aprobaron la cola de caballo y para los pies se decantaron por unos botines marrones. Meadow cogió una chaqueta de punto negra por si luego refrescaba, aunque Buffy le había sugerido que, si eso pasaba, lo mejor para entrar en calor era frotarse contra otro ser humano hasta sudar como cerdos.

El timbre de la puerta sonó, haciendo que Meadow pegase un brinco y se llevase una mano al pecho.

—Estás preciosa —le susurró la repostera dándole ánimos.

—Es verdad, Meadow. Estás muy guapa —corroboró la pequeña.

Meadow la miró y le guiñó un ojo.

—Deseadme suerte.

—No la necesitas. Ese chico está loco por ti —le dijo Buffy, seria por primera vez desde que había comenzado la videollamada.

Meadow miró a su amiga y dejó escapar el aire que se le había quedado atascado en el pecho.

—Es una locura.

—Una locura es hacer puenting o saltar en paracaídas desde un avión. Salir a cenar con el hombre que te gusta y sentirte guapa y bien por ello es necesario. No le estás haciendo daño a nadie.

Meadow miró a Zoe y sonrió agradecida por sus palabras.

—Nadie te está diciendo que hagas algo más que divertirte. Te lo mereces, cielo. No pienses que no.

—Gracias, Aiko.

Sus amigas le sonrieron una última vez, levantaron el pulgar en señal de conformidad y le guiñaron un ojo antes de cortar la llamada. Meadow cerró los ojos, respiró hondo y bajó las escaleras. Se sentía como Rachael Leigh Cook en *Alguien como tú*, cuando bajaba las escaleras para ir al baile de graduación y el chico la esperaba abajo; solo que, en su caso, el chico no era Paul Walker, el malo de la cinta, sino Duncan, su Freddie Prinze Junior particular.

Con el bolso fuertemente agarrado en la mano abrió la puerta y fue justo en ese momento cuando se dio cuenta de que aquello podía ser una locura, y complicado, pero sería una idiota si no lo hiciera, porque el chico que tenía enfrente la miraba como si ella fuera el ser más maravilloso del mundo, y eso no podía ser malo.

—Hola... —susurró Duncan mirándola con los ojos muy abiertos y las manos metidas en los bolsillos.

Meadow sabía que no debía, pero no pudo evitar recorrerlo con la mirada de arriba abajo. Vestía vaqueros, una camiseta roja y deportivas. No llevaba las gafas puestas, aunque a ella le parecía que estaba impresionante de todas las formas.

Volvió a sus ojos y sonrió ladeando la cabeza.

—Hola.

Duncan se rio por lo bajo, dio un paso al frente y subió las escaleras del porche. Cuando llegó a su altura, se inclinó hacia delante hasta que su mejilla tocó la de ella y cerró los ojos, empapándose unos segundos de su olor. Después, se aseguró de hacerle cosquillas en la piel cuando habló.

—Estás increíblemente preciosa, pelirroja.

Allí estaban, la piel de gallina y el cosquilleo en la tripa. Meadow solo asintió; de repente, le parecía imposible articular una palabra con coherencia, sin tartamudear. Duncan se permitió darle un beso en la mejilla justo antes de separarse. Mostró la palma hacia arriba y le sonrió.

—¿Me acompañaría usted a cenar, señorita?

Meadow entrelazó sus dedos con los suyos y asintió.

—Será un placer.

29

Media hora después, se encontraban los dos sentados en un reservado a un par de pueblos de distancia de Variety Lake. Si por Duncan hubiese sido, habría paseado con ella por la plaza del pueblo, pero sabía que, por mucho que Meadow hubiera aceptado aquella... relación, seguía sin querer que fuera algo público, y él iría al ritmo que ella le marcase.

Meadow no le dijo nada, pero le sonrió agradecida cuando vio que salían del pueblo.

El viaje en coche había sido un poco tormentoso para él, pues se moría por tocarla, pero antes de salir de casa se había propuesto ser un auténtico caballero y regalarle una cita en condiciones. Eso sí, no dejó de mirarla de reojo durante todo el trayecto mientras hablaban, algo que no dejaron de hacer en ningún momento. Era como si se conocieran de toda la vida. Le encantaba cuando la veía reír porque no lo hacía solo con la boca, sino también con el resto de la cara; como en ese momento, mientras le estaba contando cómo había sido crecer con Timmy, un primo al que consideraba un hermano y al que no se le ocurría ni una idea buena cuando eran pequeños.

Llegaron al restaurante y aparcaron casi en la puerta. Era un griego. Duncan nunca había estado en uno, pero le había preguntado a Cam y este no había dudado en recomendarle ese.

—¡Qué bonito! —exclamó Meadow al llegar a la puerta, y Duncan no pudo más que darle la razón.

Parecía que se habían teletransportado a las mismísimas islas griegas. Todo era de tonos azules y blancos; las paredes estaban decoradas con motivos marineros y con montones de cuadros de Atenas o de las islas.

—¿Has estado alguna vez?

—¿Aquí o en Grecia?

—En los dos sitios.

Un camarero los acompañó a una pequeña mesa junto a la ventana y tomaron asiento. Les dio la carta y se marchó para volver más tarde. Meadow la dejó a un lado y centró su atención en Duncan.

—No. Nunca había estado en este restaurante. De hecho, ni siquiera sabía que existía.

—Me lo ha recomendado Cam. —Duncan también pasó de la carta. Le costaba mucho centrarse en otra cosa que no fuese Meadow. Por él, como si le ponían ancas de rana para cenar.

—Y contestando a tu otra pregunta, no. Tampoco he viajado a Grecia. ¿Y tú?

Duncan negó con la cabeza.

—Cuando acabé la universidad, me cogí un año sabático y me fui a recorrer Europa. Visité muchos países, pero Grecia no fue uno de ellos.

Meadow abrió mucho los ojos y lo miró alucinada.

—¿Te fuiste un año tú solo a viajar por el mundo?

Duncan se encogió de hombros, un poco aturdido por la

forma en la que lo miraba Meadow, como si le acabase de contar algo maravilloso.

—Al principio, sí, me fui solo. Llevaba trabajando unos cuantos veranos como camarero y ayudando a mi padre en el despacho, así que había ahorrado un dinero. Me encantaba lo que había estudiado y me moría por empezar a trabajar, pero también tenía ganas de ver mundo, de empaparme de otras culturas. Europa siempre había llamado mi atención, sobre todo Francia y Alemania, así que me colgué una mochila al hombro y... me fui.

Duncan negó con la cabeza de forma casi imperceptible cuando vio al camarero acercarse a su mesa. Ni siquiera habían mirado la carta.

Meadow se recostó en la silla y se cruzó de brazos.

—Me parece... alucinante. Yo ni siquiera he viajado a otro estado.

El que abrió mucho los ojos en ese momento fue Duncan.

—¿Nunca? —Meadow se mordió el labio inferior y negó con la cabeza—. ¿Por qué?

—Digamos que no surgió la oportunidad. Mis padres se pasaban el día trabajando, los dos, y después tuvieron un accidente y..., bueno, fallecieron. A Erik y a mí nos tocó sobrevivir por nuestra cuenta, aprender a hacerlo, y no fue fácil. Y después llegó Ethan. No lo cambiaría por nada del mundo, pero no puedo obviar el hecho de que quedarme embarazada fue algo...

—Inesperado —acabó él por ella. Meadow asintió.

«Para mí, los mejores son los besos inesperados, saben mejor que ningún otro». Duncan recordó las palabras que le había dicho el último día que chatearon, antes de que se presentara ante la puerta de Meadow y le había hablado de los diferentes besos. Por la forma en la que Meadow lo miraba y se sonrojaba, estaba seguro de que estaba pensando en lo mismo que él. Para él, su primer beso con Meadow había sido del todo inesperado, el mejor que le había dado nadie jamás.

El camarero volvió a interrumpirlos. En esa ocasión no le pidieron que se marchara y dejaron que les aconsejara. Entre los dos pidieron cuatro platos para compartir. La conversación siguió como si nada, con total fluidez. Meadow se sentía tan cómoda con él que le daba vértigo, pero del bueno, de ese que te hace dar vueltas y sonreír como una idiota. Lo escuchó atenta mientras él le relataba parte de su viaje. Lo hacía con tanta pasión que fue fácil para ella transportarse con él a todos esos rincones.

La comida llegó y comenzaron a comer entre risas y *ouzo*, un licor con sabor dulzón y olor a regaliz. En un momento dado, Duncan ya no lo pudo resistir más y arrastró su silla hasta pegarla a la de Meadow. La miró pidiéndole permiso y, en cuanto lo tuvo, la besó en los labios. La música sonaba y las voces de la gente inundaban el local, pero para ellos todo había dejado de existir. Solo estaban ellos.

Compartieron un pastel de leche y Duncan gimió bajito cuando vio a Meadow lamer la cuchara. Ella lo había hecho sin doble intención, pero cuando vio sus ojos pasar del gris al negro, no se lo pensó; volvió a coger un trozo de pastel y, esa vez sí, se lo comió mirándolo fijamente.

A pesar del tonteo y de los besos, también bromearon. Duncan descubrió a una nueva Meadow totalmente desinhibida y Meadow a un Duncan más serio de lo que parecía en un principio.

Tras pagar la cena, salieron del restaurante cogidos de la mano. La noche había comenzado a refrescar y, aunque Meadow se había llevado una chaqueta, siguió a medias el consejo de Buffy y dejó que Duncan le diera calor. Recorrieron las calles del pueblo entre susurros, abrazos y besos. Muchos besos.

Meadow se sentía de nuevo como una quinceañera, y Duncan tenía miedo de que volviesen a salirle granos en la cara y le cambiase la voz por culpa de aquella segunda pubertad que estaba viviendo.

Ambos dejaron las complicaciones y las locuras en Variety Lake y se permitieron disfrutar sin ocultarse.

30

Queremos todos los detalles.

Buffy ni siquiera había esperado a quitarse la chaqueta al entrar en casa de su amiga.

Era sábado, noche de chicas y margaritas y, además, de cotilleos, porque pobre de Meadow si no empezaba a soltar por aquella boca.

Ethan se había ido a dormir a casa de un malhumorado Matthew. Había recibido la llamada del abogado citándolo el miércoles para firmar los papeles y faltaba poco para que le saliera fuego por las orejas. Meadow había decidido no entrar en su juego, y menos con su hijo en el piso de arriba, preparando la bolsa, pero le estaba costando. Jamás pensó que Matthew iba a ponerle las cosas tan difíciles. Tras discutir en susurros y asegurarle, por millonésima vez, que no iba a cambiar de opinión, vio cómo padre e hijo se marchaban, con la promesa de Matthew de no dejar las cosas como estaban.

Por fin habían llegado las chicas y podía hablar de lo que le hacía tener una sonrisa en la cara y mariposas en el estómago.

Meadow miró a su amiga, que se había teñido el pelo de morado, y le dio un suave tirón en la trenza que llevaba.

—Fue maravilloso. Fin.

—Y una mierda. Por lo menos a mí me lo cuentas absolutamente todo. ¿Por fin has conseguido verlo como su madre lo trajo al mundo? —Zoe le dio un beso en la mejilla y siguió a Buffy a la cocina, donde ya estaba manos a la obra con los margaritas.

La última en entrar fue Aiko, que llegaba con una bandeja en las manos tapada con un papel. Lo levantó al llegar a la altura de Meadow y le ofreció una de sus famosas galletas de té matcha; llevaban palabras japonesas escritas con chocolate blanco. Meadow cogió una al azar y Aiko sonrió al ver la que había elegido.

—Beso —le susurró Aiko justo antes de darle uno en la mejilla. Meadow sonrió y se comió la galleta de un bocado.

Cerró la puerta y fue al encuentro de sus amigas. Buffy terminaba de preparar los margaritas y Zoe disponía las copas.

—Tienes la palabra «atontada» escrita en la frente —le dijo esta última nada más verla entrar.

Meadow se encogió de hombros y sacó un par de boles del armario y los llenó de nachos; luego cogió el guacamole de la nevera.

—¿A dónde te llevó a cenar?

—¿Pagó él?

—¿Bailasteis pegados bajo la luz de la luna?

—Creo que ya se os ha subido a las tres el alcohol, y eso que ni siquiera le habéis dado aún el primer sorbo.

Meadow cogió la copa que le ofrecía Buffy y le dio un trago. Quería ponerse seria, pero le fue imposible. Una sonrisa radiante se abrió paso en su cara. Se giró hacia Aiko, que era la primera que le había preguntado, y suspiró.

—Me llevó a cenar a un griego, fuera del pueblo. De

hecho, tuvo el detalle de elegir un restaurante lo bastante alejado como para que nadie pudiese vernos. —Vio que Buffy iba a hablar, así que levantó la mano, impidiéndoselo—. Antes de que sueltes alguna de tus perlas, decirte que yo no le dije nada, pero creo que Duncan me entiende más que yo a mí misma y sabe que esto no es fácil ni sencillo para mí. Y sé que me merezco ser feliz y todas esas cosas, pero no quiero marear a Ethan.

—¿Estáis mal otra vez? —preguntó Aiko con tiento.

Meadow, al principio, negó con la cabeza, pero después se encogió de hombros.

—No está tan huraño y ha vuelto a sonreír con frecuencia, pero, como sabéis, estamos en espera de firmar los papeles para que todo sea oficial y tengo miedo de volver atrás. Por eso quiero que todo sea lo menos traumático posible para él.

Las tres asintieron a la vez, pues entendían lo que quería decir. Zoe le dio un trago a su copa antes de hablar.

—¿Y qué hay de Matthew?

Meadow puso los ojos en blanco y soltó un suspiro lastimero.

—De ese no quiero hablar esta noche porque me pone de mala leche.

—¿Qué ha hecho ahora ese...? —Buffy se mordió la lengua para no soltar alguna de sus perlas.

—No quiere firmar los papeles. Hemos tenido una pequeña bronca antes de que se marchase con Ethan.

—¿De verdad? —preguntaron las tres a la vez.

Meadow chasqueó la lengua y se terminó su copa de un trago. Se limpió la boca con el dorso de la mano y cogió un nacho.

—Os lo juro. Dice que no se quiere separar. Que somos

una familia y no sé qué más. Solo me produce dolor de cabeza.

—Pues que sepáis que creo que se está acostando con Wendy —soltó Zoe de repente dejando a las otras tres con la boca abierta.

—¿En serio?

—No lo puedo jurar porque no he estado en la cama con ellos, pero Liam me lo contó el otro día. Por lo visto, algo oyó de boca de Luke, el marido de Wendy. Pero tampoco lo podría asegurar.

Meadow pasó un dedo de forma distraída por el borde de su copa y chupó el azúcar que se le había pegado.

Matthew y Wendy. Wendy y Matthew. Supuso que debería sentir algo al pensar en ellos dos juntos o, más concretamente, en él con otra mujer, pero lo único que sintió fue alivio. Por fin Wendy tenía lo que siempre había querido y él no se sentiría tan culpable por querer rehacer su vida. Pero, por otro lado, si eso era cierto, ¿por qué él se lo seguía poniendo tan difícil? ¿Por qué no la dejaba en paz?

—¡Nueva ronda de margaritas! —gritó Buffy sobresaltándola. Al mirarla, le guiñó un ojo y comenzó a meter los ingredientes en la batidora—. Volvamos al profesor buenorro, por favor, que llevo tanto tiempo en sequía que necesito vivir a través de vuestras vidas.

—Pues yo estoy igual que tú —susurró Aiko mientras se recostaba en la silla—. Creo que se me ha regenerado el himen.

A Zoe le salió disparado el margarita por la nariz al escuchar a su amiga. Meadow se levantó y la golpeó en la espalda con fuerza.

—¿Aiko ha dicho «himen»?

—Sí —le contestó Buffy a Zoe, que reía a carcajadas.

—Era por asegurarme.

—No me vengáis con esas, que no soy tan puritana. —Aiko se bebió lo que quedaba de su copa y se levantó a rellenarla.

—No decimos que seas puritana, cielo, pero sí un poco... recatada. Y eso no es malo. A veces, creo que necesitamos a alguien que nos guíe. Sobre todo, a esta de aquí —dijo Zoe señalando a Buffy, que en esos momentos se comía una de las galletas de la repostera.

—Y eso lo dice la tía que se tiró a su primo en la fiesta de cumpleaños de su abuela mientras la familia al completo cantaba cumpleaños feliz en el piso de abajo.

Esa vez no solo fue Buffy la que estalló en carcajadas. Aiko y Meadow no tardaron en seguirla. Se reían tanto que Meadow tuvo que sujetarse la barriga porque empezó a dolerle.

—Eso ha sido un golpe bajo hasta para ti, zorra. Y no era mi primo hermano, era el hijo de una prima de mi madre.

A Buffy le dio igual que la insultara, como si la llamaba bruja del desierto. Zoe cogió un nacho, lo mojó en guacamole y se lo lanzó. Le dio en la cara. Buffy, lejos de amedrentarse, lo cogió y se lo comió. Después, se relamió sin apartar los ojos de la rubia.

A la guerra de nachos le siguieron más margaritas, bromas, risas y confidencias. Muchas. Meadow por fin pudo hablar de su noche con Duncan y tuvo que reconocer que estaba más que ilusionada. Ignoró las pullas de su mejor amiga cuando le recriminó no haberle invitado a entrar en su casa. Total, ellos habían saltado a la quinta fase directamente. Pero Meadow se mordió el labio y confirmó que había sido cosa de él. Quería ser un perfecto caballero con ella en su primera cita y, según había leído en internet, para eso tenía que dejarla sana y salva en casa. Eso sí, podía darle un beso en la mejilla a modo de despedida.

Aiko le metió un puñado de nachos a Buffy en la boca antes de que pudiera decir nada más.

Después, Zoe les contó cómo iba la boda de sus padres, que se celebraría al mes siguiente. Buffy, que tenía el hotel lleno ese fin de semana; también que había llegado un grupo de chicos que estaban de despedida de soltero y que estaba considerando la idea de ofrecerse como postre a todos ellos. Las chicas se rieron por sus ocurrencias, aunque Meadow intentó leer en sus ojos si era verdad o no lo que decía. Y no porque creyese a su amiga capaz de montárselo con varios tíos a la vez, sino porque, con los años, Meadow se había vuelto especialista en estudiar los gestos, las miradas y las palabras que hacía o decía su mejor amiga, sobre todo cuando lo hacía para ocultar cosas que le preocupaban o entristecían.

El ambiente siguió siendo distendido y el alcohol comenzó a correr por las venas de las cuatro. Cuando sus tres amigas se marcharon, cerca de las tres de la mañana, a Meadow le volvieron a la mente las palabras de Buffy sobre que le había parecido una soberana gilipollez que no hubiese invitado a Duncan a entrar en su casa la noche anterior, porque, más que un caballero, aquel chico era un lobo feroz de los que se la comían a una entera.

Si alguien le hubiese preguntado cómo había llegado hasta allí, diría que andando o dando un paseo, pero la verdad era que había salido de casa corriendo. Solo esperaba haber cerrado la puerta con llave.

Llamó al timbre y se mordió la uña del dedo meñique

mientras esperaba. Llamó una segunda vez y a punto estaba de dar media vuelta cuando vio encenderse una luz. Tres segundos después, un adormilado Duncan abría la puerta.

Iba descalzo y vestía un pantalón de chándal gris. Llevaba el pecho al descubierto. Aunque Meadow ya lo había tocado, era la primera vez que lo veía y tuvo que tragar saliva para no ponerse a babear allí mismo, junto a su puerta.

—¿Meadow? —preguntó él con los ojos muy abiertos en cuanto la reconoció. Una mueca de preocupación tiñó su rostro cuando vio que ella no le contestaba. Dio un paso al frente y la sujetó por los hombros—. ¿Qué estás haciendo aquí? ¿Ha pasado algo? ¿Es Ethan?

Las preguntas de Duncan iban sucediéndose una tras otra mientras daba vueltas a su alrededor, inspeccionándola. De repente, Meadow alzó una mano y la puso en su mejilla, deteniendo sus movimientos. En cuanto se aseguró de que aquellos ojos grises que la perseguían en sueños estaban fijos en ella, se puso de puntillas y juntó sus labios con los de él. Al principio, Duncan no supo reaccionar, pues seguía aturdido por la visita inesperada, pero en cuanto sintió que sus lenguas hacían contacto, todo rastro de preocupación desapareció. Apoyó las manos sobre su cintura y la apretó con fuerza, atrayéndola hacia él. Aunque Meadow llevaba una camiseta puesta, podía sentir su piel fría contra la suya, que estaba caliente.

Con una mano en su cintura y la otra subiendo hasta enredarse en aquel cabello del color del fuego que lo volvía loco, Duncan le ladeó la cabeza para poder tener un mejor acceso a su cuello. Lo mordió, sopló sobre él, lo lamió y lo besó.

Como si de un baile sincronizado se tratase, comenzaron a andar hacia el interior de la casa. Hacia una intimidad que, por primera vez, iban a poder disfrutar. Fue Meadow la que cerró la puerta de una patada, y también la que empotró a Duncan contra ella. Y la que dio un paso atrás para poner distancia. Y la que se desnudó primero. Despacio. Prenda a prenda. Bajo la atenta mirada de unos ojos que habían dejado de ser grises para ponerse tan negros que se difuminaban con la oscuridad. Y la que se volvió a acercar a él, la que lo acarició con el dedo índice y la que coló las manos en aquel pantalón de chándal gris que le estorbaba. La que tragó saliva cuando lo vio por primera vez desnudo y la que se arrodilló en el suelo para ver cómo, esa vez, era él quien se entregaba a sus caricias. Fue Meadow la que mandó, dirigió y guio aquel baile de dos. Fue ella la que, a tientas y de espaldas, llevó a un exhausto Duncan hasta el dormitorio principal de la mano, la que lo tumbó en la cama y la que se permitió admirarlo por primera vez sin prisas, tranquila.

Y es que Meadow se sentía poderosa, sexy y deseada, y todo era por culpa de aquel hombre que se deshacía entre sus brazos mientras empujaba en su interior con tanta fuerza y delicadeza a la vez que estaba segura de que ya no iba a poder vivir sin aquello.

31

Los rayos de sol entraban por la ventana iluminando el cuerpo cálido y desnudo que yacía sobre su cama, ese cuerpo que Duncan llevaba un buen rato admirando y que no se atrevía a tocar por miedo a que despertara y desapareciera, a que todo hubiera sido un sueño.

Pero no lo había sido. Todavía sentía las manos sobre el cuerpo de ella y su sabor en la boca. La oía gemir contra su oído y verla moviéndose, primero encima de él, después debajo. Porque esa noche habían hecho de todo. Cuando empezó a hacerse de día, ella aún estaba tumbada, con el pelo esparcido por la almohada, y él encima, con sus piernas sobre los hombros y agarrado a los barrotes del cabecero mientras empujaba sin dejar de mirarla a los ojos y sin dejar de susurrarle todas las cosas que le provocaba, que eran tantas que, cuando terminaron, ni siquiera le había dicho la mitad.

Duncan vio cómo comenzaba a desperezarse. Cómo movía las piernas y rozaba las suyas con el pie. La sábana se deslizó por su cuerpo hasta quedar hecha un lío sobre su trasero. Duncan tuvo que contenerse para no apartarla del todo para contemplar aquella preciosidad que la noche anterior había podido acariciar y hasta morder. Primero quería asegurarse y ver cómo estaba.

En cuanto Meadow abrió un ojo y lo vio, una sonrisa perezosa y brillante le curvó los labios, provocando que a él se le expandiera tanto el pecho que tuvo miedo de que le explotara.

—Buenos días, pelirroja —murmuró.

Le apartó con cuidado un mechón de pelo que le había caído sobre la frente al moverse y le acarició la mejilla. Meadow ronroneó ante la caricia y cerró los ojos.

—¿Qué hora es?

—No tengo ni idea.

Y era verdad. Ni siquiera se había molestado en mirar la hora en su teléfono móvil. Podían ser las doce del mediodía o las seis de la tarde.

Meadow se rio y se movió hasta quedar más pegada a él. Enterró la cara en su pecho y él le pasó una mano por la cintura.

—¿Llevas mucho rato despierto?

—Tampoco lo sé.

Meadow volvió a reír y su risa le hizo cosquillas en la piel. Con cuidado, la movió hasta encajarla encima de él. No pudo evitar que su entrepierna cobrara vida al sentir su cuerpo desnudo. Aunque su entrepierna estuvo lista desde el preciso instante en que ella llamó al timbre de su casa.

Meadow apoyó las palmas de las manos en el pecho de Duncan y acomodó la barbilla sobre ellas para quedar cara a cara.

—¿Y hay algo que sepas?

Duncan le regaló la mejor de las sonrisas y se inclinó para dejar un beso en la punta de su nariz.

—Sé muchas cosas. Sé que eres preciosa. De hecho, eres la mujer más guapa del mundo. Sé que me vuelves loco y que lo de ayer fue una pasada. —Le dio un beso en la mejilla izquierda—. Sé que tengo muy mal despertar, sobre todo en mitad de la noche, pero que tú puedes despertarme cuando te dé la gana y como te dé la gana. Sé que tu cuerpo encaja a la perfección con el mío y que tocarte se ha vuelto una adicción para mí. —Le dio un beso en la otra mejilla—. Y también sé que me pone como una moto que me llames «señor Taylor», así que puedes repetirlo las veces que quieras.

Conforme Duncan iba hablando, Meadow había empezado a morderse el labio y a ponerse roja como un tomate, pero no pudo evitar echarse a reír cuando dijo lo último. Al hacerlo, movió la cabeza; su pelo también lo hizo, provocando cosquillas a Duncan en la cara. Él se lo recogió en una coleta con la mano y la acercó para darle un sonoro beso en la boca. De esos que se dan con ganas y hacen mucho ruido. Cuando iba a abrir la boca para meter la lengua, Meadow se apartó, echando la cabeza hacia atrás tan rápido que él tuvo miedo de que se hubiese hecho daño en el cuello. Se sentó erguida y lo miró con los ojos abiertos tapándose la boca.

—¿Qué ocurre?

Duncan quiso reírse porque, a pesar de la cara de espanto que tenía, estaba preciosa con el pelo alborotado, las mejillas encendidas y aquel pecho al descubierto pidiendo que lo pellizcaran, pero se contuvo. Apoyó las manos en las caderas de Meadow y la masajeó mientras obligaba a su cerebro a no bajar la vista hacia los pezones y a mantenerla fija en sus ojos azules.

—No me he lavado los dientes y no puedes besarme recién levantada.

A Duncan no le entraron ganas de besarla, sino de comérsela entera por su dulzura.

Bajó las manos hasta su trasero, colocó una en cada nalga y se incorporó hasta alcanzar el centro de sus pechos. Le dio un beso y la miró.

—Vamos al baño, nos aseamos, y luego me dejas besarte hasta que se vuelva a hacer de noche. —A Meadow esa propuesta le pareció de lo más tentadora, pero su estómago rugió, recordándole que llevaba muchas horas sin comer. Duncan se rio y enarcó una ceja—. O vamos al baño, nos aseamos, y luego vamos a la cocina a comer algo antes de que eso que tienes en la barriga salga y me coma.

Meadow asintió sin apartar las manos de la boca. Duncan dejó un beso en el dorso y le dio un pequeño pellizco en el trasero, instándola a levantarse.

Los dos estaban desnudos; a Duncan le habría parecido estupendo seguir así el resto del día, pero optó por abrir el primer cajón del armario y sacar dos camisetas, una para él y otra para ella. Se puso unos calzoncillos limpios y Meadow buscó sus bragas por el cuarto. Al final, recordó que se las había quitado en la entrada y corrió a buscarlas. Cuando llegó al baño, Duncan la esperaba con la pasta de dientes en una mano y el flúor en la otra. No tenía cepillo, así que el dedo tendría que servir.

Se asearon como pudieron en aquel pequeño habitáculo, rozándose, tocándose y sonriéndose como dos chiquillos. Cuando Duncan terminó, le dio un beso en los labios que le supo a poco antes de abandonar el baño para ir a la cocina a preparar algo medianamente decente que llevarse a la boca.

Cuando la puerta se cerró y Meadow se quedó sola, se detuvo frente al espejo y se miró. Tendría que haberse llevado las manos a la cabeza, pues tenía el pelo tan enmarañado que parecía que hubiese metido los dedos en un enchufe, pero la realidad era que se sentía más bonita que nunca; «increíblemente preciosa», como le decía el profesor buenorro sin parar. Se bajó el cuello de la camiseta y sonrió coqueta al descubrir una pequeña marca. Era la primera vez que le hacían un chupetón. Tenía veintisiete años y era la primera vez que un tío le hacía un chupetón en el cuello. Debería haberse horrorizado, pero en lo único que pudo pensar fue en que esperaba que no fuera el último.

Hizo pis, se lavó las manos y salió. Antes de dirigirse a la cocina, pasó por el comedor y buscó su teléfono móvil. Tenía varios mensajes de las chicas, otro de su hermano y también de Matthew. Este último fue el primero que abrió, por si era algo relacionado con Ethan, pero lo cerró en cuanto vio que él le pedía que fuera a casa a hablar, que su hijo estaba pasando el día con sus abuelos y que tenían la casa para ellos solos. Meadow iba a contestarle, pero entonces el olor del beicon y del queso fundido llegó hasta ella; se le hizo la boca agua y recordó dónde estaba. Bloqueó el teléfono, lo dejó sobre la mesa del comedor y dio un paso al frente. Antes de dar el segundo, sonrió de forma pícara y volvió a cogerlo. Abrió la cámara, le hizo una foto al chupetón y se la envió a las chicas; entonces sí, bloqueó el teléfono y lo dejó pitando.

Al entrar en la cocina, le flojearon las piernas. La visión que tenía de Duncan era... espectacular. Tarareaba una canción que salía de su teléfono móvil mientras repiqueteaba el suelo con el pie y le daba vueltas a algo en la sartén. A su lado, sobre la encimera, había un plato con huevos revueltos, beicon y sándwiches de queso fundido. Se acercó de puntillas hasta él y no dudó en rodearle la cintura con los brazos. Duncan ronroneó y giró el cuello para mirarla.

—Podría acostumbrarme a esto.

—¿A cocinar para mí?

—Sí, a eso también. Pero me refería a que me abrazaras así.

—No sabía que era todo un romántico, señor Taylor.

—Yo tampoco. Estoy descubriendo muchas cosas desde que llegué a este pueblo. —Dejó la espátula sobre la sartén y se volvió. Puso las manos en las mejillas de Meadow y le dio un beso en los labios—. Y como vuelvas a llamarme «señor Taylor», te juro que no respondo.

Meadow se mordió el labio y se aguantó las ganas de volver a llamarle así porque la verdad era que se moría de hambre; y por si cabía alguna duda, su estómago volvió a rugir.

Duncan apagó el fuego, colocó los platos sobre la mesa y cogió la cafetera y dos tazas. Meadow se sentó en una silla, dejando un pie en el suelo y el otro apoyado en el asiento. Duncan se sentó frente a ella. Degustaron el abundante desayuno y hablaron de ellos, de sus vidas y de muchas otras cosas. Se habían dado cuenta de que podían pasarse horas hablando y nunca tenían bastante. Duncan le contó por qué siempre había querido ser profesor y ella le habló de sus padres y de cómo había sido criarse en una granja. Meadow le prometió llevarlo un día a montar a caballo y también enseñarle a ordeñar vacas.

Se trasladaron al comedor y todo siguió fluyendo entre ellos, como si lo hubiesen hecho miles de veces antes. Meadow se tumbó en el sofá, con los pies sobre el regazo de Duncan, y le habló largo y tendido de Ethan y de las chicas mientras él le masajeaba los pies. También hubo besos, muchos, y arrumacos que, a veces, se les iban un poco de las manos, pero que supieron parar a tiempo.

El ambiente solo se enrareció cuando Meadow le preguntó cómo había acabado viviendo en Variety Lake. En ese momento, Duncan tenía la cabeza sobre el regazo de Meadow y esta le acariciaba el pelo. Levantó la mirada y buscó la suya. Pensó en Chicago, en la apuesta y en el año que tenía que vivir allí. Un nudo se le quedó atascado en la garganta y le impidió tragar. De repente, se vio marchándose, separándose de Meadow, sin volver a verla... y no le gustó. No le gustó nada. Meadow le pasó un dedo por el entrecejo y le alisó la mirada.

—¿Eh? ¿Qué pasa? Parece que hayas mordido algo en mal estado.

Duncan sonrió y negó con la cabeza, quitándole hierro al asunto.

Se incorporó hasta quedar sentado, abrió las piernas y encajó el cuerpo de Meadow entre ellas. No habían dejado de tocarse desde que se habían despertado (en realidad, desde la noche pasada), pero en ese momento parecían uno.

—Hola, guapa. —Acercó la nariz a su cuello y lo acarició—. ¿Te he dicho que me vuelve loco esta parte de tu cuerpo?

—Unas cuantas veces. Pero sigue, que me encanta.

Meadow se dejó hacer. Le encantaba cómo se le ponía la piel de gallina cada vez que él la tocaba.

—Llegué a Variety Lake por culpa de una apuesta. —Duncan se apartó y la miró. Le cogió la muñeca y comenzó a acariciarla con el pulgar.

—Ahora que me acuerdo... Me hablaste de eso cuando te reté a probar mi café. ¿Puede ser?

—Sí. Mi primo me desafió a un partido de baloncesto. Si yo ganaba, él tenía que deshacerse de su amado Chevrolet Camaro durante un año.

—¿El coche en el que fuimos a cenar?

—Sí. —Duncan le cogió la otra muñeca.

—¿Y si ganaba él?

—Yo tenía que despedirme de mi amada Chicago y venir a vivir aquí durante un año. Según él, soy un cosmopolita de cuidado y necesitaba asalvajarme un poco.

—Así que los de pueblo somos unos salvajes, ¿no?

—Lo ha dicho él, no yo.

Duncan se llevó las manos de Meadow a la boca y besó el interior de sus muñecas. Meadow quería centrarse en eso, pero algo no paraba de darle vueltas en la cabeza: «... venir a vivir aquí durante un año». ¿La estancia de Duncan en Variety Lake tenía fecha de caducidad?

Él percibió el cambio en ella, su preocupación, y dejó de besarla. Le bajó las manos hasta dejarlas sobre su regazo y entrelazó los dedos. Duncan la miró a los ojos y sonrió, aunque solo con los labios, porque la mirada le decía otra cosa.

¿Su estancia en Variety Lake tenía fecha de caducidad?

¿Quería él que la tuviera?

Abrió la boca dispuesto a decir algo, aunque aún no sabía muy bien el qué. De sus labios no llegó a salir sonido alguno, porque unos dedos se habían posado sobre ellos, impidiéndoselo. Meadow le sonrió y negó con la cabeza.

—No —susurró. Duncan la observó con el ceño fruncido. Ella se inclinó y reemplazó sus dedos por sus labios. Tras rozarlos levemente, y sin apartarse del todo, volvió a hablar—: Sea lo que sea lo que tuvieses pensado decir, no lo hagas. Llevo toda mi vida planificándolo todo, midiéndolo al milímetro, y me he dado cuenta de que las mejores cosas son las que suceden sin buscarlas. Así que no digas nada. Bésame, túmbate conmigo y vamos a ver una película. Después, me iré a mi casa y seguiremos poco a poco, paso a paso. Tú y yo. Lo que tenga que venir vendrá. Pero no digas nada. No hagas promesas que ninguno de los dos sabe si se podrán cumplir. No planifiques. Simplemente, vivamos.

32

Antes de despedirse esa tarde de domingo en su casa, decidieron tener una segunda cita. Y una tercera, y una cuarta, y todas las que pudieran.

Pero había pasado una semana desde entonces y no pudieron tener ninguna. Y no porque ellos no quisieran.

En el colegio se había organizado un partido de baloncesto entre padres y profesores. Por lo visto, era algo que se hacía todos los años. Como Duncan seguía siendo el sustituto de Educación física y además Timmy se había encargado de pregonar por el pueblo lo bueno que era su primo jugando a ese deporte, el claustro lo había elegido a él como capitán y entrenador. Así que Duncan se pasaba las tardes después de clase entrenando al resto de los profesores, que en vez de piernas parecían tener palos y en vez de manos, escobas. Eran malísimos y los entrenamientos se alargaban tanto que la tarde desaparecía tras el horizonte.

Meadow, por su parte, llevaba una semana un tanto difícil con Ethan. Había vuelto de casa de su padre contento por haber estado con él, pero enfadado con ella por tener que decirle adiós y porque no entendía por qué no podía quedarse a cenar. Meadow había mirado a Matthew en busca de ayuda, pero solo había recibido una sonrisa de sabelotodo y una mirada iracunda y llena de rencor. Así que Ethan se había pasado la semana entera de morros. Cuando creía que las cosas iban mejor...

Aun así, aunque no habían podido estar a solas, se habían visto; en la puerta del colegio, cuando Meadow dejaba o recogía a Ethan, se miraban de soslayo y se decían de todo con la mirada. Meadow sentía que Duncan la desnudaba con los ojos todas y cada una de las veces. Ella intentaba que nadie se diera cuenta de lo que aquellas miradas le provocaban, pero le costaba lo suyo, porque lo que quería en realidad era acercarse a él y dejar que la rodease con los brazos o que la cogiese de la mano. También se habían visto en el supermercado, donde habían coincidido el miércoles; ese día él le había acariciado el brazo con disimulo mientras se estiraba para coger una caja de cereales del último estante. Y también se habían encontrado el jueves por la tarde, cuando Duncan aprovechó un descanso del entrenamiento para ir hasta la pastelería de Aiko a por provisiones de café y dulces. Lo había hecho por dos motivos: uno, porque necesitaba escapar y el otro, porque Meadow le había dicho que estaba allí con las chicas, y él se moría por verla.

Pero cuando más se «veían» era por las noches, cuando, ya tumbados en sus camas, se escribían mensajes contándose cómo les había ido el día o recomendándose series, películas y libros. Duncan aún no había superado que Meadow no hubiese visto ninguna película de la saga *Jungla de cristal* o de *Los Vengadores*, y ella que él no hubiese visto *Mujercitas*. ¿Quién en su sano juicio no había visto *Mujercitas*?

—Tierra llamando al país de las pelirrojas. Señorita Smith, persónese de inmediato en la mesa con su amiga. Gracias.

Al tiempo que hablaba, Buffy chasqueaba los dedos frente a los ojos de Meadow, que por fin reaccionó. Parpadeó mirando alrededor, como si de repente no supiese dónde estaba, y se centró en su amiga. Le quedaba bien el pelo color caoba y el corte estilo *bob* que se acababa de hacer. La hacía parecer más joven, una muñeca de porcelana. Después, giró la cabeza y miró a su izquierda. Ethan estaba sentado a su lado con los cascos en las orejas y removiendo las tortitas del plato como si estuviese intentando desenterrar un tesoro. Meadow suspiró y volvió a mirar a su mejor amiga.

—¿Estás bien? Te nos has ido por un momento.

—Sí, sí. Perdona. Estaba pensando. —Buffy la miró alzando las cejas y sonrió. Meadow le devolvió la sonrisa, aunque también miró de reojo a Ethan.

En ese momento, la campanilla que colgaba de la puerta de la cafetería sonó. Buffy levantó la cabeza y la sonrisa se le hizo enorme. Centró la vista en Meadow y le hizo un pequeño movimiento con la cabeza para que se girase, aunque, por la cara de su amiga, ya se hacía una idea de lo que se iba a encontrar.

Efectivamente.

Duncan acababa de entrar con Tom. El segundo iba de traje, como siempre, pero el primero llevaba vaqueros, una camisa remangada hasta los codos y las gafas puestas. Meadow tragó saliva y con ella, un pequeño gemido, cómo no de Buffy, que suspiró tan fuerte que hasta Ethan, que tenía los cascos puestos y parecía estar en su mundo, levantó la cabeza para mirar a su tía.

—Perdón, es que es difícil controlarse.

Ethan volvió a su mundo porque estaba acostumbrado a las salidas de tiesto de Buffy y había aprendido a no hacerle ni caso el noventa por ciento de las veces. Meadow, por su parte, la reprendió con la mirada, aunque enseguida volvió a centrar toda su atención en el chico que le hacía sentir todas aquellas mariposas en el estómago.

Duncan parecía saber que Meadow estaría allí, pues, aunque iba hablando con Tom de forma animada y ambos reían, sus ojos vagaban por el local. Hasta que la encontró. La sonrisa que se le formó en los labios nada más verla fue tan grande que Aiko, que miraba la escena desde lejos, pensó que podría haber iluminado el árbol de Navidad que ponían todos los años en la plaza del pueblo.

Duncan le guiñó un ojo a Meadow y ella murmuró un «hola» sin apenas despegar los labios.

—Te juro que se me han caído las bragas, y eso que ese guiño ni siquiera era para mí.

—¡Buffy! —la reprendió Meadow girando la cabeza, sofocada. Miró a Ethan, pero este parecía no haberse dado cuenta de nada. Buffy fingió cerrarse la boca con una cremallera y pestañeó, coqueta, cuando vio a los dos chicos acercarse a su mesa.

—Que viene, que viene. Ponte recta.

A Meadow no le dio tiempo ni a procesar sus palabras. Dos sombras se ciñeron sobre ellas.

—Hola.

Su voz era ronca, profunda y, como siempre, provocaba mil sensaciones en su cuerpo. Meadow levantó la cabeza y sonrió.

—Hola. Hola, Tom.

Este último se aguantó la risa y se inclinó para dar un beso en la mejilla a sus dos amigas.

—¿Desayunando antes de ir a trabajar?

—Eso intentamos. Aunque me he quedado con hambre.

—Tú siempre tienes hambre, Buffy.

—¿Y qué quieres que haga? Ve y dile a tu cuñada que me alimente. Con cinco o seis tortitas más tengo suficiente.

—Ve y díselo tú.

—¿Por qué? Tú ya estás de pie.

—No soy tu niñera.

—¿Y Meiko? Ella es más agradable que tú.

—Está con sus abuelos. Hoy se ha quedado a dormir con Chiyo y Haruki. He venido a ver si ya está lista para llevarla al colegio.

—¿Me llevas a mí también? He venido andando hasta aquí, pero ahora me da pereza volver.

Tom y Buffy hablaban en voz alta mientras Duncan y Meadow lo hacían en silencio. Duncan miró por encima del hombro de Meadow y señaló a Ethan con la cabeza.

—¿Sigue enfadado? —Ella se encogió de hombros y volvió la vista hacia su hijo.

—Con la vida en general y conmigo en particular. —Meadow lo dijo sonriendo, pero, en realidad, sufría mucho con la actitud de Ethan. Le dolía que lo estuviese pasando mal y que no llevase bien la separación, y sabía que seguiría siendo así mientras su ex no pusiera de su parte.

Pensar en la situación le provocaba dolor de cabeza, así que la agitó para deshacerse de aquellos pensamientos y se centró en el presente. Se moría por volver a estar con Duncan a solas. Quería sacar el tema, pero sabía que no era ni el momento ni el lugar, así que decidió preguntarle por ese partido que se disputaría en breve; pero cuando fue a hablar, se sorprendió al ver a Duncan estirar el brazo y quitarle a Ethan uno de los auriculares de la oreja.

—¡¡Eh!! —comenzó a protestar Ethan, que, en cuanto vio que no habían sido ni su madre ni su tía, sino su profesor, se irguió y le regaló algo parecido a una sonrisa—. Hola, Duncan.

—Hola, Ethan. Verás, tengo un problema y me preguntaba si tú me podrías ayudar. —El pequeño lo miró sin entender. Duncan le mostró el teléfono móvil y lo movió en el aire—. Tengo un par de experimentos para hacer y no sé por cuál decantarme. Me gustaría saber tu opinión.

Ethan abrió tanto los ojos que a Meadow le dio miedo que se le saliesen del sitio.

—¿De verdad?

—Sí. He pensado que podemos ver los vídeos de YouTube que tengo y escoger uno entre los dos. Si eliges el del volcán, podemos dejarlo medio preparado. Así, cuando estemos en clase, solo tendré que explicarlo y verter el líquido.

—Pero ahora tengo Música y después Dibujo. No tenemos clase contigo hasta tercera hora.

—Eso no es problema. Hablaré con tus profesores y lo arreglaremos. No te estás saltando ninguna clase, me estás ayudando a preparar la mía.

Ethan sonreía tanto que era imposible que las mejillas se le pudiesen estirar más. Meadow miraba a Duncan entre agradecida y embobada.

—¿Puedo, mamá? ¿Puedo ir con Duncan? —le preguntó su hijo por primera vez en toda la semana con algo que no se parecía a un ladrido. Meadow asintió y Ethan, de forma sorprendente, se tiró a su cuello y la abrazó—. ¡Hasta luego, mamá! ¡Adiós, tía Buffy! ¡Adiós, Tom!

Se despidió de todos mientras saltaba por encima de su madre y se colocaba al lado de su profesor. Él le pasó un brazo por los hombros mientras desbloqueaba el teléfono y le enseñaba la pantalla.

—Yo he visto uno para hacer huevos saltarines.

—¿De verdad?

—¡Sí! ¿Te lo enseño?

—Me encantaría.

Duncan llevó a Ethan hasta una mesa alejada y se sentó con él. Mientras el niño buscaba el vídeo en la tablet que acababa de darle, él levantó la cabeza y miró a Meadow.

—Gracias —le susurró ella.

Duncan levantó el móvil y, con un gesto, le pidió a Meadow que mirara el suyo. Sin dejar de morderse el labio inferior, ella sacó el teléfono del bolso y esperó a que le llegase el mensaje.

No se hizo esperar.

Profesor buenorro:
Ya te había dicho hoy que estás increíblemente preciosa, pelirroja?

Meadow:
Aún no, pero es bueno saberlo. No quiero que llegue el día en que no me lo digas

Profesor buenorro:
Eso será difícil, porque todos los días estás increíblemente preciosa y porque me he propuesto repetírtelo sin parar para que no se te olvide

Profesor buenorro:
Ahora tengo que dejarte, que estoy ocupado. Tengo que preparar una clase con mi nuevo ayudante.

Meadow creía que el corazón ya no se le podía hinchar más, pero estaba equivocada.

—Eso que veo ahí es amor, pequeña Meadow —la mencionada desvió la atención de la pantalla a Tom, que se había sentado con ellas; ni siquiera se había dado cuenta.

—¿Perdona?

—Que eso que veo ahí es amor, y además del bueno.

276

Meadow se volvió y miró a Duncan, que escribía en una hoja mientras hablaba con Ethan. Los dos parecían tan absortos en lo que estaban haciendo que daba la sensación de que el mundo a su alrededor había desaparecido. Sintió un pinchazo en el estómago y volvió a girarse.

—No... Yo no... Él y yo... No...

Tom estiró la mano y la apoyó en la suya.

—Me refería a él, pero es bueno saber que tú también estás enamorada. Es una putada cuando solo uno de los dos lo está.

33

Meadow no podía parar de reírse. Lo hacía tan fuerte que tuvo que sentarse en la silla de la cocina y cruzar las piernas. Mientras tanto, Duncan intentaba permanecer serio, aunque a él también le costaba contener la risa. Sabía que, si hubiese sido al revés, él también se reiría.

Igual que el domingo anterior, Meadow se había despertado en su cama. El sábado habían pasado todo el día juntos. Habían visto *Mujercitas* y la primera película de *Jungla de cristal*. Duncan había tenido que tragarse el nudo que se le había formado en la garganta con la película de las cuatro hermanas y hacerse el valiente, pero lo que más le apetecía era encerrarse en el cuarto de baño y llorar como un crío. Meadow, por su parte, había intentado no babear sobre el cojín de Duncan después de quedarse dormida a los veinte minutos de empezar la película de Bruce Willis, y es que le había parecido tan aburrida como suponía. Eso había derivado en una guerra de cosquillas que había terminado con los dos desnudos, sudorosos y jadeando sobre el suelo de parquet de la casa del profesor buenorro. Después, vinieron más películas, una pizza en el sofá y más sexo. Mucho sexo. Acompañado también de una buena ducha que de ligerita y rápida tuvo poco.

En esos momentos, se encontraban en la cocina, él solo con el bóxer puesto y ella con la misma camiseta que había llevado la semana anterior y que Duncan le había ofrecido en cuanto cruzó la puerta de su casa, pues ya no era suya. Esa camiseta era de Meadow.

Habían decidido preparar el desayuno juntos y la cosa iba bien hasta que empezaron los roces, los pellizcos, las caricias imprevistas... y el trompazo. Sin saber cómo, Duncan se había comido la pared. O más bien lo había hecho su frente. Al principio, Meadow se asustó. Se levantó corriendo de la encimera, donde estaba sentada, para ver qué le había pasado. Pero fue ver las lágrimas que le resbalaban por las mejillas, el chichón que se le empezaba a formar y recordar el golpe... y no lo pudo evitar. La risa le salió por la nariz y ya no la pudo acallar. Abrió el congelador, sacó una bolsa de guisantes y se la puso sobre la frente. Después, le dio un suave beso en el hombro y se sentó.

—Sabes que existe el karma, ¿no? —le preguntó él intentando sonar lo más serio posible.

Meadow se mordió el interior de la mejilla y lo miró agitando las pestañas de forma inocente.

—Pero ahí estarás tú para curarme, ¿verdad? —Duncan negó con la cabeza mientras se acercaba a ella cual depredador. Apoyó las manos en el respaldo de la silla en la que Meadow estaba sentada y se inclinó hacia delante. Le mordió el labio y luego le pasó la lengua despacio.

—Siempre, pelirroja.

«Siempre». Esa palabra englobaba tantas cosas que debería haberles dado vértigo, sobre todo si se paraban a pensar en que, en realidad, Duncan solo había firmado contrato para un año; después, volvería a su vida en Chicago. Pero no fue así, porque Duncan había dicho aquella palabra de verdad, porque la sentía, y Meadow se encontró pensando en que, ojalá, ese «siempre» fuera real.

Meadow levantó la mano y le pasó el dedo por el chichón.

—Tendrías que seguir con la bolsa de guisantes un rato más. Para que no se te hinche tanto.

—Siento el corazón bombeando justo en el centro. Es una sensación horrible. —Le pasó la nariz por el cuello e inspiró hondo—. Me encanta cómo hueles, ¿te lo había dicho alguna vez?

—Puede... —Meadow cerró los ojos y se abandonó a las caricias. La volvían loca.

Duncan pasó al otro lado del cuello y le dejó un beso justo allí.

—Había pensado en ir la semana que viene al cine. Está cerca de donde fuimos a cenar en nuestra cita. Por lo visto, hay un festival de cine clásico y he leído que ponen *Mujercitas*, la versión de 1949. ¿Qué te parece? Tú, yo, un bol de palomitas y una habitación oscura donde poder meterte mano.

Meadow tuvo que cerrar las piernas porque solo la idea le provocaba un cosquilleo en la entrepierna. Se moría por decir que sí, pero había algo que le impedía hacerlo. Más bien, alguien.

Se apartó de las caricias de Duncan y lo miró con cierto pesar. Él le sonrió, pero al ver aquel gesto tan serio la sonrisa se tornó en preocupación.

—Me toca Ethan la semana que viene. —Meadow le puso una mano en la mejilla y apretó con cariño—. Me gusta esto, Duncan, lo que tenemos. Me gusta mucho, pero Ethan sigue sin estar bien y no sé si está preparado para que le diga que salgo con su profesor y...

Duncan la besó antes de que pudiese seguir hablando. La levantó de la silla y ocupó su lugar. Después, la sentó a horcajadas sobre él, le pasó las manos por la espalda y la estrechó contra su pecho.

—No hace falta que me des explicaciones.

Meadow intentó echarse hacia atrás para verle la cara, pero él no se lo permitió. No había nada que le gustase más a Duncan que tenerla así. Aunque entendía perfectamente la posición de Meadow con respecto a Ethan, una ínfima parte de su mente deseaba que el niño lo supiera, pues así podrían hacer cosas los tres juntos y, sobre todo, podría ir con Meadow de la mano sin tener que ocultarse en su casa o en pueblos vecinos.

—Duncan...

—No, Meadow. No tienes que decirme nada. —Metió los dedos entre su pelo y le acarició el cuero cabelludo—. A mí también me gusta esto, más de lo que jamás creí posible, y está bien así. Tú marcas el ritmo y pones las normas. A mí, mientras te tenga entre mis brazos y al mirarte sepa que quieres estar conmigo tanto como yo contigo, me basta.

Meadow sonrió, aunque él no pudiese verla. Le pasó las manos por la espalda y se apretó fuerte contra él.

—Me gusta mucho estar así contigo.

—Eso está bien.

—Pero quiero que sepas que, si no se lo digo a Ethan, no es porque me avergüence de lo nuestro, de ti, ni porque quiera mantenerlo en secreto. La verdad es que me gustan las cosas tal y como están. Me apetece conocerte poco a poco y que los momentos sean solo nuestros y de nadie más. Por otra parte... —Duncan notó como Meadow tragaba saliva, nerviosa, y supo que lo que estaba a punto de decir no iba a gustarle mucho—. Por otra parte..., esto es algo pasajero, ¿no? Algo que durará solo unos meses, y no quiero confundir a Ethan. No podemos olvidar que tú eres su profesor y que eso solo complica un poco más las cosas con él.

Duncan había oído todo lo que Meadow le había dicho, pero cuando había pronunciado la palabra «pasajero», algo le había pellizcado muy dentro. Buscó su cara, le acarició la mejilla y sintió como ella cerraba los ojos y se relajaba contra su pecho. Él se apoyó en lo alto de su cabeza y también cerró los ojos. «Pasajero», qué palabra tan bonita para algunas cosas y tan fea para otras.

Su estancia en Variety Lake era pasajera...

—Meadow, respecto a eso, yo... —Dejó de hablar porque el sonido del móvil los sobresaltó a ambos, haciendo que explotase la pequeña burbuja en la que se encontraban.

Meadow se apartó de Duncan con el ceño fruncido. Reconocía aquella música; era su teléfono. Lo miró a los ojos y le dio un beso antes de separarse. Duncan la cogió de la mano y apretó. No quería que se fuera. Necesitaba decirle aquello que le quemaba en la lengua desde hacía días, una completa locura, pero en la que él no podía dejar de pensar y por la que se estaba volviendo loco, pues se moría por saber qué opinaba ella. Pero Meadow no se lo permitió. Le apretó también la mano y le pasó los dedos por el pelo.

—Todo está bien así, Duncan. Es perfecto.

Meadow desapareció camino al dormitorio y él se quedó allí quieto, sentado, sin saber muy bien qué decir y con el dolor de la frente más acentuado que antes. Se pinzó el puente de la nariz, frustrado, y se levantó para ir a buscar una aspirina. Justo en ese momento, escuchó los pasos de Meadow a su espalda y se volvió para contemplarla. Estaba apoyada en el marco de la puerta, con el teléfono pegado a la oreja y los pies cruzados. Llevaba el pelo despeinado y la camiseta le caía dejándole un hombro descubierto. Tenía los ojos en blanco y resoplaba como hastiada, aunque se atisbaba una pequeña sonrisa.

Meadow era increíblemente preciosa, eso era un hecho, y Duncan se sentía con la necesidad de decírselo todos los días. Se tomó la aspirina y se acercó hasta quedar frente a ella. Le metió las manos bajo la camiseta y le acarició la cintura. Meadow se rio, y a Duncan le llegó perfectamente el resoplido que se escuchó al otro lado de la línea.

—Te está metiendo mano, ¿verdad? Sois como perros en celo, qué asco. ¡El profesor buenorro le está metiendo mano a nuestra pequeña Meadow mientras habla conmigo!

—¡¡Buffy!! —gritó la pelirroja, abochornada. Negó con la cabeza.

—Ni Buffy ni nada. Dejad de hacer cochinadas durante un rato y moved el culo hasta aquí.

Duncan levantó la cabeza del cuello de Meadow y la miró. Ella se apartó el teléfono de la oreja y lo miró poniendo los ojos en blanco.

—Los domingos solemos hacer barbacoa en el hotel de Buffy y quieren que vayamos.

—¿Quieren?

—Sí, van a estar todos y dicen que ya me perdí la anterior y que no puedo perderme esta también. —Duncan sonrió con socarronería. Deslizó las manos, que aún tenía bajo su camiseta, hasta rozarle los pechos y la miró como un lobo hambriento mira a su víctima.

—¿Te la perdiste? ¿Y eso por qué? ¿Qué estabas haciendo, pelirroja?

Meadow quería echar el teléfono al váter y tirar de la cadena. En su lugar, lo miró coqueta y con fingida inocencia.

—No tengo ni idea, señor Taylor.

A Duncan ya se le había pasado hasta el dolor de la frente. Ahora solo podía centrarse en Meadow y en la suavidad de su piel. Y en que tenía sus pezones tan cerca que solo con estirar un poco el brazo, podría pellizcarlos a placer.

—Como sigáis haciendo guarradas mientras habláis conmigo, además de ponerme como una moto, que lo sepáis, pondré el manos libres para que os oigan todos. Y tu hermano está aquí, Meadow. Tú misma.

Meadow ya no podía ponerse más roja. Tenía el rostro de un color granate que a Duncan le pareció adorable; eso, sumado al comentario de Buffy, le provocó un ataque de risa. Meadow se tapó la cara con las manos y Duncan decidió que era hora de hacerse cargo de la situación. Le quitó a Meadow el teléfono y se lo puso en la oreja.

—¿Qué pasa, chica del pelo de los mil colores?

—Ahora lo llevo caoba —le contestó de forma jovial y distendida.

—Danos media hora.

—Sí que eres rápido cuando quieres, ¿no, profesor?

Sí, Duncan era rápido cuando quería, y además bastante puntual, menos en esa ocasión. En vez de media hora, tardaron una, y porque Meadow lo había arrastrado con ella, si no, habrían sido dos. En cuanto colgaron el teléfono, Duncan la levantó en brazos y se la llevó a la cama para hacerle de todo. Le encantaba verla tumbada entre sus sábanas, pero más le gustaba verla retorcerse bajo su cuerpo mientras gritaba su nombre.

Cuando llegaron al jardín trasero del Bed & Breakfast de Buffy, lo hicieron entre miraditas de soslayo, risitas poco disimuladas y con las manos unidas, algo que a Duncan lo llenó de una dicha que no había sentido jamás. Él no solía dar valor a esas cosas, nunca lo había hecho, pero que Meadow entrelazara sus dedos con los de él justo antes de doblar la esquina para encontrarse con sus amigos y con su hermano fue para él un chute de adrenalina. Mejor que cuando consiguió su primer trabajo o cuando ganaron el campeonato en la universidad.

Buffy se acercó a ellos riendo y Meadow la golpeó en el hombro y la apuntó con el dedo de forma amenazante antes de que abriese la boca. Marie, la mujer de Erik, los saludó con la mano, y Aiko, que llevaba en brazos a la pequeña Meiko, los recibió con una sonrisa. Zoe los miró con una cara que no auguraba nada bueno. Duncan ya se había dado cuenta de que Zoe se parecía a la chica del pelo caoba, quizá un poquito menos intensa, pero apostaba a que las dos juntas eran bastante peligrosas.

Tom, Liam y Erik se acercaron a Duncan, le estrecharon la mano y le dieron una palmada en la espalda a modo de saludo. Él soltó la mano de Meadow a regañadientes para ir a ayudar con la barbacoa, aunque se permitió inclinarse y darle un pequeño beso en los labios al que ella respondió con gusto y una sonrisa.

Durante el resto del día, cada uno estuvo con su grupo, pero también juntos. Se sentaron uno al lado del otro y comieron, se rieron e hicieron manitas bajo la mesa como dos quinceañeros. Duncan le pasó un brazo por los hombros al llegar el momento del postre y ella se recostó contra su pecho. Todos se rieron de su golpe en la frente, que había pasado a ser morado, y él le dio un pequeño mordisco en el lóbulo de la oreja a Meadow cuando la vio tapándose la boca con la mano para sofocar una carcajada. Jugaron al Trivial, chicos contra chicas, y ganaron ellas, que los retaron a hacer un baile y rompieron a reír a carcajadas cuando vieron lo mal que lo hacían todos, sin excepción. Meiko se tapó la cara al ver a su padre moviendo las caderas y este, como venganza, la cogió en brazos, le hizo cosquillas y comenzó a besarla por toda la cara mientras daban vueltas en círculos. Meadow miraba a Duncan embobada porque, a pesar de que tenía dos pies izquierdos, era muy sexy, y a ella le ponía hasta haciendo el pino puente.

Luego hablaron del partido de padres contra profesores y Duncan le prometió a Tom no machacarlo en exceso. Tom le regaló una peineta y le dijo que más bien sería al revés. Sacaron unos dulces que había hecho Aiko y probaron nuevos sabores de tarta. Aiko solía innovar, y a sus amigos les encantaba ser los conejillos de Indias. Duncan probó casi todas las tartas de los labios de Meadow porque le sabían infinitamente mejor.

La mañana dio paso a la tarde y esta, a la noche. Se despidieron, unos con abrazos, otros con besos y algunos a regañadientes. Duncan lo hizo de las tres formas de Meadow. No dejaba de pensar en que lo suyo tenía fecha de caducidad, en que era algo pasajero, pero también en que era lo más real que había tenido en su vida y que no estaba dispuesto a soltarlo.

Ni en ese momento, ni nunca.

34

Las dos últimas semanas habían ido mucho mejor. El partido se disputaría el sábado y los profesores ya no parecían ranas salidas del agua dando vueltas por el asfalto. Ya eran capaces de botar la pelota mientras corrían y hasta de encestar alguna vez. Pero, sobre todo, habían sido dos buenas semanas porque Duncan había podido ver a Meadow a diario. Seguían con sus miraditas a la entrada y a la salida del colegio, pero también habían podido ir a comer más de un día e incluso pasar alguna tarde juntos, aunque lo hicieran a escondidas. Las noches eran distintas, Meadow tenía a Ethan, pero habían seguido enviándose mensajes e, incluso, habían tenido sexo por videollamada. Los primeros quince minutos, Meadow se moría de vergüenza y estaba roja como un tomate, pero después se había desinhibido tanto que hasta se preguntó dónde había quedado aquella chica tímida y recatada.

Era miércoles por la noche. Meadow estaba haciendo la cena cuando llamaron al timbre. No esperaba a nadie. Se limpió las manos en un trapo y salió de la cocina para ir a abrir cuando una sombra pasó casi volando por delante de ella. Ethan bajaba tan contento las escaleras que parecía otro niño. Ella se quedó parada y lo miró extrañada. Quería preguntarle a qué se debía ese cambio de actitud, pero no le dio tiempo. Ethan abrió la puerta y un sonriente Matthew esperaba al otro lado.

—¡Papá! —Ethan se acercó a su padre y le dio un abrazo. Él se lo devolvió junto con un beso en lo alto de la cabeza y miró a Meadow.

—Hola, princesa.

A Meadow le entraron ganas de clavarle en el ojo el cuchillo con el que estaba cortando la verdura.

—¿Vienes a ver el volcán que he hecho? Es una pasada. Me falta echarle el jabón y, por último, el vinagre.

Matthew asintió contento y le guiñó un ojo a su hijo.

—Por supuesto, campeón. Para eso he venido, ¿no?

Meadow seguía perpleja y sin enterarse de nada, sobre todo cuando vio a Matthew cerrar la puerta y dirigirse a las escaleras como si no pasara nada.

—Yo creo que deberíamos hacerlo en el jardín —dijo Ethan mientras subía el primer escalón. Después, se detuvo un segundo y se giró hacia su padre—. Si lo hacemos en el cuarto y lo mancho, seguro que mamá se enfada. No veas cómo se puso cuando hice el experimento de la Coca-Cola y los Mentos.

La carcajada de Matthew al escuchar a su hijo fue lo que ella necesitó para reaccionar. Dio un paso al frente y se paró a los pies de la escalera.

—Alto ahí los dos. —Matthew se detuvo, pero Ethan siguió subiendo—. Ethan, he dicho que pares.

El resoplido del niño debió de oírse en todo Variety Lake.

—¿Qué quieres ahora? Vamos a ver el volcán. He dicho que lo probaremos en el jardín, ¿cuál es el problema?

A Meadow comenzó a hervirle la sangre por la forma en la que su hijo le estaba hablando, pero también le picaban los ojos de las ganas que tenía de llorar. No llevaba nada bien aquello. No podía soportar que Ethan sintiera esa animadversión hacia ella y menos aún que el otro adulto que había en ese momento en esa casa no hiciera absolutamente nada. Que dejara que ella fuera la mala y él quedara como el bueno. Aun así, se tragó la rabia, respiró hondo e intentó sonreír.

—Por supuesto que puedes probar el volcán en el jardín, solo quiero saber qué está pasando. —Y qué narices hacía su ex en casa, pero ese último comentario se lo guardó.

—El otro día hicimos varios experimentos en clase con Duncan, ¿te acuerdas? Cuando fui su ayudante. —Meadow asintió. Claro que se acordaba. Había sido el último día que había visto a su hijo sonreír de aquella manera; a ella se le había hinchado el pecho al ver cómo Duncan se comportaba con él, cómo le daba protagonismo y lo animaba, para ver si así ella dejaba de tener el ceño fruncido constantemente—. Pues hicimos un volcán y me gustó mucho, así que he decidido probarlo en casa y quiero que papá lo vea. Aunque ya no viva aquí, puede seguir viniendo, ¿no? Y no quiero esperar a que lo invites tú, puedo hacerlo yo, que también es mi casa.

Si a Meadow le hubiesen dado un bofetón con la mano abierta en ese momento, no le habría dolido tanto como las palabras de su hijo. Desvió la vista hasta su ex para ver cuál era su reacción y deseó no haberlo hecho, pues Matthew sonreía como si fuera el rey del mundo.

Meadow tragó saliva y volvió a asentir. Los ojos le picaban, la garganta le dolía y el pecho le ardía.

—Por supuesto, cielo. Puedes invitar a quien quieras, solo que estaría bien que me lo dijeras, nada más.

—Vale. —Ethan se dio la vuelta y comenzó a subir de nuevo las escaleras seguido de su padre.

—Matthew, perdona, ¿podemos hablar un momento en la cocina? —El susodicho se volvió con una sonrisa tensa en los labios.

—Voy a hacer un experimento.

—Será solo un segundo, mientras Ethan lo prepara todo. Por favor.

No le gustaba suplicar, y mucho menos a él, pero tenía que terminar con aquella situación cuanto antes. Ethan podía invitar a su padre siempre que quisiera, Matthew nunca saldría de la vida de su hijo, pero no así. No de esa manera.

Matthew la miró durante unos segundos que a Meadow se le hicieron eternos. Finalmente, asintió con la cabeza y se giró hacia su hijo.

—Prepáralo todo, campeón. Te espero abajo, ¿vale?

A Ethan se le notaba que no le hacía mucha gracia, pero no dijo nada. Optó por asentir, tal y como había hecho su padre, y desapareció en el piso de arriba. Meadow echó a andar hacia la cocina. Jugaba con el dobladillo de la camiseta que llevaba mientras pensaba bien sus palabras. En cuanto entró, fue hasta el aparador y se apoyó en él. Matthew lo hizo en la mesa, se cruzó de brazos y sonrió.

—Tú dirás.

—¿Qué estás haciendo?

—No sé a qué te refieres.

—No puedes presentarte aquí de repente. Si vienes, me parece bien, pero me lo dices primero.

—Me ha invitado mi hijo. Quería ver una cosa con su padre y su padre ha venido. ¿Cuál es el problema?

—El problema es que esta es mi casa, Matthew, y no puedes entrar y salir de ella cuando te plazca.

—Cuando me plazca, no. He avisado y he llamado al timbre.

Meadow notaba cómo iba perdiendo la paciencia poco a poco. Cuando se enfadaba de verdad, gritaba, y mucho, pero esa vez tenía que controlarse.

Se pasó una mano por la cara y suspiró. Estaba cansada de toda esa situación y solo quería seguir con su vida.

Aprovechando que tenía a Matthew delante, fue hasta el comedor y sacó unos papeles de un cajón. Cuando volvió, fue directa a donde él estaba y se los tendió.

—¿Qué es esto? —preguntó, aunque se hacía una idea.

—Son los papeles del divorcio. Ya que no piensas ir a por ellos, te los he traído yo. Tienes que firmar en todas las hojas, al final, donde pone tu nombre. Verás que yo ya he firmado. Puedes leer las cláusulas o no, me da igual. Te he dado tiempo de sobra para hacerlo. Te agradecería que lo firmaras cuanto antes.

En cuestión de segundos, Matthew pasó de la sonrisa socarrona a la incredulidad y enseguida al enfado. Su cara fue cambiando de color, como la de los dibujos animados. Leyó los papeles que tenía en la mano, pasando hojas como un poseso, mientras abría y cerraba la boca. Al final, los dejó con rabia sobre la mesa y miró a Meadow.

—Te he dicho que no quiero firmarlos, que no podemos hacerlo. Ya has visto cómo se pone Ethan cada vez que nos ve juntos. Tenemos que hacerlo por él, Meadow. —Cerró los ojos y sacudió la cabeza. Cuando los volvió a abrir, la rabia había desaparecido y había dado paso a algo parecido a la lástima—. Todas las parejas pasan por baches. Nosotros estamos en uno. Pero lo arreglaremos. Siempre lo hacemos. Por favor, princesa. Haré lo que quieras, ¿vale? Tú pídemelo y ya está. No nos hagas esto. Llevamos diez años juntos... Por favor...

—No se trata de que tú quieras o no, es que las cosas son así y punto. Lo nuestro está muerto, Matthew.

—Pero ¿cómo puedes decir eso? —El tono de voz de Matthew en esos momentos era de desesperación. Se pasó una mano por el pelo rubio, nervioso, mientras miraba en todas direcciones. Al final, volvió a centrarse en Meadow—. Iremos a terapia.

Meadow abrió un poco los ojos, sorprendida. No sabía si había oído bien.

—¿Qué?

Matthew acortó la distancia y sujetó a Meadow por los hombros.

—Iremos a terapia. Veremos a quien tú quieras y lo solucionaremos.

—Matthew, tú no crees en esas cosas. Siempre has dicho que los psicólogos son los que peor están de la cabeza.

—Pero lo haré. Por ti, por Ethan. Por nuestra familia.

Meadow negó con la cabeza e intentó soltarse de su agarre, pero él volvió a sujetarla, esta vez cogiéndola de las manos.

—No es cuestión de ir a ver a nadie, es que nuestro matrimonio se ha terminado. Te diría que fue por lo de Destiny, pero creo que los dos sabemos que no es verdad. Nos habíamos convertido en compañeros de piso y habíamos dejado de ser nosotros.

—Pero yo te quiero, Meadow. Muchísimo. Eres mi princesa.

Meadow tenía poco más que decir. Se sentía como un disco rayado diciendo todo el rato lo mismo, pero esperaba que, en algún momento, Matthew por fin reaccionara y viera las cosas como eran.

La soltó por fin y dio un paso atrás, alejándose de su

contacto. Meadow buscó los ojos marrones que tanto le habían gustado cuando era adolescente y vio dolor en ellos. O quizá decepción. Como si Matthew estuviera decepcionado por la decisión que estaba tomando.

Quería seguir enfadada con él, pues se lo estaba poniendo todo muy difícil: la separación, su relación con Ethan, la firma de los papeles… Pero viéndolo en ese momento allí de pie, mirándola con aquella cara y suplicándole, le dio pena, y para ella no había peor cosa en el mundo que la lástima.

Cuando sus padres murieron, la gente la miraba de reojo y cuchicheaba. Había algunos que hasta la señalaban. Aquello, a una chica que ni siquiera había cumplido los dieciocho, debería haberle dolido, pero no. Le dolía la muerte de sus padres, que Erik y ella se hubieran quedado solos o que su hermano hubiese tenido que renunciar a tantas cosas para poder cuidarla. Que la mirasen y la señalasen le daba igual. La gente se aburría de su propia vida y tenía que hurgar en las de los demás para ser feliz. Lo que a ella le molestaba de verdad y la hacía enfurecer era que la mirasen con lástima. La hacían sentir como un perro al que acababan de abandonar en la carretera.

Y lo mismo le había pasado cuando se había quedado embarazada de Ethan, cuando la veían con aquella barriga tan prominente yendo a comprar al supermercado o paseando por la plaza del pueblo, como si acabase de cometer el mayor error de su vida y ya no se pudiese hacer nada por ella. Era una sensación que odiaba.

Pero eso, lástima, era justamente lo que le inspiraba Matthew en esos momentos. Lo había querido, habían tenido un hijo juntos y habían disfrutado de sus años felices, pero no habían sido una pareja. Nunca le había provocado el cosquilleo que le causaba ver a Duncan ni se había sentido tan querida, respetada y valorada como con el profesor. Era una locura. Se conocían de apenas unos meses, pero esa era la realidad.

Lo suyo con Matthew había sido de rebote. Se habían casado por necesidad y habían convivido por comodidad. Así era él, una persona práctica, y lo único que le pasaba era que había perdido esa comodidad, ese lugar seguro, al que siempre volvía. Porque eso era ella para él: la seguridad de la vida perfecta. Pero aquello no era sano; ni para él, ni para ella, ni mucho menos para aquel niño que en ese momento preparaba con tanta ilusión un volcán en el piso de arriba.

Puede que a Ethan le costase asimilar que sus padres ya no estaban juntos, pero no sería ni el primero ni el último niño cuyos padres se divorciaban. Terminaría acostumbrándose, y ella estaría siempre allí para hacérselo todo lo más fácil y sencillo posible.

Echó a un lado los pensamientos negativos y se centró en los positivos. Miró los papeles, que seguían sobre la mesa, y después a Matthew. Los cogió, los ordenó, y los dejó de nuevo con cuidado. Hinchó el pecho para coger fuerza y habló:

—Tú no me quieres, Matthew. —Él la miró con sorpresa, como si acabase de decirle que un elefante rosa había entrado por la ventana. Meadow vio que estaba a punto de decir algo, pero negó con la cabeza—. Tú te has acomodado a mí, que es muy diferente. Te casaste conmigo porque te viste obligado.

—Me casé contigo porque estaba enamorado de ti.

—Te casaste conmigo porque acababa de tener a tu hijo.

—Y porque te quería.

Meadow suspiró y levantó una mano.

—Tú te obligaste a quererme, que es muy distinto. Eso

no es amor, es comodidad, y es una forma de querer muy fea. Querer es despertarse todas las mañanas al lado de alguien y que su sonrisa sea lo último que quieras ver. Es cocinar juntos y ensuciar para luego limpiar, entre risas y bailes. Es adaptarse a los gustos del otro y compaginarlos con los propios. Es pasión, aceptación y respeto. Querer no es tener afecto o sentir cariño, eso lo puedes sentir por cualquier persona, animal o incluso cosa. Querer es desear tanto al otro que para ti sea suficiente.

Por primera vez en su vida, Matthew no supo qué decir. Escuchaba a Meadow hablar, pero no era capaz de procesar lo que decía, como si tuviera algo bloqueándole el cerebro y la información no le llegara con nitidez. Ella, por su parte, se sentía liberada. Acababa de quitarse de encima una gran losa de cemento.

Tras decirle todas esas cosas a Matthew, solo pudo pensar en una persona, en él, en Duncan, en quien le hacía sentir todo aquello y más. Ya lo había pensado antes; era una locura se mirase por donde se mirase, pero en los últimos meses se había dado cuenta de que le gustaban las locuras, y más si las vivía con él, así que... ¿por qué no?

El silencio en la cocina era tan denso y pesado que podía cortarse con un cuchillo. A pesar de eso, Meadow sintió la necesidad de hacer una última cosa. Se acercó hasta Matthew, que seguía quieto como una estatua, y se puso de puntillas. Le rodeó el cuello con los brazos y lo abrazó. En esos momentos, intentó pensar en cuándo había sido la última vez que se habían abrazado y ni se acordó.

Tras soltarse, dio un paso atrás y señaló los papeles con la mano.

—Me voy a mi habitación. Te voy a dejar que hagas ese experimento con tu hijo y, cuando acabéis, te marchas.

Siempre formarás parte de mi vida por ser quien eres, pero es hora de que tú hagas tu vida y yo, la mía. No vamos a volver a estar juntos y es hora de que lo aceptes. No quiero ser dura, ni borde, solo espero que hagamos las cosas bien y con cabeza, pero si me causas problemas, si no firmas los papeles..., verás mi lado malo, y te aseguro que en estos diez años no lo has visto ni una sola vez.

Meadow no quería esperar respuesta. Además, escuchaba a su hijo en el piso de arriba y sabía que era cuestión de segundos que apareciese en la cocina. Así que se quitó el delantal que llevaba para cocinar, lo dejó sobre una de las sillas y se dio la vuelta para marcharse. Aún no había salido por la puerta, cuando escuchó a Matthew moviéndose a su espalda.

—¿Es por él? —Meadow no se volvió. Se quedó quieta y esperó a que terminara, porque sabía que no lo había hecho—. ¿Lo estás eligiendo a él en vez de a mí? ¿En vez de a tu familia?

—Me estoy eligiendo a mí. —Jamás había sido tan clara y contundente. Lo miró por encima del hombro—. No tengo que elegir a nadie para ser feliz, conmigo me basto y me sobro.

—¿Y por eso te estás acostando con él? Que no vayáis de la mano por ahí no significa que no lo sepa todo el mundo.

—Hace tiempo que las habladurías de la gente no me importan.

—¿Y Ethan tampoco?

Meadow se volvió para enfrentarlo cara a cara.

—Te lo he dicho antes, Matthew. Por las buenas, soy muy buena, pero por las malas, puedo ser la peor. No me lo pongas difícil y no me des lecciones. Porque si de lecciones se trata, aquí va una: Wendy me importa una mierda, pero creo que es perfecta para ti. En realidad, siempre lo he pensado. Estáis hechos el uno para el otro. Y hasta ella se merece un respeto. A mí me da igual con quién te acuestes o te dejes de acostar, ya se llame Wendy, Destiny o Sarah, pero si no quieres estar con ella, díselo, no le hagas más daño a ella, a ti y a todos los que arrastráis detrás.

Esa vez no esperó. Dio media vuelta y desapareció tan rápido que ni siquiera a Matthew le dio tiempo a pensar ni a preguntar cómo se había enterado de lo suyo con Wendy.

Meadow se encontró a Ethan saliendo de su habitación. Se acercó a él, le cogió la cara con las manos y le dejó un beso en la frente. Después, se encerró en su habitación, se preparó un baño con sales, encendió unas velas, puso música de fondo y dejó que las preocupaciones y la tensión se colasen por el desagüe.

35

Duncan:
Dime que sí

Pelirroja:
No

Duncan miró el mensaje que acababa de recibir de Meadow y no pudo más que echarse a reír. Apoyó la espalda en el respaldo de la silla y cruzó los pies por debajo de la mesa. Todo sin dejar de sonreír.

Duncan:
Vamos, pelirroja, no puedes negarte

Pelirroja:
No puedo decir que sí a algo que desconozco

Duncan:
¿Dónde estaría la gracia si te lo dijera? En eso consisten las aventuras. En lanzarte de cabeza sin medir las consecuencias

Pelirroja:
Es que yo no soy aventurera, profesor. Lo siento.
Tendrás que buscarte a otra que lo sea

Duncan:
Ves? Acabas de llamarme profesor y ya pierdo el hilo de lo que iba a decir. No sabes cómo me pones, pelirroja

Pelirroja:
Pues entonces tendré que llamarte señor Taylor

Duncan:
Confirmado. Se me ha ido la olla del todo.
De qué hablábamos?

Duncan no podía ver a Meadow, pero se la podía imaginar riendo por sus comentarios. Seguro que pensaba que él estaba de broma, pero no, lo decía muy en serio. Meadow lo volvía loco de todas las maneras posibles, pero cuando le llamaba «señor Taylor» o «profesor», perdía la cabeza por completo.

Miró la mesa en la que estaba apoyado y sonrió. Daría su brazo derecho en esos momentos por tener a Meadow otra vez sobre ella. Por volver a verla correrse solo con sus dedos, desmadejada entre sus brazos. La había tenido así hacía menos de veinticuatro horas, apoyada contra la pared del recibidor de su casa, y luego en la ducha, pero no era suficiente. Nunca tenía bastante. Siempre quería más y más, y por eso había tomado una decisión.

Miró la hora en el reloj y vio que quedaban solo dos horas para el partido de las narices. Después, sería por fin libre. Tenía que ir a estirar un poco, pero antes debía hacer otra cosa.

Se puso de pie, cogió la bolsa de deporte y salió de clase. En cuanto llegó al despacho de la directora, llamó con los nudillos antes de abrir la puerta y entrar. Andy, como había pedido a todos que la llamasen, ya vestía el chándal reglamentario del colegio y lucía su constante sonrisa. En cuanto vio que era Duncan, esa sonrisa se ensanchó.

—Los vamos a machacar —le dijo llena de convencimiento. Duncan sonrió y asintió con la cabeza.

—Con que sean capaces de botar la pelota dos veces seguidas me conformo.

Andy puso los ojos en blanco y chasqueó la lengua.

—Qué poca fe tienes en tus compañeros.

—Poca fe no. Soy realista. —Andy se echó a reír y no pudo más que darle la razón—. Será mejor que vayamos yendo y estiremos un poco. Solo falta que alguno se nos lesione.

—Me encanta cuando te pones en plan entrenador tocapelotas. —La directora le dio la espalda y se acercó a su archivador. Abrió el tercer cajón y sacó un sobre. Con él en la mano, se acercó a Duncan y se lo dio—. Supongo que la verdadera razón por la que estás en mi despacho es esta.

—¿Has podido?

—Te dije que haría todo lo que estuviera en mi mano. Si aún lo quieres, es tuyo.

Duncan nunca creyó que recibir aquellos papeles pudiera hacerle tanta ilusión. Les echó un vistazo y sonrió como un crío la mañana de Navidad al ver la firma de Andy en todos y cada uno de ellos. Por un momento, vaciló, temeroso de que Meadow no sintiese el mismo entusiasmo. Pero quería arriesgarse. Como le había dicho hacía escasos minutos, vivir aventuras consistía en lanzarse de cabeza sin medir las consecuencias, y él quería vivir aquella aventura con los ojos y los brazos abiertos. No tenía ni idea de cómo reaccionaría ella, pero si no hacía aquello, si no le daba pruebas de que lo suyo era real, nunca lo sabría.

Miró a Andy y asintió.

—Lo quiero.

—Pues no me queda nada más que darte la enhorabuena. —Estiró la mano y esperó a que él se la estrechase. Cuando lo hizo, le dio un apretón afectuoso—. Ahora, vamos a machacar a esos padres tocapelotas.

Duncan:
Lo he hecho. Los tengo en la mano

Timmy:
Hasta que no lo vea, no me lo creo

Timmy:
Qué orgulloso estoy de ti. Ver para creer

Duncan:
Ahora no te me pongas en plan sentimental

Timmy:
Se lo has dicho a Meadow?

Duncan:
Espero hacerlo esta noche después del partido

Timmy:
Espero que te diga que no

Duncan:
Cállate

Timmy:
Ay, que el nene se pone nervioso

Timmy:
Por cierto, suerte en el partido, caraculo. Soy el que está sentado en el primer banco con unos pompones rosa y una camiseta con tu cara

Duncan:
Espero que eso no sea verdad

Timmy:
Compruébalo tú mismo. Gírate

Duncan se giró alarmado, pues conocía lo suficiente a su primo como para saber que era verdad lo que le decía. Aun así, cuando lo vio con aquellos pompones y aquella camiseta amarillo chillón con una foto suya en un día de borrachera justo en el centro, se sorprendió. Aún no entendía cómo, después de tantos años, seguía haciéndolo. Lo que no se esperaba era ver a Cam de la misma guisa, solo que, en lugar de pompones, llevaba una pancarta.

Miró a su primo de forma muy amenazante, pero como a este le daba todo igual y tenía el sentido del ridículo en la planta del pie, se puso a corear su nombre y a hacer la ola. Duncan optó por sonreír, levantar el dedo pulgar en señal de asentimiento y prepararse para el partido. Dejó la bolsa en el banco, se acercó a sus compañeros y los puso a hacer estiramientos, a correr un poco por el campo y a practicar tiros con el balón.

La sintió antes incluso de verla. Era como si su cuerpo pudiera reconocerla a diez metros de distancia. Se dio la vuelta y miró hacia la puerta justo cuando ella entraba en el gimnasio del colegio. No iba sola; Aiko, Buffy, Zoe y Ethan venían con ella. Meadow también lo sintió a él. Lo buscó y le sonrió de aquella forma que a él tanto le gustaba, tan única, tan suya. Duncan supo entonces que todo estaba bien. Que la decisión que había tomado era la correcta y que las cosas solo podían ir a mejor.

Ella lo saludó de forma casi imperceptible con la mano;

él le guiñó un ojo y se unió a sus compañeros. El encuentro estaba a punto de empezar y lo estaban viviendo como si de un partido de la NBA se tratase.

Meadow se sentó con sus amigas y su hijo, y no le quitó ojo a Duncan durante todo el partido, aunque también animaba a Tom, que era casi tan bueno como su profesor.

Duncan daba órdenes, hacía cambios y corría con el balón de un lado a otro. También miraba mucho hacia las gradas, tanto al loco de los pompones rosa, pues era difícil no hacerlo, como a la preciosa pelirroja de la cuarta fila que no había dejado de sonreír desde que había entrado.

Fue por culpa de una de esas miradas que Duncan no vio el balón que iba directo hacia su cara. Quien sí lo vio fue su nariz, que lo recibió de pleno. El balón le golpeó tan fuerte que lo hizo tambalearse y acabó sentado en el suelo. Le dolía horrores. Se llevó las manos a la nariz y se tragó un grito. Si hubiera estado solo, se habría puesto a llorar como si no hubiera un mañana.

Escuchó gritos y pasos y vio a gente corriendo hacia él. Incluso le pareció oír que alguien lo llamaba. Pero él solo podía centrarse en el dolor tan agudo que lo recorría entero.

Se apartó las manos un segundo de la cara y vio que estaban llenas de sangre.

A los padres de Duncan les hubiera encantado que su hijo fuese médico, pero había un pequeño problema: cuando Duncan Taylor veía sangre, se desmayaba. Así que, en aquel gimnasio, rodeado de padres, alumnos y compañeros de trabajo, cayó redondo al suelo.

36

No te rías.
—No lo hago.
—Te estoy viendo.
—Imposible. Tienes los ojos cerrados.
—Te siento.
—¿Ahora eres como el niño de *El sexto sentido*?

Duncan abrió un ojo y se giró hacia la derecha. Como suponía, su primo se aguantaba tanto la risa que se estaba poniendo morado.

—Eres de mi familia. Se supone que la familia se apoya y se ayuda, capullo.

—¿Y qué estoy haciendo? Me he quedado aquí velando por ti. Si quieres, te cojo de la mano y te canto una nana.

Duncan le enseñó a su primo el dedo corazón y volvió a taparse los ojos con el antebrazo. Seguía sintiéndose un poco mareado y la nariz aún le palpitaba, aunque, por lo menos, había dejado de sangrar. Pero lo que más le dolía era el bochorno de haberse desmayado delante de todo el pueblo. No le bastaba con haber recibido un balonazo en la cara, no, tenía que desplomarse también.

Un suspiro lastimero salió de lo más hondo de su garganta, acompañado de una risa sofocada de Timmy.

—¿Ha sido muy bochornoso?

—No.

—Siempre se te ha dado mal mentir.

—Y tú eres experto en hacer preguntas absurdas.

Duncan se llevó una mano con cuidado a la nariz y la rozó con los dedos. Se tuvo que morder la lengua para no gritar.

—¿Está muy mal?

—Define mal. Mira a Sarah Jessica Parker. Tiene la nariz grande y la tía es sexy a rabiar.

—¿Quieres decir que tengo la nariz grande pero que, aun así, estoy sexy?

—Quiero decir que para la próxima fiesta de disfraces no hace falta que te compres nada. Ya tienes la nariz y las gafas de Groucho Marx. Te pintas un bigotito y listo.

—No le hagas caso. A mí sigues pareciéndome muy sexy.

En cuanto escuchó aquella voz, a Duncan le desapareció el dolor, el bochorno y la vergüenza. Se apartó la mano de la cara y miró hacia la puerta. Meadow le sonreía y lo miraba indecisa y con la nariz arrugada.

—¿Te duele?

—No.

—Qué mentiroso eres —dijo Timmy poniendo los ojos en blanco. Se giró hacia la recién llegada—. Quiere llorar, pero le da vergüenza. Está esperando a llegar a casa para hacerlo.

Meadow se tragó una carcajada y se acercó hasta el banco del vestuario en el que estaba tumbado Duncan. Se puso en cuclillas y estiró la mano para apartarle un mechón de la frente.

—Del uno al diez, ¿cuánto te duele?

—Treinta y cinco.

Meadow no pudo contener más la risa. La dejó salir libre y a él le pareció el sonido más maravilloso del mundo. Duncan cerró los ojos y ronroneó como un gato ante la caricia de ella.

—Hace juego con el chichón de tu frente.

—Ha sido por tu culpa, ¿sabes? —dijo en tono meloso. Dejó de sentir la mano de Meadow, así que abrió los ojos y la miró. Ella lo observaba con una ceja arqueada—. No me mires así, es verdad. Si no fueras tan guapa y no me tuvieses tan loco, no habría estado mirándote embobado y habría visto venir esa pelota.

El estómago de Meadow se contrajo ante las palabras de Duncan. Sin pensar en si estaba bien o mal, en si era apropiado o no, lo besó con cuidado en los labios. Fue solo un roce, algo insignificante, pero para los dos supuso un mundo.

—¿Puedes volver a hacerlo? Es que aún me duele mucho.

—Tienes mucho morro.

—¿También? Yo creía que con la nariz grande tenía de sobra.

Meadow sonrió y negó con la cabeza. Se acercó y volvió a besarlo. Esa vez se atrevió a abrir un poco la boca, pero sin abusar. Sabía que a Duncan le dolía la nariz y que con cualquier roce podía ver las estrellas.

Se separaron y se miraron a los ojos. La intensidad con la que lo hacía Duncan la desarmó por completo. Lo vio tragar saliva y cómo la nuez de la garganta le subía y bajaba. Le pasó un dedo por los labios y por el mentón. Él le puso una mano en la cintura y la atrajo hacia él. Estaban tan pegados el uno al otro que cualquiera que los viese pensaría que eran un solo ser.

—Eres increíblemente preciosa, pelirroja. ¿Te lo había dicho hoy? —Ella negó con la cabeza. Sí que lo había hecho, pero a Meadow le encantaba oírlo—. Pues lo eres, y me gustaría que vinieses luego a casa porque quiero...

—¿Mamá?

No lo oyeron llegar. Estaban tan metidos en su propio mundo que lo demás había desaparecido.

Duncan soltó a Meadow y ella se dio la vuelta tan rápido que tuvo que esperar unos segundos a que todo volviese a su sitio. Se encontró a su hijo parado bajo el marco de la puerta de los vestuarios mirándolos horrorizado.

Meadow se levantó y fingió la mejor de sus sonrisas.

—Ethan, cariño, ¿qué haces aquí?

—He... he venido a ver cómo estaba Duncan y si se había hecho mucho daño.

El niño los miraba a uno y a otro con los ojos como platos. Meadow estaba tan nerviosa que no sabía dónde ponerse ni qué hacer. El niño dejó de fijarse en su profesor y se centró en su madre para observarla con incredulidad.

—Mamá, ¿te estabas besando con Duncan?

A Duncan se le encogió el corazón al ver la cara de Meadow tras oír la pregunta, aunque una parte muy pequeña de él también estaba impaciente por saber lo que ella respondería.

—¡Qué va! Estaba mirando a ver si se había hecho daño.

Meadow estaba tan nerviosa que no sabía si reír o romper a llorar.

Duncan se incorporó hasta quedar sentado en el banco. La entendía, pero le había dolido un poco aquella respuesta. Ethan se cruzó de brazos y negó con la cabeza.

—Le estabas dando un beso, mamá. Te he visto.

—Te he dicho que no, Ethan. Habrás visto mal.

—Nosotros no nos mentimos, tú misma lo dices. Siempre nos decimos la verdad, y yo quiero que me la digas. ¿Le estabas dando un beso al señor Taylor?

Le había llamado señor Taylor. Aquello no podía ser bueno.

Ethan tenía apenas nueve años, y aunque todavía era muy inmaduro en ciertos aspectos, en otros no lo era en absoluto. Sabía lo que había visto. Estaba tan seguro de ello como de que el cielo era azul y el sol, amarillo.

Meadow había basado la crianza de su hijo en la sinceridad. Había luchado por crear un vínculo entre los dos por el que siempre se decían la verdad y nunca se mentían, pues para Meadow era muy importante que Ethan confiara en ella; así que no le quedó más remedio que asentir con la cabeza.

—Sí, cariño. Le estaba dando un beso a Duncan.

—¿Sois novios?

La pregunta la pilló por sorpresa porque jamás habían hablado de lo que eran. No habían puesto etiquetas a lo suyo, pero era absurdo negarlo. Eran pareja, o habían estado jugando a serlo todo ese tiempo. Explicárselo a un niño de nueve años era complicado, de modo que optó por asentir de nuevo.

—Sí.

—¿Por eso has dejado a papá, porque estás con el señor Taylor?

En ese momento, fue Meadow la que abrió los ojos como platos. Ni en un millón de años hubiese esperado una pregunta como aquella.

Duncan permanecía callado. Sabía que era algo entre madre e hijo; si él hablaba, lo único que haría sería empeorar las cosas. Pero también sabía que Meadow estaba a punto de romper a llorar.

—Ethan, tu madre no ha engañado a tu padre conmigo, ella...

—¡¡¡No estoy hablando contigo!!! —Ethan gritó tan alto que, además de pillarlos por sorpresa, no les quedó ninguna duda de que se había escuchado en todo el gimnasio.

Meadow intentó dar un paso al frente, pero se detuvo en seco al ver la cara de su hijo; estaba rojo y había empezado a llorar.

—Ethan...

—¡¡Me has mentido!! ¡¡Me has mentido!!

El pequeño dio media vuelta y echó a correr. Todo fue tan rápido que a ninguno de los dos le dio tiempo a detenerlo. Duncan se puso de pie y se acercó a Meadow, pero ni siquiera llegó a tocarla. Ella echó a correr detrás de su hijo, desapareciendo también del gimnasio.

—Meadow. ¡¡Meadow!!

Quiso ir tras ella, pero la verdad era que se estaba mareando y, si no se sentaba, volvería a desmayarse.

Buffy, Timmy, Cam, Aiko y Zoe entraron en tropel en el vestuario. Los dos hombres se acercaron corriendo a Duncan al verlo blanco como la pared y a punto de caer.

—¿Qué ha pasado? —preguntó la rubia—. ¿Dónde está Meadow?

—Moja un paño, camiseta o lo que veas con agua y tráemelo —le pidió Cam a su novio mientras se sentaba en el banco y colocaba la cabeza de Duncan sobre su regazo—. ¿Qué ha pasado?

—Me he levantado muy rápido y me he mareado, pero estoy bien, de verdad. —Se giró hacia las chicas y las miró—. Id a buscar a Meadow, por favor. Ha salido corriendo.

—Pero ¿qué ha pasado? Nos ha parecido oír unos gritos, pero...

—Ethan nos ha visto —le contestó Duncan a la repostera mientras cerraba los ojos y dejaba que Cam le pasase un paño mojado por la frente y por la nuca—. Nos ha visto besándonos y ha salido corriendo. Meadow ha ido tras él.

—Mierda.

Eso fue lo último que escuchó Duncan antes de que las tres chicas salieran corriendo a buscar a su amiga.

Todo se había ido a la mierda, estaba seguro.

Él quería estar con Meadow, y también con Ethan, era un niño increíble. Debían habérselo contado todo, no tendría que haberse enterado así.

Cam y Timmy hablaban en susurros. Por el tono de voz que empleaban, se notaba que estaban preocupados, pero a Duncan le dolía demasiado la cabeza como para prestar atención. Solo podía pensar en Meadow, en Ethan, en las lágrimas de este último al verlos y ser consciente de lo que pasaba, y en la cara de ella al ver la reacción de su hijo.

Sí, todo se había ido a la mierda.

37

A Meadow ya no le quedaban uñas. Andaba de un lado para otro, nerviosa, mientras pensaba a dónde podía haber ido Ethan. Había salido corriendo tras él, lo había visto a lo lejos unos segundos y después nada, había desaparecido. Había recorrido medio pueblo y no lo había encontrado. Tampoco sus amigas, ni Tom y Liam.

De Duncan no sabía nada. O no había querido saber, más bien, porque no había contestado a ninguna de sus llamadas de teléfono ni mensajes. No estaba enfadada con él, y tampoco lo estaba evitando; simplemente, estaba tan preocupada por su hijo que no podía centrarse en nada más.

El corazón casi se le salió del pecho cuando escuchó el timbre de la puerta. Corrió y abrió de un tirón. Era su hermano quien estaba al otro lado. Se llevó una mano al corazón y soltó un suspiro lastimero.

—Erik, por Dios, creía que eras...

—Está sentado en el coche. —Meadow levantó la cabeza y miró a su hermano.

—¿Qué?

—Lo he encontrado en las cuadras, le estaba dando de comer a Galán. Ya sabes que adora a ese caballo. —Meadow no quería seguir hablando de animales. Salió de casa para ir directa al coche, pero su hermano no se lo permitió. La sujetó de la muñeca y la obligó a girarse—. Anda, ven, pecosa, siéntate conmigo un rato aquí.

Meadow quería protestar, soltarse y salir corriendo para ver si su hijo estaba bien y gritarle por haber desaparecido de ese modo. Pero hizo lo que su hermano le pidió. Erik tenía una forma de hablar y de mirar que incitaba a hacerle caso en todo. Él no lo hacía adrede, pero había sido así toda la vida y no iba a cambiar ahora.

Erik se sentó en el primer escalón y ella lo hizo a su lado. Estiró el brazo y se lo pasó por los hombros. Después, la atrajo hasta tenerla contra su pecho.

—Está enfadado.

—¿Que él está enfadado? ¿Tú sabes el susto que me ha dado, Erik? —Levantó la cabeza y lo enfrentó. Erik vio que tenía los ojos rojos, no sabía si del mismo enfado o porque había estado llorando. Seguramente, por todo a la vez—. No puede hacer esas cosas. Tiene nueve años, por el amor de Dios. Yo con nueve años no le daba esos disgustos a mi madre.

—Tú con nueve años le quemabas el pelo a tus compañeras de clase.

—¿Has hablado con Buffy? ¡Fue un accidente! —Erik la miró con una ceja levantada. Meadow puso los ojos en blanco y miró al frente—. Da igual lo que yo hiciera, no estamos hablando de mí. Estamos hablando de él y de que se ha escapado de casa.

—Estamos hablando de un chaval que se ha asustado y ha salido corriendo.

—No lo defiendas.

—No lo defiendo, estoy de tu parte, ya lo sabes. Solo

quiero que intentes mirar las cosas desde su punto de vista. Que él salga del coche, entre en casa y os pongáis los dos a gritar no creo que solucione nada.

—Entonces ¿tú qué propones? ¿Que haga como si nada? ¿Lo abrazo y le doy una palmadita en la espalda?

—Te sientas y lo escuchas.

Un dolor sordo y agudo comenzó a recorrer la cabeza de Meadow de lado a lado. Su hermano volvió a estrecharla y le acarició el pelo.

—Me odia, Erik.

—Sabes que eso no es verdad.

—Llevamos unos meses muy complicados. Me grita, me mira mal, me contesta peor... Eso no lo había hecho jamás.

—Sus padres se han separado, es normal que eso le afecte. Habéis pasado de ser tres a diario a ser solo dos y, encima, tiene que ir saltando de casa en casa como en el juego de la oca.

—Pero a su padre no lo trata como a mí.

—Porque a su padre no lo quiere como a ti.

Las lágrimas ya corrían sin control por las mejillas de Meadow. Su hermano comenzó a limpiárselas con los pulgares sin dejar de sonreír. Después, se acercó y le dio un beso en la frente.

—Habla con él, renacuajo. Explícale por qué sus padres ya no están juntos. Cuéntale tu versión de la historia. No tienes que contarle la infidelidad, pero es un niño muy maduro. Explícale que su madre ya no se sentía querida y necesitaba un cambio. Que vea lo feliz que eres ahora. Sé sincera con él en todo, incluso en lo de su profesor. —Le dio un beso en la mejilla y un abrazo. Después, se puso en pie y la ayudó a levantarse—. Llámame para cualquier cosa, ¿vale? Sabes que siempre estaré para ti si silbas.

Erik bajó los escalones y se dirigió al coche. Abrió la puerta del copiloto y ayudó a bajar a un cabizbajo Ethan. Le dijo algo en el oído que Meadow, por supuesto, no escuchó. Solo pudo ver cómo el niño asentía y le devolvía el abrazo a su tío. Después, comenzó a andar hacia su casa arrastrando los pies.

A Meadow le temblaba todo el cuerpo de los nervios. Cuando su hijo terminó de subir los escalones y se colocó a su lado, no lo dudó. Abrió los brazos y dejó que se cobijara en ellos. Lo escuchó sollozar y a ella se le partió el alma en mil pedazos. Parecía que no tenía consuelo. Apoyó la mejilla en lo alto de su cabeza y lloró con él. Era como si Ethan acabase de abrir una compuerta que no podía cerrarse. Meadow se despidió de su hermano con la mano y entró en casa con su hijo agarrado a su cintura.

Fueron directos al sofá. Se sentaron uno al lado del otro y Meadow esperó hasta que su hijo se tranquilizó un poco. Su cuerpo seguía pidiéndole que le mostrase lo enfadada que estaba con él por haberla preocupado de esa manera, pero su cabeza le decía que su hermano tenía razón.

Cuando los sollozos remitieron y notó que Ethan ya no estaba tan tenso, lo apartó y lo miró a la cara. Sonrió, quería que Ethan se sintiera seguro y tranquilo, y le limpió la cara con su propia camiseta.

—Me has dado un susto de muerte.

—Estaba enfadado. Lo siento mucho, mamá.

—Lo sé, pero no vuelvas a hacerlo. Jamás. —El pequeño asintió y la barbilla comenzó a temblarle. Meadow le acarició la mejilla y apoyó su frente en la suya—. Perdona por haberte mentido. O por no haberte dicho la verdad. Eso ha estado muy mal y yo también lo siento mucho. Te juro que no volveré a hacerlo. Jamás.

Levantó el dedo meñique y lo movió frente a la cara de Ethan. Este lo miró unos segundos antes de levantar el suyo y entrelazarlo con el de su madre.

Luego, Meadow hizo caso de las recomendaciones de su hermano: le habló a Ethan de Matthew y de por qué se habían separado. Mientras hablaban, se dio cuenta de que nunca habían hecho aquello. Ella había pensado que, por el bien de su hijo, era mejor contarle algo superficial, no ahondar demasiado en el tema. Había creído que de esa manera lo llevaría mejor. Pero había resultado todo lo contrario, porque al no decirle que era algo definitivo, al no habérselo dejado claro, le había dado una impresión diferente.

No le habló de Destiny, tampoco había que contarlo todo, pero sí de ella. De cuánto los quería a los dos y de lo feliz que había sido con ellos. De que su padre siempre sería alguien muy importante en su vida, pero necesitaban seguir caminos diferentes. Le dijo que lo más importante era quererse a uno mismo y valorarse, que solo se era plenamente feliz cuando se conseguían esas dos cosas. Que eso podía lograrse en pareja, sí, pero que, sobre todo, debía poder alcanzarse solo. Que Matthew y ella habían terminado convirtiéndose en compañeros de piso y que eso no era sano para ninguno de los tres.

Ethan escuchó atento a todas y cada una de las cosas que le dijo su madre. Como Erik le había dicho, Ethan era muy maduro y las comprendió. Le seguía doliendo que su padre no estuviera con ellos. ¿Qué niño no querría tener a sus padres juntos? Pero acabó asintiendo con la cabeza y diciéndole que lo entendía.

Meadow también le habló de Duncan. O del señor Taylor, como Ethan había pasado a llamarlo, lo que demostraba que no estaba muy conforme con la nueva relación de su madre, aunque no dijo nada. Al niño le picaban los ojos e intentaba que no se le cerrasen, así que Meadow decidió dejar la conversación para otro día. Lo acompañó a su habitación, lo ayudó a desvestirse y lo arropó. Se sentó en la cama y le acarició el pelo y la frente hasta que se quedó dormido, como hacía cuando era pequeño.

Se quedó allí sentada, mirándolo, no supo ni cuánto tiempo.

Le había gustado hablar con él y estaba muy orgullosa de su actitud, obviando la parte en la que había desaparecido, de la que hablarían largo y tendido al día siguiente. Entre los dos, elegirían el castigo oportuno.

Y pensó. Pensó mucho en su vida y en cuánto había cambiado en los últimos meses. Pensó en que aquel cambio había sido positivo, sobre todo gracias a Duncan, eso no lo podía negar, pero también había sido precipitado. No se había centrado en ella ni en su hijo. Había vivido tan intensamente con Duncan que se había perdido por el camino y casi había perdido a su hijo. Y eso no lo podía consentir.

38

Duncan había salido de casa de su primo dando un portazo. El médico que lo había visto le había recomendado pasar la noche en el hospital, en observación, pero él se había negado, así que el médico le había pedido que, por favor, estuviese bajo la supervisión de alguien. Timmy y Cam no habían tardado en ofrecerse a cumplir con el cometido. El segundo se había ido a trabajar, pero el primero casi lo había atado a la cama para que no se moviese.

El problema era que Duncan tenía un objetivo, y cuando algo se le metía entre ceja y ceja, no había quien lo hiciera cambiar de idea. Por eso había acabado allí, frente a la casa de Meadow, con el móvil en la mano y la mochila con el sobre que había recogido del despacho de Andy al hombro.

No había tenido noticias suyas en todo el día, solo algún mensaje de Tom o Erik informándole de que Ethan había aparecido y de que estaba bien, pero se estaba volviendo loco. Sentía que algo malo estaba a punto de pasar y esa sensación lo estaba asfixiando. Además, necesitaba hablar con ella. Verla y que le dijese que todo iba bien.

Se detuvo frente a los escalones de la entrada y marcó el número. Meadow lo cogió al segundo tono.

—¿Duncan? —Escuchar por fin su voz le alivió. Sonrió por primera vez en toda la tarde y levantó la cabeza reubicándose en su habitación.

—¿Cómo estás?

—Bien. ¿Qué haces llamando a estas horas? Me has asustado.

Ni siquiera se había dado cuenta de la hora que era. Apartó el teléfono de la oreja y miró la pantalla: las dos de la mañana. Se pasó una mano por el pelo y suspiró.

—Lo siento mucho. La verdad es que no me he dado cuenta de la hora que era.

—No te preocupes, no pasa nada.

—Te he despertado, ¿verdad?

—Lo cierto es que no. Llevo un rato intentando dormir pero aún no he podido. ¿Tú qué tal? ¿Cómo va esa nariz?

—Ha visto tiempos mejores. Timmy dice que soy una mezcla de mandril, por tener la nariz tan roja, y mono narigudo. —Meadow se rio y Duncan lo hizo con ella. Fue hasta uno de los escalones y se sentó—. Siento mucho lo que ha pasado con Ethan. Te juro que no sabía que estaba allí. No era mi intención que se enterase así.

—No ha sido tu culpa. En todo caso, ha sido mía por no decírselo, pero lo hecho, hecho está. No hay que darle más vueltas.

—Es muy buen chico.

—Lo sé.

—Has hecho un buen trabajo con él, pelirroja. —Duncan escuchó a Meadow sollozar. Se pasó una mano por la cara—. No quería hacerte llorar.

—Tranquilo, parece que es algo que me ha dado por hacer en las últimas horas.

Duncan miró hacia arriba, hacia la casa a oscuras, y se armó de valor.

—Estoy sentado en tu porche.

—¿En mi porche?

—Sí. He venido corriendo porque me estaba volviendo loco. Timmy me estaba agobiando con sus cuidados y además necesitaba escuchar tu voz.

—Siento mucho no haber contestado a tus llamadas.

—No te disculpes, por favor. Lo entiendo. —Sintió que Meadow asentía con la cabeza, aunque no la podía ver. Se mordió el labio, indeciso, y volvió a mirar hacia las ventanas cerradas—. ¿Quieres bajar?

Meadow tardó tres segundos en contestar; a Duncan le parecieron tres horas.

Duncan ya estaba de pie y con el teléfono guardado en el bolsillo cuando Meadow abrió la puerta. Estaba ojerosa y se la veía cansada. Tenía los ojos rojos, prueba irrefutable de que había estado llorando. En otra situación, se habría acercado a ella, la habría abrazado y se habría empapado de su olor. Pero en esos momentos, no tenía ni puñetera idea de qué hacer.

Meadow sonrió de forma comedida y lo saludó con un movimiento de cabeza. Entornó la puerta y señaló un columpio que había a un lado. Duncan subió las escaleras y se sentó a su derecha. Dejó la mochila en el suelo y apoyó los codos en las rodillas.

Había ido allí con miles de palabras bailándole en la cabeza. Quería decirle tantas cosas que las frases se unían entre ellas y salían otras nuevas. Pero ahora no se le ocurría ninguna. Miró de reojo a Meadow y vio que ella miraba al frente con los ojos tristes y el labio fruncido. No pensó si era adecuado o no. Alargó el brazo y entrelazó sus dedos con los suyos. El roce hizo reaccionar a Meadow, que apartó la vista de la calle y lo miró.

Duncan vio en sus ojos lo que su boca no se atrevía a decir.

—Meadow... —Ella negó con la cabeza y se tapó la boca con la mano que tenía libre—. No llores, no sé gestionar bien las lágrimas, soy muy torpe.

Quería hacerla reír, pero Meadow no estaba para mucha diversión.

—Me ha dado un susto de muerte, Duncan.

—Lo sé.

—No, no lo sabes. No eres padre. No sabes lo que es querer a alguien hasta el punto de volverte loco. No sabes lo que es tener el corazón en un puño por no saber dónde está. No tienes ni idea de lo que es preocuparte de verdad por alguien que no seas tú mismo.

A Duncan las palabras de Meadow le dolieron casi tanto como el golpe en la nariz. La diferencia era que aquel golpe pasaría y la nariz volvería a su sitio. Aquellas palabras, sin embargo, las recordaría siempre, no había vuelta atrás.

Podría haberle dicho que tenía razón, que no era padre y que no podía saber lo que era querer a un hijo, pero que sí sabía lo que era amar a alguien hasta el punto de volverse loco. Que sí, que sabía lo que era querer a alguien de la manera que ella había descrito, porque tenía a ese alguien justo delante. Pero no lo hizo. Duncan se tragó sus palabras y le soltó la mano. Ella no hizo amago de volver a cogérsela. Él volvió a colocar los antebrazos sobre las rodillas y vio cómo ella dejaba las manos sobre sus piernas.

—Esto tenía fecha de caducidad, Duncan, los dos lo sabíamos. Seguir alargando algo que, al final, va a terminar, solo nos traería sufrimiento, y yo estoy en un momento de mi vida en el que necesito de todo menos eso. No quiero que creas que me arrepiento de nada de lo que he vivido contigo.

Nunca me había sentido tan valorada y bonita como tú me has hecho sentir, y te doy las gracias por eso, pero mi vida está aquí, en Variety Lake, junto a mi hijo. No puedo condicionarla por alguien que piensa irse a miles de kilómetros en apenas unos meses.

Duncan echó un vistazo a la mochila que descansaba junto a sus pies. Como si tuviera rayos X y pudiera ver a través de ella, en su mente abrió el sobre y sacó los papeles, esos que le había entregado Andy y que le daban la bienvenida al colegio como profesor titular. No los había firmado porque quería hacerlo con Meadow esa noche, después de decirle que deseaba apostar por lo suyo a ciegas, con todas las consecuencias. Que quería formar parte de su vida y de la de Ethan. Que no sabía lo que era querer a alguien hasta que los había conocido a ellos y que tampoco sabía lo que era pertenecer a un lugar hasta que había vivido en Variety Lake.

Apartó la vista de la mochila y cerró los ojos. Apretó los puños y se levantó. Cogió a Meadow por las mejillas y se obligó a memorizar aquellos ojos que lo volvían loco, aquellas mejillas que se sabía de memoria y aquellos labios que le sabían a fresa. Acarició su pelo de fuego y besó aquella nariz respingona que a ella tan poco le gustaba, pero que a él le encantaba.

—Eres lo mejor que me ha pasado en la vida, Meadow Anne Smith.

39

Timmy:
Llevo media hora aporreando la puerta de tu casa. Te he
llamado al móvil y me dice que está apagado. Tampoco
veo tu coche en la calle. Se puede saber dónde narices
te has metido?

Timmy:
Estoy preocupado por ti, capullo. Ya lo he dicho. Ayer te
llevaste una buena hostia y te desmayaste. El médico pidió que
te vigiláramos, pero tú decidiste marcharte. Dónde coño estás?

Timmy:
Ya no hace falta que me contestes. Ya me ha llamado mi
madre y me ha dicho que estás con la tuya. Qué cojones haces
en Chicago?

Timmy:
Mierda, Duncan! Coge el maldito teléfono!

Timmy:
Acabo de hablar con Zoe. Me lo ha contado todo… Huir no es la solución. Te tenía por un tío valiente. Por la conversación que he tenido con la rubia, intuyo que no le has dicho nada a Meadow de lo de la plaza en el colegio, ni de tu intención de quedarte a vivir en Variety Lake. Le has dejado tomar una decisión sin tener toda la información. Ayer se llevó un susto con Ethan y ya está, pero no te puedes marchar así

Timmy:
Duncan?

Timmy:
Después de tres días sin tener noticias de ti, ¿sabes lo que te digo? Que te den por el culo

~~~~~~~~~~

Buffy:
De verdad has invitado a Matthew a pasar Acción de Gracias con vosotros?

Meadow:
No creo que sea de tu incumbencia

Buffy:
Vaya, la hija pródiga ha vuelto

Meadow:
Si vas a tocarme las narices, me salgo del grupo

Buffy:
He hecho una pregunta, no te he tirado a los leones

Meadow:
Pues baja el tonito

Zoe:
Eh, pequeña Meadow, cómo estás?

Meadow:
Bien. Gracias por preguntar, Zoe

Buffy:
Bien está mi madre, que se ha echado novio nuevo y se va a
pasar Acción de Gracias a una cabaña perdida en la montaña.
Tú estás como el culo, hablando mal y pronto. Cuándo fue
la última vez que saliste de casa?

Meadow:
Salgo todos los días, por si no te has dado cuenta

Buffy:
Ir al supermercado por las mañanas cuando Duncan está en
el colegio para no correr el riesgo de encontrártelo no es estar
bien. No salir del coche cuando dejas a Ethan en el colegio
y pedirnos a alguna de nosotras o a tu hermano y a Marie
que vayamos a recogerlo tampoco es estar bien

Aiko:
Buffy…

Buffy:
Ni Buffy ni hostias

Meadow ha abandonado el grupo

Aiko:
Genial. Era necesario, Buffy?

Buffy:

Sí lo era, Aiko. Ha hecho una gilipollez, y nosotras, como
sus mejores amigas, tenemos la obligación de decírselo. Si mi
amistad se basa en doraros la píldora y sonreíros cuando creo
que estáis actuando de pena, entonces no quiero ser vuestra
amiga; ese no es el concepto de amistad que yo tengo

Zoe:

Pues como amiga tuya que soy, te digo que entiendo tu
postura, pero que no comparto tus formas. Meadow está
bloqueada, ¿vale? Ha pasado de estar casada durante
casi diez años a estar con otra persona. A lo mejor necesita
procesar las cosas a su ritmo

Buffy:

A estar con una persona que la hacía feliz, que la hacía sentir
bien y la valoraba. Creo que es un dato importante que hay
que tener en cuenta

Aiko:

No te estamos diciendo lo contrario, pero avasallarla
y atacarla de esa manera no creo que sea la solución

~~~~~~~~~

Duncan:

Feliz Acción de Gracias, Meadow

~~~~~~~~~

Timmy:

Dime que no es verdad

Duncan:

No es verdad

Timmy:

No me toques las narices

Duncan:

Es que no tengo ni idea de qué me estás hablando

Timmy:

Acabo de ver a Andy en el Suki's Coffee. Por qué lo has hecho?

Duncan:

Timmy…

Timmy:

Has rechazado el trabajo

Duncan:

Lo sé, yo estaba allí

Timmy:

Y vuelves a Chicago de forma definitiva después de Navidad

Duncan:

La señora Graham ha cambiado de opinión y regresa al colegio. Para qué quieres que me quede? No tengo trabajo

Timmy:

Por ella

Duncan:

No empieces

Timmy:

No empiezo, continúo. No puedes tirar la toalla

Duncan:

No estoy tirando nada. Ella tomó una decisión y yo la respeto

Timmy:

No le has dicho que estás enamorado de ella

Duncan:
Porque hay veces en que no se puede decir todo

Timmy:
Y hay otras en que, si no lo haces, te acabarás
arrepintiendo toda tu vida

Duncan:
Timmy... No quiere verme

Timmy:
Está asustada

Duncan:
Me rehúye. El lunes me la encontré en el supermercado y se
marchó sin pagar. El martes, cuando entré en la cafetería de
Aiko, escuché su risa. Estaba sentada en una mesa con Ethan,
se gastaban bromas y se carcajeaban mientras comían tortitas
y buscaban cosas en el móvil. Esa sonrisa se le apagó cuando
me vio. Ayer no me devolvió el saludo cuando la vi en la puerta
del colegio y sigo esperando que me felicite Acción de Gracias.
Creo que las señales están claras, he captado el mensaje.
Fue bonito mientras duró y, como ella señaló, lo nuestro
tenía fecha de caducidad

Duncan:
Ahora puedo decir que sé lo que es estar enamorado
y que te rompan el corazón. A que nunca creíste
que yo pudiera decir algo así?

Timmy:
Duncan...

Duncan:

No me tengas lástima, por favor. Creo que es el peor sentimiento del mundo. Hemos estado más tiempo dándole vueltas a nuestra relación que siendo una pareja. Hay cosas que no están escritas y ya está. La historia de Meadow y Duncan es una de ellas

~~~~~~

De: dtaylor@varietylakecollege.es
Para: Padres y madres de alumnos de cuarto de primaria
Asunto: Despedida

Hola.
Como algunos ya sabréis, la señora Graham ha decidido volver y, por lo tanto, recuperar a sus alumnos. A mí me entristece mucho porque me parece que tenéis unos niños y niñas maravillosos y ha sido un placer tenerlos este año conmigo y ser su profesor. Espero que también hayan disfrutado y hayan aprendido algo, aunque sea poco.
La señora Graham volverá después de las vacaciones, así que esta es la última semana que pasaré con ellos.
Llegué a Variety Lake de improviso y no puedo estar más orgulloso. Siempre digo que todo lo inesperado tiene algo especial, porque llega sin avisar y sienta mejor que ninguna otra cosa.
Me llevo muchas cosas de estos meses, pero, sobre todo, me los llevo a ellos. Seguiremos viéndonos por el pueblo hasta finales de enero. Si alguien necesita algo, solo tiene que decírmelo.

Un saludo a todos,

Duncan Taylor

—Hola, tía. Soy Ethan.

—¿Ethan? ¿Desde dónde me llamas?

—Papá me ha comprado un móvil. Dice que así puedo hablar con él cuando quiera.

—¿Tu madre lo sabe?

—Se lo enseñaré cuando venga esta tarde. Quería hablar contigo.

—Si te pones así de serio, me asustas. Dime.

—Estoy preocupado por mamá.

—¿Ha pasado algo?

—El señor… Duncan se marcha. Hoy nos ha dicho que la señora Graham regresa y que él vuelve a casa. Esta es su última semana. Creo que mamá se va a poner muy triste cuando se entere, tía.

—¿Por qué piensas eso, cielo?

—Porque sé que le gusta mucho. Creo que ya no está con él por mi culpa. Ella no me ha dicho nada, pero yo lo sé.

—Eso no es cierto. Mamá y Duncan no están juntos por cosas de mayores, pero no tiene nada que ver contigo.

—Mamá llora, ¿lo sabías? Ella cree que no me entero, pero la he visto. Y la escucho algunas noches. Sonríe mucho y hace cosas muy divertidas conmigo durante todo el día, pero no como lo hacía antes. Y él tampoco es el de antes. Y me mira mucho. En clase me observa todo el rato. Me revuelve el pelo, me guiña el ojo y me sonríe un montón. Y casi siempre soy su ayudante y me deja hacer los experimentos, o inventármelos. Es muy divertido. Yuu dice que soy su ojito derecho. No sé qué es eso, pero suena guay. Aunque no es tan feliz como antes, y creo que es por mamá. Y también creo que se marcha por ella.

Buffy:
Meadow no tiene ni idea del hijo tan maravilloso que tiene

Aiko:
Qué ha pasado?

Zoe:
Por qué dices eso?

Buffy:
Me lo como. Luego os cuento

—De todas formas, nada es culpa tuya, Ethan. Eres un niño genial. ¿Lo sabías? El niño más maravilloso del mundo.
—Lo dices porque eres mi tía y me quieres.
—Lo digo porque es verdad. Estoy tan orgullosa de ti que el pecho me va a explotar.
—Eso es lo que me dice siempre mamá.
—Porque mamá a quien más quiere en el mundo es a ti.
—Y yo a ella. La quiero mucho, tía, y quiero que sea feliz.

Aiko ha añadido a Meadow al grupo

Aiko:
Meadow, ¿vas a venir esta noche? Ya te has perdido las dos últimas noches de margaritas. Aún no hemos celebrado que Matthew por fin ha firmado los papeles del divorcio

Meadow:
Estoy cansada y me duele un poco la cabeza. Además, le he prometido a Ethan que me pondría al día con las películas de Marvel y creo que tengo mucho trabajo por delante.
Hoy creo que haremos noche de madre e hijo

Zoe:
Sabemos lo de Duncan, Meadow

Meadow:
Variety Lake tampoco es que sea una gran ciudad.
Aquí todos nos enteramos de todo

Aiko:
Cómo estás, cielo?

Meadow:
Bien

Zoe:
Somos nosotras, sabes? No tienes que mentirnos

Meadow:
No miento, estoy bien. Esto solo demuestra
lo que yo ya sabía, que lo nuestro tenía fecha de caducidad
y que, cuanto antes terminase, mejor

Buffy:
Sabes que ha rechazado la plaza de profesor?

Aiko:
Buffy...

Buffy:
No estéis siempre chistándome y mandándome callar.
Estoy aquí mordiéndome la lengua y me está saliendo sangre.
Si quiere dejar escapar lo mejor que le ha pasado en su vida,
me parece de puta madre, pero por lo menos que conozca
todos los detalles

Meadow:
Lo mejor que me ha pasado en la vida es Ethan. Duncan
ha sido un paréntesis y un capítulo más, no te equivoques

331

Buffy:

No, no te equivoques tú. Que Ethan es lo mejor que te
ha pasado en la vida lo sabemos todas, no hace falta
que lo recalques. Sabes perfectamente a qué me refiero.
Y no cambies de tema. Sabías o no sabías que
ha rechazado una plaza fija de profesor?

Meadow:

No, no lo sabía, y qué? Te lo estoy diciendo.
Venía para un año, ese era su objetivo

Buffy:

Pero los objetivos se cambian. Sorpresa!

Aiko:

Por qué no nos vemos esta noche las cuatro y hablamos?
Con unas copas en la mano todo se ve de otro color

Zoe:

Sabéis qué? Creo que Buffy tiene razón. Te quiero,
Meadow, muchísimo, y siempre estaré de tu lado,
pero creo que te estás equivocando y que te vas
a arrepentir, si es que no lo has hecho ya

Meadow:

Habéis vuelto a meterme en el grupo para criticarme?
Si es así, paso

Buffy:

Te hemos vuelto a meter en el grupo porque te queremos,
y como tus mejores amigas que somos, si creemos que
te estás equivocando, te lo decimos

Buffy:

Y te estás equivocando

Aiko:

Meadow, cielo, no te enfades

Meadow:
No me enfado, es que… Qué pasa si sale mal?

Aiko:
Y qué pasa si sale bien?

Meadow:
Me da la sensación de que todo ha sucedido muy rápido.
Ni siquiera nos conocíamos. Si no hemos estados juntos ni
dos meses! Todo es demasiado intenso. Demasiado… Mucho

Zoe:
Quién ha dicho que las mejores cosas son las que pasan
poquito a poco? En esta vida no hay garantías, solo
momentos, y el tuyo es este. No empieces a plantearte lo que
va a pasar mañana ni el año que viene, porque nadie lo sabe.
Tú mejor que nadie sabes de lo que hablo. Esconder la cabeza
como las avestruces no es sano

Meadow:
Y qué pasa con Ethan?

Aiko:
Ethan es un niño maravilloso

Meadow:
Yo… No sé. De verdad. Necesito tiempo

Buffy:
El tiempo no es eterno

Meadow:
Pues yo necesito que lo sea

40

Duncan ni siquiera se acordaba de cuándo había sido la última vez que había llorado. Probablemente, cuando tenía cinco años y se había caído de cabeza de aquel columpio. No es que fuera a hacerlo en ese momento, pero las ganas estaban ahí. Se le había formado un nudo en la garganta cuando había puesto un pie en el aula esa mañana y todos sus alumnos lo habían recibido con aplausos y un regalo, que en esos momentos descansaba dentro de la pequeña maleta de viaje que había preparado.

Sacó una cerveza de la nevera y se sentó en el sofá. Se frotó los ojos y suspiró. En su vida se había imaginado que llegaría a dolerle el pecho de esa manera. Había sentido algo parecido la noche en que Meadow había decidido que lo suyo había llegado a su fin, pero en esos momentos era tan intenso que no lo podía explicar. Probablemente, se debía al hecho de que aquello era real y parecía no tener vuelta atrás.

Le dio un trago al botellín y cerró los ojos.

«Es lo mejor».

Se había repetido esa frase hasta la saciedad y una parte de él había llegado a creérsela; pero otra no. Entendía a

Meadow, ya se lo había dejado claro a Timmy, pero eso no significaba que no le doliese su decisión.

Su primo le había llamado cobarde, y puede que tuviese razón, pero la seguridad y el convencimiento que había visto en la mirada de Meadow aquella noche lo habían llevado a aceptar sus palabras y a seguir adelante. A lo mejor, no era su momento. Además, tampoco podía evitar recordar la forma en la que Ethan lo había mirado ese día en el gimnasio, ni el recelo y la seriedad con la que se había comportado los días siguientes en clase. Sí, también era cierto que su actitud había cambiado de forma considerable las últimas semanas. Ese mismo día, incluso se había acercado junto con sus compañeros para entregarle el regalo y darle un abrazo, lo que casi había provocado que Duncan rompiese a llorar a moco tendido, como aquel día tras caerse del columpio. Así estaba.

Se terminó la cerveza de un trago y cerró los ojos. No tenía hambre, pero sí sueño. Al día siguiente le esperaba un largo camino por carretera y lo mejor sería descansar.

Acababa de cerrar los ojos cuando llamaron a la puerta. Extrañado, miró la hora en el reloj y vio que eran las siete y media de la tarde. Supuso que serían Cam y Timmy para sermonearlo. Llevaban haciéndolo toda la semana. Él les había pedido encarecidamente que lo dejasen en paz, pero la pareja parecía tener otros planes.

Abrió la puerta dispuesto a decirles que se marchasen, pero las palabras murieron en su boca cuando vio quién era.

—¿Ethan?

—Hola, profesor. Sé que es un poco tarde, pero quería hablar contigo un momento.

—¿Ha pasado algo? ¿Estás bien?

Dio un paso al frente y lo miró ceñudo, inspeccionándolo. Ethan asintió.

—Sí.

—¿Sabe tu madre que estás aquí?

—No.

—Debe de estar preocupada. Ethan, no puedes desaparecer así sin más. Cuando se entere, le va a dar algo.

—Tranquilo, mis tías me han traído. —Señaló detrás de su espalda y fue entonces cuando Duncan reparó en que Buffy, Zoe y Aiko lo saludaban desde el interior de un coche. Eso casi le dio más miedo que el que hubiera venido él solo.

—¿Quieres pasar?

—Bueno, vale.

El pequeño mantenía una pose altiva, de persona mayor, aunque por cómo se retorcía las manos intuía que estaba nervioso.

En cuanto Ethan entró en su casa, lo miró todo con ojos curiosos. No tardó en reparar en la maleta que había junto a la puerta. La taza y la foto de grupo que le habían regalado entre todos descansaban sobre ella. Se giró hacia su profesor y lo miró a los ojos.

—No quiero que te vayas. —Duncan lo miró sin comprender. El pequeño cogió aire y decidió que lo mejor sería soltarlo todo de golpe, tal y como lo había ensayado—. Me gustas como maestro, mucho más que la profesora Graham. Ella es seria y muy poco divertida. Me gustan los experimentos que hacemos juntos, y he estado mirando en internet y aún nos quedan muchos por hacer. Hay uno de una lámpara de lava que me gusta mucho. He pensado regalársela a Meiko por su cumpleaños. Meiko es la hija de Tom, el amigo de mamá, el que vende casas, ¿lo conoces? —Duncan sonrió y a punto estuvo de acercarse al pequeño de ojos azules y abrazarlo. El nudo que tenía en la garganta ya era tan grande que estaba seguro de que ni bebiendo una jarra entera de agua se le desharía. Asintió y se cruzó de brazos.

—Sé quién es Meiko, y también Tom. No sabes lo feliz que me haces diciéndome todo eso, Ethan. A mí también me gustaría mucho quedarme, pero la señora Graham vuelve y yo no puedo…

—¡Tengo la solución! —El pequeño lo dijo tan animado y con una sonrisa tan grande que Duncan no pudo más que cerrar la boca y escucharlo. Ethan metió la mano en el bolsillo de su pantalón y sacó un papel. Cuando lo desdobló, una carcajada brotó desde lo más hondo del pecho del profesor: era una lista de todos los niños de su clase. En el encabezado se leía: PREFERIMOS AL SEÑOR TAYLOR (DUNCAN) QUE A LA SEÑORA GRAHAM—. Lo hemos firmado todos. Yo creo que si hablamos con la directora podemos hacer que la echen a ella y te quedes tú.

Duncan no sabía qué decir. Se sentía abrumado y los ojos le picaban. Miró a Ethan y esa vez no se lo pensó. Lo acercó a él y lo abrazó con fuerza. No quería pensar en si aquello estaba bien o mal, solo quería estrechar entre sus brazos a aquel pequeño gran hombre que le había robado gran parte de su corazón. Ethan también lo abrazó; le pasó las manos por la cintura y sonrió contra su estómago.

Tras unos minutos, levantó la cabeza y sonrió.

—¿Qué me dices, profesor? ¿Te quedas?

Duncan quería decirle que sí, pero no podía. Había tomado una decisión y tenía que seguir adelante. Le revolvió el pelo y se apartó de él. Después, volvió a doblar el papel y se agachó para guardarlo en la maleta.

—Es una idea muy tentadora, no te digo que no, aunque creo que no va a poder ser. Las cosas no funcionan así. Pero es el gesto más bonito que ha tenido nunca nadie conmigo, y en cuanto llegue a Chicago te aseguro que voy a enmarcar ese papel junto con la foto y a colgarlo en la pared de mi salón.

Ethan dejó de sonreír y lo miró serio por primera vez desde que había entrado. Se giró, se quedó con los ojos fijos en la puerta, que estaba cerrada, y después volvió a mirarlo a él.

—¿Y si te digo que te quedes porque mamá te echa mucho de menos y está triste?

A Duncan la sonrisa se le quedó congelada en la cara.

—¿Qué?

—Sé que ya no estáis juntos por mi culpa. La tía Buffy me ha dicho que eso no es verdad, pero yo sé que sí, y lo siento mucho.

—Eh, Ethan, eso no es cierto. —Duncan cogió a Ethan por los hombros con cuidado y se agachó hasta quedar a su altura—. Tú no tienes la culpa de nada. Tu tía Buffy tiene razón. Está un poco loca, pero a veces dice cosas con sentido.

Ethan se echó a reír y Duncan con él.

—Le voy a decir que la has llamado «loca».

—¡Ni se te ocurra! Es capaz de ir a Chicago a por mí y, entre tú y yo, le tengo un poco de miedo.

—Como dice siempre mamá, ladra, pero no muerde.

—Anda, ven aquí. —Tiró de él de nuevo y volvió a abrazarlo.

Duncan creía que ya estaba todo dicho, esperaba que así fuera. Necesitaba quedarse a solas y beberse media botella del whisky que tenía guardado en un armario.

Pero la suerte no estaba de su parte. El timbre volvió a sonar. Duncan puso los ojos en blanco. Ethan se apartó y le sonrió. Había algo en aquella sonrisa que llamó su atención, algo que hizo que se quedara agarrando el pomo y no abriese la puerta. Pero la persona que llamaba insistió.

—Hay alguien que tiene ganas de entrar —dijo el pequeño.

Duncan abrió y cerró la boca. Giró el pomo y abrió por fin la puerta. La noche había caído sobre Variety Lake y las calles solo estaban iluminadas con la luz de las farolas. Pero aunque hubiese sido noche cerrada y las farolas hubiesen tenido las bombillas fundidas, él la habría visto perfectamente.

Meadow estaba frente a su puerta. Llevaba el pelo, que a él tanto le gustaba, suelto y la sonrisa más bonita de todas en la cara. Lo miraba con ojos brillantes y, aunque parecía contenta, también se la veía nerviosa.

—No pensarías irte sin despedirte, ¿verdad?

Su voz. Aquella voz. La había echado tanto de menos...

Duncan se había quedado sin palabras y no sabía qué decir. No parecía él. Miró un momento a Ethan, que se había colocado a su lado, y frunció el ceño cuando le vio una mirada conspiradora en la cara.

—La he visto llorar. Ella se cree que es buena disimulando, pero la verdad es que mamá es malísima ocultando secretos. Sé que te echa de menos y que quiere estar contigo. No me lo ha dicho porque piensa que con nueve años no me entero de nada, pero me entero de bastantes cosas.

—¡Ethan! —La susodicha negó con la cabeza mientras sus mejillas se teñían del color más rojo que Duncan había visto jamás—. ¿Te importaría esperar en el coche? Creo que a partir de aquí ya puedo seguir yo, gracias.

El pequeño se encogió de hombros y dio un paso al frente. Justo antes de salir, se dio la vuelta y volvió a mirar a Duncan.

—A ella le gustaría mucho que te quedases, y a mí también. Y Variety Lake mola, ya lo verás.

Ethan echó a correr antes de que su madre pudiese decirle nada.

Una vez que se quedaron solos, el silencio se instaló entre los dos. Duncan no podía dejar de mirarla. Quería alargar la mano y tocarla para ver si era real. Meadow, por su parte, quería entrar en aquella casa, cerrar la puerta y volver a decirle todas las cosas que había dicho su hijo, pero era como si los pies se le hubiesen quedado pegados al asfalto.

Se quitó una pelusa imaginaria de la falda que llevaba y Duncan siguió el movimiento hipnotizado. Al final, no lo pudo soportar más. Dio un paso al frente y la abrazó con tanta fuerza que tuvo que aflojar un poco por miedo a estar haciéndole daño. Meadow no tardó en reaccionar. Se aferró a su camiseta y comenzó a sollozar contra su pecho. Se había propuesto no hacerlo. De hecho, se había prometido mostrarse serena y hablar tranquila, pero todo se había ido al traste; había sido su hijo el que había hablado por ella y, encima, estaba llorando como si no hubiera un mañana.

Duncan llevó una de sus manos al pelo de ella y enredó los dedos en él. Inspiró hondo y sonrió al oler su perfume, al olerla a ella. La había echado tanto de menos...

—Esto es una locura —dijo con la voz entrecortada, pero sin soltarla.

—Lo sé.

—No nos conocemos.

—También lo sé.

—Creo que nunca había echado de menos a alguien tanto como a ti. —Duncan echó la cabeza hacia atrás y la obligó a mirarlo a los ojos. Con los pulgares sobre la mejilla le limpió las lágrimas, que corrían sin control—. Estoy enamorado de ti, Meadow Anne Smith, y quiero que sepas que es la primera vez que le digo esto a alguien.

Meadow se rio y negó con la cabeza.

—Te quiero, señor Taylor, y quiero que sepas que todo

lo que ha dicho Ethan es cierto, hasta la última palabra. No he podido evitar enamorarme de ti y la verdad es que quiero seguir estándolo. Es una locura, y es complicado, pero alguien me dijo una vez que las locuras están para vivirlas, y yo quiero vivir esta contigo. No sé dónde estaremos mañana ni dentro de un año, pero lo que sí sé es que ahora quiero estar contigo y que espero no haber llegado tarde.

Duncan no necesitó oír nada más. La cogió por la cintura, la alzó y dio unas cuantas vueltas con ella. Sus risas se mezclaron y, como la primera noche que estuvieron juntos, él pensó que era el sonido más bonito del mundo. Después, juntaron sus labios y Duncan se prometió hacer aquello todos y cada uno de los días que ella se lo permitiese.

Pitidos de coche y gritos se escucharon a lo lejos. Ambos se giraron y vieron a Ethan, Aiko, Zoe y Buffy fuera del coche aplaudiendo como locos. A Meadow le dio vergüenza y se escondió en su pecho. Duncan estaba hinchado como un pavo. Se carcajeó y volvió a besarla. Le daba igual estar dando un espectáculo. De hecho, quería que todo el mundo los viese para que supieran que aquella pelirroja lo había elegido a él.

No sabía por qué, pero así había sido, y esa vez no pensaba dejarla escapar.

Epílogo

Era junio y era el treinta y cinco cumpleaños de Duncan, y solo quería matar a su primo. Para variar.

Le había dicho expresamente que no quería celebraciones. Era el primer cumpleaños que pasaba con Meadow y esperaba celebrarlo a solas con ella. Invitarla a su casa, encargar algo rico para cenar y luego hacerle el amor en todos y cada uno de los rincones. Pero, como siempre, el pelirrojo se había pasado su petición por el forro, así que allí estaba él, en el pub, con una cerveza en la mano y brindando con Tom, Liam, Erik y la pareja de las narices.

—Porque el capullo ha sentado la cabeza con treinta y cinco años. Más vale tarde que nunca.

—Tú tienes solo uno menos que yo, así que no te vengas tan arriba.

—Sí, pero yo estoy casado, tengo mi propio negocio y… estamos pensando en ser padres.

—¡¿De verdad?! —gritaron todos a la vez. Timmy asintió y comenzó a contarles a sus amigos que por fin se habían decidido a dar el gran paso.

Duncan los escuchaba atento hasta que, como siempre,

un hilo invisible tiró de él. Se volvió para mirar hacia la puerta y entonces la vio.

Meadow acababa de entrar en el local, y a Duncan ya no le importó nada más. Como si ella supiese también dónde estaba, lo miró y le guiñó un ojo. Después, se puso el dedo índice sobre los labios y le pidió silencio. Comenzó a caminar hacia él moviendo las caderas de una forma tan sexy que a Duncan se le secó la boca y los oídos se le taponaron. Por no hablar de cómo reaccionó su cuerpo.

Cuando estaba a punto de llegar a donde estaba él, dio un giro y cambió de dirección. Duncan no tenía ni idea de por qué lo había hecho, pero entonces ella lo miró por encima del hombro y, con un movimiento de la cabeza, le pidió que la siguiese. Que lo matasen si no iba raudo y veloz a cumplir con esa orden. Pasó de sus amigos, abriéndose paso a empujones, siguió a Meadow. Ella se había metido en aquel pasillo largo y un tanto oscuro. Llegó al final y cruzó la puerta que daba al almacén. No se detuvo. Siguió andando sin mirar atrás hasta llegar a las escaleras. El único movimiento que hizo fue alargar el brazo para coger una botella.

El corazón de Duncan iba tan rápido que estaba seguro de que Meadow era capaz de oírlo. Subió las escaleras tras ella y entró en la habitación en la que la había visto desaparecer: el despacho de Cam.

Se dio la vuelta y la vio. Estaba apoyada en la puerta, con una sonrisa pícara en los labios y la botella en una mano. Le quitó el tapón y se la ofreció. Duncan vio entonces la etiqueta: era tequila.

Sus carcajadas retumbaron en las cuatro paredes.

—¿Está usted proponiéndome algo, señorita Smith?

—Creo recordar que hace unas cuantas lunas nos quedamos con ganas de esto. —Movió la botella y Duncan tuvo que tragar saliva—. Se me ha ocurrido que, como regalo de cumpleaños, podríamos cumplir con lo pactado esa noche. Pero si no es lo que quieres, puedo dar media vuelta e irme.

Él la acorraló tan rápido entre la pared y su cuerpo que a Meadow no le dio tiempo ni a pestañear. Le pasó la nariz por el cuello y lo besó después de morderlo.

—¿Te he dicho hoy que estás increíblemente preciosa, pelirroja?

—No.

—Pues eso no lo puedo consentir.

Duncan puso las manos sobre la tela del vestido y lo arrugó con fuerza. Meadow gimió en su oído y él creyó estar a punto de desfallecer.

—Me vuelves loco.

—Te quiero, Duncan.

Él avasalló su boca, o quizá fue Meadow. Fuera quien fuera, aquel cuarto pasó a ser un torbellino de lenguas, gemidos y jadeos. La botella casi se hizo añicos contra el suelo.

Duncan coló las manos por debajo de la falda y Meadow le arrancó la camisa, haciendo volar los botones.

Mientras se besaban y Duncan celebraba su cumpleaños de la manera más especial posible, volvió a pensar en los besos, en que, para él, el inesperado siempre sería el mejor, porque la había traído a ella.

Un cumpleaños. Una noche. Tequila.

¿Qué puede salir mal?

Que te enamores.

Agradecimientos

Cuando empecé a escribir la historia de Meadow, jamás pensé que llegaría a estar entre las páginas de un libro de Penguin. Que nadie os diga que los sueños no se cumplen, miradme a mí. Gracias a Ana María, mi editora, por hacerlo realidad y gracias a Ariane por ese e-mail. Todavía lo releo de vez en cuando para creerme que es verdad.

A mis hermanas, a la rubia y a la morena, por ser mis mejores lectoras cero, mis ojos y mi ayuda constante. Sin ellas, mi vida sería mucho más aburrida y estoy segura de que nada de esto habría sido posible. Siempre creo que todo está mal y ellas son las que me guían y me ayudan a levantarme cuando me caigo, que es el noventa por ciento del tiempo.

A mis padres, por apoyarme siempre, haga lo que haga, y decirme que puedo conseguirlo. Tengo mucha suerte de teneros.

A mi marido, por aguantar mi inseguridad y acompañarme en todo lo que pido.

A mis hijos, que son lo mejor que he hecho en esta vida. En esta ocasión, quiero hacer mención especial a Hugo, por dejar que me fijase en él para crear el personaje de Ethan. Es el secundario más especial que he escrito hasta ahora, y es gracias a ti.

A Adriana, Helena y Emma, porque sois amigas de diario y porque las cuatro podríamos ser Meadow, Buffy, Zoe y Aiko.

A Gemma y a Patri, las blogueras más divertidas de este pequeño mundo.

A mis chicas del Reto y de Cacareando, por las risas, los buenos momentos y los retos sin cumplir. Así me siento menos culpable.

A Tamara, por estar siempre al otro lado.

Al mundo literario, por regalarme este pasatiempo, y a toda la gente que hay en él y que me acompaña en esta aventura. A las lectoras, a las blogueras y a mis compañeras. Vosotras hacéis que esto sea único.

Y por último a ti, por darme la oportunidad. Por coger mi libro y sentarte a leerlo. No sabes lo especial que es eso.